指名手配作家

藤崎翔

JN053026

双葉文庫

指名手配作家

1

「どうするんですか大菅《おおすが》さん。あなたこのままじゃ、一度も売れずに廃業ですよ」

大菅賢《けん》は、三葉社《みつばしや》の編集者の添島茂明《そえじましげあき》に、辛辣《しんらつ》な言葉を浴びせられていた。

秋晴れの昼下がり。JR阿佐ケ谷《あさがや》駅北口から徒歩一分の喫茶店で、長袖Tシャツにジーンズ姿の三十過ぎの冴えない男が、スーツ姿でオールバックの四十過ぎの強面《こわもて》の男に詰め寄られている。遠目に見れば借金の取り立てのような光景だろう。

賢が『三葉社本格ミステリー大賞』という公募の文学新人賞を受賞し、本名を名乗って作家デビューしてから、もう四年が経っていた。唯一増刷されたのはデビュー作だけ。それも一回増刷されただけで、以降の四作は全て初版止まり。高校卒業後、脚本家を志して上京し、小劇団に入ったものの人間関係に嫌気が差して辞めた賢が、フリーターを続けながら書いた小説が賞を獲《と》り、作家デビューが決まった時は天にも昇る気分だった。

だがそれも束の間、三十路《みそじ》に入ってもヒットは出ず、ミステリー系の新人賞の中では割と安めな賞金二百万円はとうに使い切ってしまい、今ではまたアルバイトを始めようか迷うほどのギリギリの生活を送っていた。

「このままじゃまずいってことぐらい、俺だって分かってますよ。だから、一回俺の思い通りに書かせてくれって言ってるじゃないですか」

賢は言い返した。賢にも作家としての意地があるのだ。だが添島は、ふんっと鼻で笑った。

「思い通りに書くって、あのふざけたお笑いをやりたいってことですか？　あなたのファンは本格ミステリーを求めてるんだから、まずは本格でしっかりした物を書いてくださいよ」

「ユーモアミステリーっていう形でも、一流の本格を書くことはできるでしょ」

「腕があればね。大菅さんにその腕がありますか？」

「そんなの、やってみなきゃ分からないじゃないですか」

「少なくとも、この前の『月刊推理』の読み切りで書いた短編は、ミステリー的にもユーモア的にも散々でしたけどね」

「……あなたに笑いの何が分かるんですか」

賢はぼそっと言った。だが、すぐに添島が喧嘩腰《けんかごし》に切り返す。

「は？　じゃあ大菅さんには分かるんですか？」

「添島さんよりは分かりますよ。コメディの脚本書いて、笑いを取った経験もありますから」

「今は解散した小劇団が、内輪の客ばっかり集めた小劇場で、っていう話でしょ」

「ああそうですよ。でも添島さんにはその経験もないでしょう」

「作家が編集者に向かって『あんたは書いたことないだろ』って言っちゃうのが一番格好悪いですけどね。相沢《あいざわ》先生も長谷川《はせがわ》先生も、そんな傲慢《ごうまん》なことは絶対に言わないよ」

添島が、担当している大御所ミステリー作家の名前を挙げる。それを聞いて賢は一瞬たじろいだが、また訴えた。

「とにかく、一回好きなように書かせてくださいよ。それでダメだったら、こっちもあきらめがつきますけど……」

「それでダメだったら、って、ダメだった時の三葉社の赤字額も考えてください。相沢先生も長谷川先生も、自分の好きなことも書くけど、基本的には読者のニーズに合わせて書ける人です。というか、そうやってニーズに合わせられる人が売れっ子になるんですよ」

またビッグネームを持ち出してきた添島に、賢が嫌味たっぷりに言い返す。

「なんかさっきから、大御所の名前出したら俺が黙ると思ってません？ どっちも添島さんが育てたわけじゃないですよね。あなたが担当になった時にはもうとっくに売れてた人ですよね。それを自分の手柄みたいに言わないでもらえます？」

「手柄みたいに言った覚えはないですけど」

「ていうか、はっきり言って、あなたが新人から育てて売れた人なんていないでしよ?」賢はとうとう怒りにまかせてぶちまけた。「有名ですからね。添島さんが新人クラッシャーだって。あなたが担当した新人作家は全然大成してないって」

「誰が言ったんだよ。ああ?」添島がチンピラのような口調で聞き返してきた。

ただ、賢の話は本当だった。四年前、デビューが決まったばかりの賢の担当になった添島は、「今回の三葉社本格ミステリー大賞は外れでした。大菅さんはレベルの低い回で運良く選ばれただけです」と賢に通告し、再三厳しいダメ出しを浴びせ、受賞作を大幅に書き直させたのだ。当初は賢も、編集者というのはみんなこれぐらい厳しいのだと思っていた。だが、授賞式のパーティーで他の作家と同席した際に、賢が添島についての話をすると、みな一様に「その編集者ひどくない?」とか「新人にそんなきつい言い方するなんておかしいでしょ」といった反応をしたのだった。さらに、ある中堅作家からは、添島が担当した新人作家が今はほぼ全員休業状態だということを知らされ、「三葉社の添島さんって、良くも悪くも有名だよ。何でも本音で言うところを評価してる作家もいるけど、新人クラッシャーなんて言われてもいるし、いきなり担当につけられちゃったのは災難だね」と同情的に言われたのだった。

何より賢が納得できなかったのは、校正記号を教えてもらえなかったことだ。作家が書いた原稿が、製本時の体裁に合わせて印刷されたのが「ゲラ」で、赤ペンを使ってゲラの手直しをするのが「校正」という重要な作業なのだが、その際に使う「校正記号」という特殊な記号を、添島は一切賢に教えずに、いきなりゲラを送りつけて締め切り日だけ伝えてきたのだ。結局、賢は「校正　やり方」と自らネット検索して校正記号を覚えたのだが、他の作家にその話をしたところ、やはり一様に「最初の校正の時には、校正記号の表をゲラに同封してもらえたし、電話とかメールでも相談に乗ってもらえたよ」という答えが返ってきたのだった。

賢は、添島の威圧的な態度にもひるまず、溜まった不満をぶつけた。

「他の作家さんのデビュー直後についた編集者さんは、みんな人当たりもよくて、原稿の書き方も校正のやり方も、添島さんよりずっと丁寧に教えてくれたって聞きましたよ。新人作家に校正記号を教えずにいきなり校正させるなんて、ありえないとも言ってましたし」

「だから誰が言ってたんだよ？」

添島が睨《にら》みつけてきた。だが賢も負けじと喧嘩腰に言い返す。

「教えるわけないでしょ。あんたなんかに知られたら何されるか分かったもんじゃないし」

「なんだその言い方？」

「こっちの台詞《せりふ》だよ。さっきからチンピラみたいな言葉遣いして、よくそれで今まで編集者やってこれたな」賢の怒りのボルテージがどんどん上がっていく。

「じゃあもう担当変えますか？」添島は投げやりに言った。「言っとくけど、誰が担当になっても売れねえ奴は売れねえよ。ていうか、ミステリーから逃げるなってことは、みんな言うよ」

「逃げてねえよ！」賢はとうとう、テーブルを叩いて立ち上がった。「本格ミステリー以外は逃げって、何十年前の価値観だよ。あんたみたいな古い編集者がいるから本が売れねえんだよ！」

そのまま賢は、早足で店を出た。もう話し合いにもならないと思った。添島の顔は二度と見ることはないだろう。三葉社に電話して担当編集者を替えてもらうのだ。でも、ある程度売れている作家ならまだしも、全然売れていない作家が担当を替えてくれと言うのは、やっぱりちょっと常識外れなのかな——なんて思っていたら、後ろから怒号が聞こえた。

「おい、待てよ！」

なんと、添島が賢にぴたりとついて、店の外まで追ってきていた。おいおい、これじゃ食い逃げになっちゃうじゃないか……と思いかけて賢は気付く。そういえば、この店は料金先払い制で、注文後すぐに店員が作った飲み物を、セルフサービスで席まで持っていく方式だった。添島は、料金を最初に経費で払っていたのだ。

もしこの喫茶店が、料金を食事後に払う、多数派のシステムの店だったら、あのまま添島と喧嘩別れしただけで済んだのだと、賢はのちに回想することになる。

「おい大菅、待てよこら」

添島は、歩道に出た賢の肩を後ろからつかんできた。こいつ、とうとう呼び捨てにしてきやがった――賢は憤《いきどお》り、肩にかかった手を振り払い、振り向きざまに両手で添島を突き飛ばした。添島は「わっ」と小さく叫んで、アスファルトの歩道に仰向けにひっくり返った。

「お前とはやってらんねえよ！」

賢は捨て台詞を吐き、小走りでその場を去った。追いつかれたくなかったので、小走りから徐々にペースを上げ、最後はランニングぐらいの足取りで逃げたが、添島は追っては来なかった。阿佐ケ谷駅の構内を通って南口に抜けたところで、賢の胸に急速に後悔が広がった。

あ～あ、やっちゃったよ。手を出したとなったらさすがに問題になるだろうな。もしかしたら三葉社からNGが出るかもな。となると、今のところ三葉社以外からのオファーもないから、他の出版社に連絡を取って自分を売り込むしかないのか。でも他社にも悪評が広まっちゃったら、俺干されるのかなあ――と、うじうじ考えながらも、賢は駅の南口近くの本屋に入った。

何の気なしに入ったのだが、つい自分の本が置いてあるかチェックしてしまう。見事に一冊も置いていなかった。しかも、自分と同期デビューの作家の本が「映像化作品」のコーナーに平積みされている。賢はますます落ち込んだ後、結局何も買うことなく店を出た。そして、駅の東側徒歩六分のところにある自宅アパートに向けて歩き始めた。

だが、その時。駅の北側の、さっきまで賢がいた喫茶店の辺りに、人だかりができているのが見えた。何かと思って、構内を通って北口に抜け、よく見てみる。

そのうちに、賢の心拍数がどんどん上がっていった。

十人ほどの人だかりの中から、「大丈夫ですか？」とか「救急車は？」などという声が聞こえてくる。そして、人だかりの隙間から、その中心に倒れている人の顔がちらりと見えた。

それは、添島だった。

手前に集まる人垣に隠れて数秒しか見えなかったが、添島が目を閉じたままぴくりとも動いていないことは分かった。賢はさっき、突き飛ばした添島に追いつかれないように本屋まで逃げたが、追って来なくて当然だったのだ。添島は、倒れたまま意識を失っていたのだから。おそらく、賢に突き飛ばされて後ろに転んだ際に、頭でも打ってしまったのだろう。

と、南口の交番の警察官が、「こっちです」と先導する若い男に連れられて、賢の方に駆け寄ってきた。賢の頭の中に一瞬、自分が逮捕される想像がよぎったが、警察官は賢に見向きもせず、人だかりの方に走っていった。「あ、おまわりさん来た」「救急車は？」「今呼んでます」などという会話が聞こえる。

そこまで見たところで、賢は踵《きびす》を返して歩き出した。ふわふわと、地に足がついていないような、夢の中で歩いているような感覚だった。

まずいことになった。傷害罪はまず間違いない。そして、考えたくもないことだが、万が一添島がこのまま帰らぬ人になってしまったら、傷害致死罪か。——ふと周りを見ると、通行人もみな、人だかりに注目している。

そこではっと気付く。もしかしたらこの通行人の中に、賢が添島を突き飛ばした瞬間を目撃した人がいるかもしれない。賢は途端に怖くなって、ほとんど反射的に財布を自動改札機に当て、駅の中に入った。財布にはＰＡＳＭＯ《パスモ》が入っている。

添島を突き飛ばした瞬間を、どれぐらいの人が見ていただろう。賢は頭に血が上っていたせいで、あの時は周りの様子なんて見ていなかった。ただ、現場付近をうろついているよりは、駅のホームまで行ってしまった方が、目撃者に見つかる危険性を減らせるのは確かだろう。電車に乗ってしまえばなおさらだ。

階段でホームまで上がったところで、賢はふと気付いた。待てよ、もしこのあと添島が目覚めたとして、果たして被害届を出すだろうか。いや、きっと出さないはずだ。賢も被害届というものを出したことはないが、きっと警察署に行って色々聞かれて、何かと面倒臭いのだろう。添島も、賢に腹を立ててはいるだろうが、そこまでの手間をかけようとはしないはずだ。奴だってそれなりに忙しいだろうし、編集者としての体面もあるだろうし。——そう思って少し心を落ち着かせたものの、念のためずっと顔を伏せ、駅の防犯カメラに顔が映らないようにした。

そうこうしているうちに、高尾《たかお》行きの中央線快速電車がホームに入ってきたので、賢は乗り込んだ。とりあえず一、二時間くらいは時間をつぶしてから帰った方がいいだろう。あまり早く帰ってしまうと、目撃者がまだその辺をうろついている可能性がある。賢は阿佐ヶ谷に住む前は吉祥寺《きちじょうじ》に住んでいた。とりあえず懐かしの吉祥寺まで行ってみようか、と思い立つ。

だが、電車が走り出して何分か経ったところで、はっと思い出した。

そうだ、親告罪と非親告罪というのがあるんだ。

たしか、被害者が被害を訴えないと捜査が始まらないのが親告罪、被害者が被害を訴えようが訴えまいが警察が捜査を始めるのが非親告罪だ。つまり、傷害罪が非親告罪だったら、添島が被害届を出そうが出すまいが俺は捕まることになるんだ。——賢は祈るような思いでスマホを取り出し、ネットで「傷害罪　親告罪」と検索してみた。

結果はすぐ出た。「傷害罪は親告罪ではありません」「告訴や被害届の提出がなくても立件されます」……検索結果の画面に出てきたサイトには、みな同様のことが書かれていた。

スマホを持つ右手が、その重みにすら耐えられず、すとんと座席に落ちた。全身の力が抜けていた。賢はふらふらと立ち上がり、ちょうど停車した駅で電車を降りた。冷静に考えれば、ここで電車を降りても全く意味がないのだが、そもそも冷静に考えられる精神状態ではなかった。そこが西荻窪《にしおぎくぼ》駅だということも、降りた電車が走り去ってしばらくしてから気付いた。

傷害罪は非親告罪。つまり、添島が意識を取り戻した後、奴が何と言おうが、俺はもう百パーセント逮捕されるということだ。　ああ、もう終わりだ――と思いかけて、賢はまた考え直した。

いや、そうとも限らないんじゃないか？　意識を回復した添島が「つまずいて転んで頭を打ちました」とでも言ってくれればセーフのはずだ。そうだ、その可能性があった！　突き飛ばした瞬間を目撃されたかどうかは、今となっては分からないが、目撃者がいなければ、大ごとになるのを嫌った添島が嘘をつく可能性は十分ある。あるいは、添島が頭を打ったショックで記憶を失って、転んだ原因をすっかり忘れてるかもしれないぞ。あ、でも、頭を打って記憶を失うってのはフィクションにはよく出てくるけど、実際はまず起こらないって聞いたことがあるな。ちょっと調べてみるか――と、ポケットに手を入れたところで、賢は異変に気付いた。

スマホがない。あれっ？　おかしいぞ、そんな馬鹿な。

そこで気付いた。さっき電車に置き忘れたのだ。傷害罪は非親告罪という検索結果を見て、スマホを持つ手の力が抜けて……たぶんあの時、席にスマホを置いたまま電車を降りてしまったのだ。ああ、まったく何をやってるんだ俺は。間抜けにもほどがある。本来なら落とし物をしたと駅員に申告すべきだろうが、警察に追われている可能性があるのに、自ら駅員に声をかけて身元を明かすのはやめた方がいいだろう。スマホは添島の件が片付いてからだ。しかし、阿佐ヶ谷の家には帰れず、スマホも落とし、一体これからどうすればいいだろう。

そうだ、実家に行こう。――ふと賢は思い立った。行ってどうなるのか、なんてことにまでは考えが及ばない。八方塞がりの状況で、ぽんと浮かんだ現実逃避的アイディアに突き動かされるまま、賢は上り線の乗り場へ歩いた。ちょうどそこに、東京行きの快速列車がやってきた。とにかく実家に帰る。それしか考えられなかった。母親に会おうか、いやその前に友達に会いたいな……そんなことを思いながら電車に乗り込む。

賢の実家は千葉県の東金《とうがね》市。最寄り駅はＪＲ東金線の東金駅だ。電車に乗っている間も、どうせ捕まってしまうんだという悪い想像と、いやいや大丈夫かもしれないぞという希望的観測が、交互に頭の中を行き来した。そのうちにもう脳が疲れてきて、考えるのも嫌になってしまった。ふと賢は財布の中を見た。所持金は六百四十三円。これでは土産の一つも買って帰れない。そろそろ銀行に行って金を下ろそうと何日か前から思っていたけど、つい忘れていたのだ。賢は自分のものぐさぶりを後悔した。

ただ、それでも賢は、中央線から総武《そうぶ》線、外房《そとぼう》線、東金線と、実家への乗り換えは間違えずにこなした。こういうところはちゃんと頭が働いている自分が、滑稽《こっけい》にすら感じられた。そして二時間余りの電車旅の末、実家の最寄りの東金駅の一つ手前の、福俵《ふくたわら》駅で降りた。

東金駅で降りなかったのは、まず最寄り駅だと警察に張り込まれているんじゃないかと怖くなったのが一つ。それと、福俵駅から少し離れたところに、高校時代の友人の黒《くろ》木《き》の家があり、今も実家住まいだと言っていたのを思い出して、会いに行きたくなったのも理由だった。

ただ、最大の理由は、福俵が無人駅であることだった。賢は阿佐ケ谷駅にPASMOで入っている。もしそのままPASMOで出たら、JRにそのデータが残り、警察に追われることになった場合にすぐ足取りが知られてしまうと思ったのだ。でも、福俵のような無人駅に自動改札機などはなく、IC乗車券のタッチパネルが単体で設置されてはいるものの、タッチせずに通過しても誰にも咎《とが》められることはない。

賢は電車を降りると、タッチパネルを無視し、ホームからスロープを通って駅を出た。スロープはそのまま道路につながっている。賢は高校時代の記憶を頼りに、黒木の家を目指して歩き始めた。なるべく人目につかないように住宅街は避け、人家がまばらで、見渡す限り田畑が広がる農道へと歩を進める。とりあえずこの辺の道を歩けば、目撃されることも防犯カメラに映ることもないだろうな、と思いながら、夕方の田舎道をてくてく歩いていた時だった。

男性アナウンサーがニュースを読む声が聞こえてきた。瓦屋根で平屋建ての古めかしい家から、夕方のニュースの音が漏れているのだ。かなり音量が大きいので、きっと耳の遠い老人が住んでいるのだろう——と思っていた、その時。

「三葉社の社員、添島茂明さん」

その言葉が耳に入り、賢の足がぴたっと止まった。

そのまま聞き耳を立てていると、はっきりした男性アナウンサーの声で、続きが聞こえた。

「……頭を強く打っており、搬送先の病院で死亡しました。なお、添島さんを突き飛ばしたと思われる男は、現場から逃走しており、警察が現在、行方を追っています」

それを聞いた瞬間、賢の頭の中は真空状態になった。

しばらくして、少しずつ実感が湧いてきた。

終わった。完全に終わった。俺は人を殺してしまったんだ。——賢は茫然《ぼうぜん》と立ち尽くした。

もう実家には帰れない。間違いなく警察に張られている。それに黒木にも会えない。人殺しが急に家にやってきたら、あっちも大迷惑だろう。そもそも、今は黒木とそこまで仲がいいわけでもない。高校時代は仲がよかったが、もう何年も連絡を取っていないし、数年前の同窓会で会って、今実家で暮らしているという話を聞いただけだ。地元に残ってる友達といえば誰がいたっけ、と考えてぱっと思い浮かんだだけだ。

警察に出頭しようという考えは、少しも湧いてこなかった。きっと根が悪人なんだろうと賢は自覚した。すぐに逃走モードに頭を切り替える。とりあえず、この先は絶対に防犯カメラに映ってはいけない。もっとも、見渡す限り田畑が広がるこの田舎なら心配はなさそうだ。このまま農道と畦道《あぜみち》を何キロ歩いたところで、一台の防犯カメラにも映らないかもしれない。

さて、これからどうしよう、どこへ行けばいい？　あてもなく歩いているつもりが、なんとなく駅から離れて歩き続けている。このまま行くと、最終的には九十九里浜《くじゅうくりはま》に着くだろう。

そこでふと思い付いた。そうだ、海を見に行こうか。高校時代、黒木を含めた友人たちと、自転車で九十九里浜に行ったことがある。たぶん十キロぐらい歩けば着くはずだ。すでに日が傾いているから着く頃には夜になってしまうが、歩いて行けない距離ではない……なんて思ったのも束の間、すぐ馬鹿馬鹿しくなった。海を見たところで解決する問題ではない。人を殺してしまったのだ。だいたい、悩みを抱えて「海を見に行きたい」とか言い出す奴なんて、最初から大したことで悩んではいないのだ。別に海を見なくても、テレビやＹｏｕＴｕｂｅを見ても解決する程度の悩みなのだ。少なくとも、人を殺してしまった悩みよりは絶対に軽いのだ。

結局、賢は目標もなく、ただなんとなく駅から離れて、海の方向へと歩き続けた。すると、ぽつんと立つ一軒家の前に、軽トラックが停まっているのが見えた。さらに目を凝らすと、平たい荷台に緑色のシートがかかっている。

そこで賢はひらめいた。——そうだ！　トラックの荷台に隠れて逃げるという方法は、いつか小説で使おうと思っていたけど結局使っていなかったアイディアなのだ。この方法なら、防犯カメラに一切映らず、まるでワープするように長距離を移動できる。防犯カメラ全盛の時代に、こんなツールは他にはないはずだ。

よし、躊躇《ちゅうちょ》している暇はない。賢は周囲を見回し、人目がないことを確認してから、その軽トラックの荷台に駆け寄った。そして、運転席に人がいないことを確かめて、シートを留めるゴムのバンドを引っぱって隙間に頭から入り、体を引き上げて荷台に潜り込んだ。シートの下には草刈り機や枝切りばさみが積まれていた。植木屋か何かのトラックなのかもしれない。

ほどなくして、「それじゃあまた」「は〜い、どうもありがとう、気をつけてね〜」という、年配の男女のやりとりが家の方向から聞こえてきた。そして、足音が車に近付いてくる。

もしここで、シートをめくられて荷物でも積まれようものなら一巻の終わりだ。お願いです、どうかシートをめくらないで……。と、祈りが通じたのか、運転手はそのまま車に乗り込み、発進させてくれた。よかった、助かった。

さて、こうなればこっちのものだ。さあ、できるだけ遠くまで走ってくれ——と賢は念じたが、すぐに想定外の過酷さに気付いた。

まず、とにかく寒い。シートの隙間から風が入ってくるし、鉄の荷台に背中からどんどん体温を奪われる。あと、揺れもひどい。舗装されていないデコボコ道から、突き上げるような振動が伝わってくる。おまけにおしっこがしたい。そういえば阿佐ヶ谷から一度もトイレに行っていなかった。一度ぐらい行っておけばよかった。だいたい、寒さと揺れというのは、膀胱《ぼうこう》がぱんぱんの時に与えてはいけない二大刺激ではないか。ああ、もうだめだ、漏れそうだ。

だが、どこかで立ち小便をしようにも、走行中に飛び降りたらもちろん大怪我、いや下手したら死ぬだろう。となると信号待ちのタイミングなどを見計らって降りるしかないだろうが、後続車がいる時に降りたら、後ろの運転手はびっくりすること間違いなし。下手したら通報されてしまう。そして、荷台に寝転がってシートで覆われた状態では、後ろに車がいるのかどうかがよく分からない。しかも、シートの外ではもう日が暮れたようで、ますます寒くなる。このままでは尿を漏らした上に、その尿で濡れた体が冷え切って凍死してしまいそうだ。

軽トラは未舗装の道を抜け、やっと舗装道路に出たようだ。とりあえず振動が緩和されたのはよかったが、早く降りてどこかでおしっこをしたいことには変わりない。後続車のライトの光がシートの隙間から届く。しかしライトがなくなると、上からの光はシートで遮《さえぎ》られてしまうので、ほぼ真っ暗だ。

ただ、そこで賢は気付いた。――そうだ、日が暮れたから、ライトという手がかりが得られるようになったのだ。後続車のライトは、荷台に寝ている賢の足先から照らされる。その光が届かなくなった時が、後続車がいない時だ。その時を狙って荷台から降りればいいのだ。

チャンスは数分後に訪れた。軽トラがエンジンをかけたまま停まった。足先からは光を感じない。おまけに、シート越しに前方からうっすら赤い光も感じる。――よし、信号待ちだ。

賢はシートの隙間を広げ、両足を通して素早く道路に降りた。重力に任せればいいので、入る時よりも楽だった。もちろん後続車はおらず、歩道に人や自転車もいなかった。先の信号で交差する道路には何台も車が通っているが、賢が荷台の後ろから出てきた様子は軽トラの陰になって誰にも見えなかったはずだ。軽トラは青信号になってそのまま発進した。

すでに日は沈み、空には満月が浮かんでいた。すぐ近くに林があったので、賢はそこに駆け込んで立ち小便をした。驚くほどの量が出た。ああ助かった、とりあえず尿意問題は解決した。

ただ、おそらくまだ、大した距離は移動していない。できればもう一度、この要領でトラックの荷台に乗って、なるべく遠くに移動したいところだ。賢は林の中に身を潜めたまま、前の道路を眺める。交通量は多くない。車は一、二分に一台通る程度だ。ただ、先の信号で交差する道路は、逆に交通量が多すぎる。トラックも何台か見えるが、あの荷台に人目につかず乗り込むのはまず不可能だろう。

一方、交差する道路との交通量の差が大きい分、こちらの道路は赤信号の時間が長いようで、来た車はほぼ確実に林の前で停まる。やはり、荷台に潜り込めそうな、ちょうどいいトラックが来るのを、林の中で待つしかない。賢は前の道路に目をやったまま、じっと息を潜めた。

だが、都合のいいトラックなんてそうは通らない。というか、まずトラック自体が通らない。乗用車はやってくるが、さすがにその天井に飛び乗って逃げるのは無理だ。すぐに見つかって通報されてしまうだろう。そのまま一時間ほど経っただろうか。だんだん気温が下がってくる。寒さのあまり尿意を覚え、賢は再び立ち小便をした。少し前に限界まで溜めて出したはずなのに、結構な量が出るんだなあ、なんてぼんやり考えていた、その時だった。

目の前の道路に、荷台に幌《ほろ》が付いた軽トラックが現れ、赤信号で停まった。

しかも、さっきのような平たい荷台にシートがかかったタイプではなく、屋根と壁がついた箱形の荷台全体を、幌がすっぽり覆ったタイプの軽トラだ。つまりこれは、中に乗り込むにはうってつけの形状だ。よりによって立ちション中だったが、この際かまっていられない。こんな都合のいいトラック、次はいつ通るか分からないのだ。

賢は急いで尿を出し切ると、ちんちんをしまわずにダッシュした。もしここで歩道を女性が通りかかったら、即座に痴漢が成立してしまうところだったが、幸い人は通らなかった。陰部を露出しながら、通りすがりの軽トラの荷台に侵入しようとする男。間違いなく今この瞬間、賢が日本一の不審者だ。

その軽トラの幌の後ろには、運転席からバックミラーで後方確認をするための、透明なビニールの小窓が付いていた。賢はそこから運転席に姿が見えてしまわないように身をかがめながら、幌の下端の、ゴムバンドが留めてある部分を引っぱり、しゃがみ込んでその隙間から頭を潜り込ませた。さっきの軽トラよりもゴムバンドがきつく留まっていたが、どうにか上半身を中に入れ、両手を荷台の床につき、体を引っ張り上げた。

だがその時、アクシデントが起きた。出しっぱなしのちんちんが、鉄製の荷台の端と、自分の体の間でぐいっと挟まれてしまったのだ。そして、その下に付属している、男の全身において最も無防備な、薄皮に包まれただけの二つの急所に、ごりごりっと全体重がかかってしまった。

「んんん〜‼」

激痛に思わずうなり声が出たが、音量は最小限になるよう懸命にこらえる。

どうにかそのまま両足を持ち上げ、荷台にしゃがみ込んだ。痛みに歯を食いしばったまま、なんとか体を丸める。荷台には荷物がたくさん積まれていたが、運転席からバックミラーを使えるように、荷台の中央部だけ隙間が空《あ》けられていたので、その隙間に身を横たえた。

それにしても痛い。ああ痛い。目に涙がにじんだ。しかも信号はいっこうに変わらず、それから一分以上経ってようやく車は発進した。これならちんちんをしまっても全然余裕があった。くそっ、しまってから乗り込めばよかった……と思いながら、荷台に寝転んだ体勢で、一応玉が潰れていないことは手で触って確認してから、ゆっくりとしまう。

その後、目が慣れてくると、運転席の後ろの窓や、幌の小窓からわずかに入ってくる光で、荷台の中がだんだん見えてきた。たくさんの段ボールの他に、プラスチックの衣装ケースや家電などが積まれている。今は人事異動の時期でもある十月。どうやらこれは引っ越しのトラックのようだ。

運転席の後ろの窓からちらっと覗くと、若い男が二人、運転席と助手席に乗っているのが見えた。内容までは分からないが、談笑する声が荷台からでも微かに聞こえる。賢が荷台に乗り込んだ気配に気付いている様子はない。あとは引っ越し先が少しでも遠くであることを祈るばかりだ。

それにしても、この荷台は冷たい風もあまり入ってこないし、床面に伝わってくる振動も、前のトラックよりずっと小さい。前とは段違いの快適さに疲れも重なって、賢は急に眠気を覚えてしまった。もちろん本当に眠ってはいけない。降りるタイミングも重要なのだ。うっかり眠って、引っ越し先で二人に見つかってしまっては話にならない。長時間走ったところで、前みたいに飛び降りるか……あ、でも、こっそり荷物の陰に身を隠せば、荷下ろしが始まってもしばらくは見つからないか。じゃあ少しぐらい眠っても大丈夫か……ああ、だからってこのまま眠っちゃだめだ……荷台の真ん中に寝てたらすぐ見つかっちゃうし……それに俺、寝相が悪いし……ああ、起きないと……起き、ないと……。

――それから、どれぐらいの時間が経ったか。

突然、ガタンという大きな音と同時に、右足首に痛みが走り、賢は飛び起きた。

すぐに賢は状況を把握した。まず、眠っちゃだめだと分かっていたのに眠ってしまったこと。そして、寝相が悪いせいで荷物の山を倒してしまったこと。さらに、その荷物が右足首の上に落ちてしまったことも悟った。ああ、まったく何をやってるんだ俺は！

しかも、運転席から「何だ？」というような声が聞こえ、すぐに車が停まってしまった。気付かれた！　賢は一気に大ピンチに陥《おちい》ったことを悟った。

だが、そこからの機敏さは、自分でも驚くほどだった。

賢はしゃがんだまま荷台の後端に移動し、幌の隙間から道路に降りた。後ろから車が来ていないことは幌の小窓から確認できていた。右足首が痛んだが、気にしている場合ではない。ほぼ真っ暗闇の中、荷台から出てコンマ何秒の間に、助手席から人が降りてきたのが分かった。一方、運転席からはまだ降りてきていない。その気配を瞬時に察した賢は、運転席側に走った。そこで、この道が田んぼに沿った細い農道のようだと分かった。――おそらく、ここまでの時間を合計しても十秒以下という、驚異的な脳の情報処理速度を発揮していた。

賢は、田んぼの畦《あぜ》を滑り下りた。いや、滑り落ちると言った方がいい勢いで、稲刈りが終わって水が抜かれた田んぼに着地した。右足首にまた激痛が走ったが、声を上げるわけにはいかない。そのまま闇の中でしゃがんで息を潜めていると、上の道路から声が聞こえてきた。

「あ〜、崩れてる」

「あれ、なんか荷台汚れてないか？」

「ああごめん、俺が積む時に汚しちゃったのかも。最後に掃除するわ」

「ていうか、さっき、何かあっちに走ってった気がしたんだけど……」

「気のせいじゃね？」

「まあそうだな。野良犬とかかもしれないし。……まあいいや、ちょっと直すべ」

そんな会話が交わされた後、しばらく荷台の荷物を積み直すような音が聞こえた。その後、「じゃあ行くか」という声ののち、バタンバタンと車のドアが続けて閉まる音がした。そして、エンジンがかかり、その音があっという間に遠ざかっていった。

――ふう、危なかった。あと一秒動きが遅ければ見つかっていたかもしれないが、どうにか見つからずに済んだ。

だが、それと引き替えに、どこだか見当もつかない農村に放り出されてしまった。

辺りは真っ暗だ。街灯さえ見当たらず、満月と星の明かりしか見えない。あと、かなり寒い。東京の夜より明らかに寒い。北関東、いやもしかしたら福島県ぐらいまで行っているのか。どれぐらい眠ってしまったのか分からないから、進んだ距離も見当がつかない。

そして、右足が痛い。月明かりを頼りに見てみると、右のくるぶしの少し上から出血しているようだった。倒れた荷物の下敷きになって負傷したのだろう。まさか骨折でもしていなければいいが。

田んぼから道路に上り、右足を引きずりながら歩く。車も人も一切通らない道で降りたのは、不幸中の幸いだった。はるか遠くに幹線道路があるらしく、車のヘッドライトが移動しているのがちらちら見えるが、今夜のうちにこれ以上移動するのは無理だろう。すでに十分な距離を移動できたのなら、しばらくはこの辺に潜伏する方が得策かもしれない。

とりあえず、今夜冷たい夜風を遮ってくれるだけのスペースが欲しい。そう思ってしばらく歩いたところで、トタンでできた小屋を見つけた。周りに人家はなく、小屋の向こうには林が広がっている。中に入り、月明かりを頼りに目をこらすと、鍬《くわ》やスコップやプラスチックの籠《かご》などの農具が雑然と置いてある脇に、ビニールシートが見えた。

そのシートにくるまってみると、最初は冷たかったが、やがて体温でほのかに温かくなった。今夜はここで寝るしかないだろう。それにしても、まさかビニールシートにくるまって野宿する日が来るとは、昨日までは予想もしていなかった。たった一度、つい苛立《いらだ》って添島を突き飛ばしてしまったばっかりに、人生が激変してしまったのだ。

2

翌朝、農具小屋の中に差し込む朝日で目が覚めた。改めて見回してみると、農具はどれも古びて錆びついて、手入れもされていない様子だ。この小屋はもう使われていないのだろう。

ふと賢は、昨日痛めた右足を見た。スニーカーソックスのゴムの部分まで血が垂れているが、すでに血は固まっていて、腫れもない。農具小屋の外に出て、田んぼと林に挟まれた細い道を歩いてみたが、痛みは引いていた。とりあえず重傷ではなかったことにほっとした。

その細い道をしばらく歩いたところで、畦道に放置されて半分土と同化した段ボールの切れ端に「JAグループ茨城」という文字が見えた。さらに歩いてみると「不法投棄禁止」という看板に「ときわ市役所」と書かれていた。つまりここは、茨城県ときわ市ということか。

茨城県といえば、賢の生まれ育った千葉県の隣だが、一度も入ったことがなく、縁のなかった土地だ。それに、賢の地元の東金市は、千葉県の中でも中東部で、北隣の茨城に近いわけでもない。そこから茨城県ときわ市まで、誰にも目撃されず防犯カメラにも映らず、一晩でワープするように移動したのだ。ここまでの足取りは、我ながら完璧だったのではないか。

ただ、そこで賢は気付く。——これから先、どうするんだ。

ここまで移動したのは見事だったが、この先、生きていくあてなんてないのだ。

しかも、猛烈に腹が減っている。そういえば、昨日の添島との打ち合わせでカフェオレを飲んで以来、何も口に入れていなかった。ここからは、財布の中の金でなんとかするしかない。改めて財布の中身を見てみたが、やっぱり所持金は六百四十三円。何かの拍子に増えているようなことは当然なかった。キャッシュカードもクレジットカードも入っていないし、入っていたとしても居場所が警察に知られることになるから使えない。あ、でも、PASMOにはたしか一万円近く入ってるぞ、と一瞬思いかけるが、きっとコンビニなどでPASMOを使っても、賢が阿佐ケ谷駅に入った時と同じPASMOが使用されたという記録が残って、そこから警察に居場所が特定されてしまうのだろう。となるとPASMOも使えない。やはり六百四十三円が賢の全財産なのだ。この金でまず食料を買うしかない。

問題はどこで買うかだ。作家が編集者を死なせて逃走中というのは、かなり衝撃的なニュースだろう。賢の顔写真がもう報道されている可能性も十分にある。今はまだ報道されていないという可能性に賭けて、今のうちに買い物をしてしまう手もあるが、さすがに危険だろう。その賭けに負けたら、店員に通報されてあっさり逮捕という結末もありえる。帽子やマスクで顔を隠せば危険を減らせるだろうが、食料と一緒に買うには所持金が少なすぎる。

警察に出頭するという選択肢も、何度か頭をよぎっている。だが、その先に待つ未来は絶望的というしかない。

人を殺している以上、服役後も作家を続けるのは無理だろう。本を出せても一冊。さすがに自社の編集者を殺された三葉社が出版してくれるとは思えないので、他社から自叙伝的な本を出して、おそらくその出版社が世間からバッシングされて、その本を自主的に置かないような書店も出る——そんな顛末《てんまつ》で終わるはずだ。実際、近年本を出した殺人犯はみんな同じような顛末をたどったと記憶している。人殺しが何冊も本を出せたのは昔の話。現代の日本社会の懲罰感情は当時の比ではない。

警察に出頭すれば、今のこの状況よりは楽になれるだろう。だが、その先は服役生活の末、年を取って無職になるだけ。むしろその選択こそ、最も短絡的でその場しのぎだと思えた。

じゃあ、逃げた先に未来があるのか。それを考えてみても、今は何一つ明るい材料が思い浮かばない。だが、まだあきらめるのは早い。時間が経てば何か可能性が見つかるかもしれない。

自殺を先延ばしにしてるだけじゃないか——そんな思いが頭をよぎったが、慌てて否定する。違う、今は思い付かないけど、きっと何かしら生きていく道があるはずだ。

ああそうだ、とにかく腹に何か入れなくてはいけないのだ。空腹で思考も散漫になっていた。店を探すんだ。それも防犯カメラがなくて、店員が俺の正体に気付かない……そうだ、ヨボヨボの老人が個人経営しているような店でもないだろうか。賢はそう考えてしばらく歩いてみたが、すぐに気付いた。そもそもこの辺りには、個人経営うんぬん以前に、店そのものがない。農具小屋を出てから、遠くで農作業をしている農家の人たちを数人見ただけだ。見渡す限り田畑と森と空き地ばかり。東京じゃ考えられない空き地の多さだ。

と、だらだら歩いているうちに、ようやく太い道に出た。まあ、太いといっても広めの片側一車線なのだが、そこで安全な食料補給場所を発見した。

防犯カメラが付いている様子もない自動販売機が、歩道脇に一台ぽつんと設置されているのだ。賢はその中から、最も腹持ちしそうな、カロリーが高そうな飲み物を探す。

結果、おしるこを買った。

飲んでみて、賢は感動を覚えた。自販機で買うおしるこが、こんなに美味いとは思わなかった。五臓六腑に染み渡るとはこのことだ。昔から、自販機でおしるこなんて誰が買うんだろうと思っていたけど、今日分かった。これは飢えた逃亡犯が買うものだったのだ。

ただ、一缶飲んだら空腹が呼び起こされてしまい、我慢できずもう一缶買ってしまった。その結果、六百四十三円から、百二十円×二＝二百四十円が引かれて、残金は四百三円となった。

なんとか空腹を抑えたところで、賢は周囲を見渡しながら、今後の食料について考えた。ひとまず、これだけ畑があれば、作物を盗むことは可能だろう。また、田畑の合間に点在する家のうち、何軒かの庭に柿が実っていることにも気付いた。もっとも賢は、元々それほど柿が好きではない。フルーツのくせにこのフルーティー感の無さは何だ、ぐらいに思っていた。でも今は、柿を頬張ることを想像するだけで、よだれがどんどん出てくる。日が沈んで人目につかない時間になったら、柿も頂戴《ちょうだい》しようと決めた。

ただ一方で、人通りのない道を歩きながら、賢は徐々に不安を覚えていた。これなら人目につかないだろうと安心していたが、よく考えたらこの状況はむしろ危険なんじゃないか？

これだけ人が少なく民家もまばらだということは、この辺の住民はみんな知り合い同士なのだろう。となると、見覚えのない男が歩いているだけで目立ってしまうのではないか。賢はなるべく不審に見えないように、背筋を伸ばして堂々と歩いた。でも、堂々としすぎても目立ってしまうかと思い、やっぱり少し背中を曲げた。そのうちに、自分が元々どう歩いていたのか分からなくなり、背筋を曲げたり伸ばしたりしながら歩いたが、こんな前衛舞踊みたいな歩き方の奴こそ一番不審だよな、と自覚して、結局来た道を戻って農具小屋に入った。

ただ、この小屋も今は使われていないようだが、前の道を人が通ることはあるかもしれない。賢はそれを警戒して、小屋の後ろの林に入った。林の手前の方には空き缶などのゴミが落ちていたが、下草を分け入って奥に進めばゴミも見当たらず、人が通った形跡もなかった。賢は林の中に身を隠し、日が暮れてから畑の作物や民家の柿を盗もうと決めた。

そのうちに便意を催したので、賢は野糞をした。排便後、痛そうじゃない葉っぱを探して拭く。やってみると意外にできるものだった。あと、葉っぱを探している時にふと思った。もしかしたら、林の中に生えている野草の中にも、食べられる物があるのかもしれない。

ただ、食べられる草がどれなのか、見分ける能力がないのだから仕方ない。もし毒草でも食べてしまったら最悪だ。ああ、俺に岡本信人《おかもとのぶと》的能力があればよかった。岡本信人が食べられる野草を紹介していたテレビ番組は、たしか『ナニコレ珍百景』だったか。何度かちらっと見たことはあったが、もっと真剣に見ておけばよかった。それに岡本信人は野草関係の本も出してたな。一冊でも買っておけばよかった。五分でいい。岡本信人がここにワープしてきて、食べられる野草をレクチャーしてほしい。ああ、岡本信人、お願い、今すぐここに来て。信人、信人ったら──。人生でこれほど岡本信人を欲する日が来るとは、賢も予想していなかった。

口に入れたのがおしるこだけだったので、すぐ腹が減った。賢は下草をなぎ倒して地面に横たわった。小さな虫が辺りを飛び回ってうっとうしいし、木漏れ日が眩《まぶ》しいし、さすがに眠るのは無理かと思っていたが、気付けば眠っていて、ほどなくして日も暮れた。摂取カロリーが少ないと、人の体はエネルギー節約のため簡単に眠れるようにできているのかもしれない。

すっかり日が沈んでから、賢は畑の作物を失敬すべく、林を出て歩き始めた。

だが、すぐに気付いた。――しまった、夜が暗すぎる！

まったく浅はかだった。夜になれば畑仕事をしている人たちがみんないなくなって、畑の作物が盗み放題だと思っていたけど、そんな田舎には街灯なんてほとんど設置されていないのだ。作物どころか、どこに畑があるのかも、足下の道さえも満足に見えない。昨夜は満月がうっすら明るかったが、今夜は曇っているらしく、見渡す限り漆黒の闇が広がるばかりだ。

ただ、目をこらすと、遠くにぽつぽつと明かりが見える。それを目指して歩くしかなかった。

まずは、最も近くに見えた明かりを目指す。何度か道路脇の田んぼに転落しそうになったが、近付いてみて分かった。その明かりは民家の玄関灯だった。しかもその庭に、柿の実がなっている。それもありがたいことに、塀の外にまで枝が伸びている。

ああよかった、一時はどうなることかと思ったが、とりあえず食料にありつける。やっと固形物を食べられる。――賢は喜びを胸に、柿を一つもいで口に運んだ。

だが、一口かじった瞬間、異常事態が発生した。苦味というか、えぐみというか、とにかく非常によくないものが、口の中全体に瞬時に膜を張るように広がったのだ。

なんじゃこりゃあ！　慌ててぺっぺと吐き出す。毒が入っているのか、あるいは柿に似てるけど食べられない種類の木の実なのか……と思いかけて、賢ははっと気付く。

ああ、これが、渋柿というやつなのか。

呼び名は聞いたことがあったが、今まで食べたことはなかった。というか、これは「渋」の一文字で片付けちゃいけないだろ。だって「渋いお茶」は飲めるけど、「渋柿」は飲み込むのも絶対に無理だぞ。「ほぼ毒柿」とか「罰ゲーム専用柿」とかに改名すべきだ。

もう一つ実を採ってかじってみたが同じだった。賢はすぐ吐き出す。一個が渋柿なら、同じ木の残りの実も全部渋柿なのか。その辺のメカニズムも知らない。農業とは無縁のサラリーマン家庭で育った賢の、渋柿に関する知識は、往年の男性アイドルグループ「シブがき隊」の名前がこの渋柿にかかっていることだけだ。とにかく、待望の食料が食べられないと分かり、賢には絶望だけが残った。

しかも、そこに追い打ちをかけるように、ぽつぽつと雨が降ってきた。雨脚はだんだん強まってくる。もう農具小屋に戻るしかないが、痛切な空腹は解消されていない。

と、賢は、渋柿が実った家の向こう側に目をやった。暗闇の中に、明かりが移動している。あれは道路を走る車のヘッドライトだろう。そして、その手前のスペースがぼんやり光っている。道路との位置関係から考えて、あれは朝行った自販機に違いない。

賢は雨が降る闇夜の中、自販機まで走った。途中でまた田んぼに落ちそうになったが、どうにか踏みとどまり、自販機に着いておしるこを買った。他にもお茶や缶コーヒーなどがあったが、やはり最もカロリーが高いのはおしるこだろう。残金は二百八十三円。自販機で買い物ができるのは、あと二回だけだ。

おしるこを片手に、農具小屋へと走った。目が闇に少しずつ慣れていたのと、行きで一度通っていたこともあり、田んぼに落ちることもなく、無事小屋に着いた。雨に濡れて体温が奪われてしまったが、温かいおしるこの缶を開けて飲むと、一気に体が回復したようだった。

少しだけ上がった体温が逃げないよう、すぐビニールシートにくるまった。結局、おしるこ三本が、この日の全ての食事になった。日本一おしるこが好きな人でも、たぶんこんな一日は望まないだろうな——。そんなことを考えながら、賢はすぐ眠りに落ちた。

翌朝、賢は日が昇ってすぐ動き出した。

昨日の教訓。日が沈んでから歩き回って食料を探すのは不可能だ。どの畑に狙い目の作物があるか、日が出ているうちに把握し、夜になって人目がなくなってからどんな順番で盗んでいくか、頭の中でシミュレーションしておいた方がいい。

それに、昨日の昼間は少し臆病すぎた。逃走時の賢の映像がテレビで流れていたとしても、グレーの長袖Tシャツに青いジーンズなんて服装の男はどこにでもいる。よっぽど近くで顔を見られない限り、通報はされないだろう。賢はそう考えて、朝の散歩でもしている風を装い、堂々と歩き回ることにした。時々、本物の散歩中の人が遠目に見えたが、その時はさりげなく進路を変えてすれ違わないようにしながら、畑の作物に注目して歩き続けた。

だが、そのうちに気付いた。農業関連の知識に乏しい賢には、見た目だけでは何の作物だか分からない畑ばかりなのだ。特に多かったのは、子供が傘として使えるぐらい巨大な葉っぱがにょきっと出ている畑と、トランプのスペードのような形の葉っぱが大量に生えた畑だった。葉っぱを見ても分からないということは根菜なのかもしれないが、そもそも作物ではなく、繁殖力の強い雑草が茂っているだけなのかもしれない。

そんな中、多くの畑に植えてあって、賢にも見た目だけで何だか分かる野菜があった。それは大根だった。大根おろしも刺身のつまもあるのだから、生食は可能なはずだ。昼間に堂々と盗むにはサイズが大きすぎるが、その分、一本盗めば十分に腹を満たせるだろう。

その後、昼間でも盗めそうなありがたい作物を見つけた。ミニトマトだ。これなら間違いなく生で食べられる。道路から手を伸ばして届くところに、赤い実がついていた。賢は辺りを見回し、人がいないのを確認してから、一粒取って食べた。

おおっ、美味い！　おしること渋柿以外で二日ぶりに口にした食料とあって、感動すら覚える。だが、夢中で五粒目を食べていた時、車のエンジン音が近付いてきた。

賢は急いで角を曲がり、林の陰から様子を見た。すると、軽トラックが現れ、ミニトマトの畑の前に停車した。どうやら所有者が来てしまったらしい。

やむなくその畑はあきらめ、賢はまた人目を避けて歩いた。柿の木がある家は多い。大量に実がなっている木もある。だが、敷地の外からも手が届く木はなかなか見つからない。

そんな中、人の家の敷地ではなく、森の中に小さな柿の木が生えているのを見つけた。しかも、道路に向かって伸びた枝に、熟した実が二ついている。とはいえ昨夜の教訓があるので、渋柿かと警戒しながら実を一つ採り、前歯で少しかじってみた。

すると、その実は甘かった。やった！　賢は一気にテンションが上がった。甘柿がその辺の森の中に生えているなんて、なんという田舎のおおらかさだ。というか、庭に渋柿を植えていたあの家の主はどういうつもりだったのだろう。それとも、渋柿か甘柿かというのは植えた時点では分からないものなのか？　まあどうでもいい。賢は夢中で実を一つ食べ切った。

そして、もう一つの熟した実を手に取った時。──ぶうん、と背後で羽音がした。振り返ると、スズメバチが旋回していた。賢は慌てて飛び退いたが、スズメバチはしつこく追い回してくる。やむなく柿を手に逃げるしかなかった。まあ、食べ頃の実は二つだけだったのでいいだろう。もう何日かしたら、他の実も食べ頃になるかもしれない。

それからまたしばらく歩いたところで、栗林を見つけた。栗が前の道路にまで落ちている。だが、火をおこす手段がない。ライターでも持っていれば、落ち葉を燃やして焼くこともできただろうけど、非喫煙者の賢は持っていなかった。イガの中から実をほじくり出して、歯で割って食べてみたものの、火を通していないので硬いしまずい。何も口に入れないよりはましというレベルだ。それに、イガから栗の実を取り出すのは一苦労だし、イガのまま運ぶのも痛くて難しい。栗をたくさん食べて栄養源にするのは難しいだろう。

その後も賢は歩き回ったが、生のまま食べられそうな作物は見つからなかった。そのうちに頭がくらくらしてきた。やはり食料が絶対的に足りていないのだ。延々歩いてありついたのは、ミニトマト五粒と柿二つと生の栗一つだけ。それ以上のカロリーを消費してしまった感がある。今後は無駄に動き回らず、暗くなったところで作物を盗むのがいいだろう。それに、さすがに小さな果実ばかりでは体が持たない。そろそろ大きな野菜を食べたい。

やっぱり大根しかないだろう。美味いかどうかはさておき、生で食べられるのは確かなのだ。

賢は、大根が百本以上植えられた畑に狙いをつけ、その近くの林に身を潜めた。日が暮れて、ギリギリ周りが見えるぐらいの暗さになったら林を出て、大根を盗んで食べる。さすがに一本完食するのは無理だろうから、残りは農具小屋に持ち帰る。——そう計画を立てた。

昨日と同様、林に分け入って待機し、その間に野糞をする。昨日も今日も、昼間は林の中で野糞。なんと悲しいルーティンワークだろう。その後、下草の笹を平らにならして横になった。最初は服の汚れも気になったが、二日も野宿をすれば気にならなくなっていた。体の外側から徐々に自然と同化している感がある。そこでうつらうつらしているうちに、日が暮れた。

賢は林から出て、周りに人けがないのを確認してから、畑の大根を抜いた。万が一にも目撃されないように、また林に入り、大根の表面の土をできるだけ払ってからかぶりつく。

だが、一口で気付いた。これは無理だ！

表面の土は、水でしっかり流さないと落ちるものではない。ほとんど土を食べているようなものだった。それに、やっぱり生だと辛い。なんとか腹を満たさなくてはと我慢して食べたが、二割も食べないうちに限界を迎えた。持ち帰って食べる気にもならず、残りは林に捨てた。

そして林を出ると、思っていたよりずっと暗くなっていた。ああ、そういえば「秋の日は釣瓶《つるべ》落とし」とかいうことわざがあったっけ。夜の闇に包まれないように気をつけていたのに、大根に苦戦したせいで時間をとられて、結局道に迷ってしまった。まずはあの農具小屋に帰らなければならない。歩いている途中にも他の農具小屋はあったが、どれも現役で使われているようで、宿泊するのは危険そうだった。誰にも見つからないことが保証されている農具小屋はあそこだけなのだ。

もしかしたら帰れないかもしれない……賢は焦りながら、わずかな街灯を頼りに歩き続ける。

すると、道の両側が大きな畑になった場所に出た。

目をこらすと、その畑にはキャベツが植えられていた。

おお！　キャベツ！　災い転じて福となすとはこのことだ。昼間は通らなかった場所だが、道に迷っているうちにたまたま見つけることができたのだ。キャベツなら間違いなく生で食べられるし、ボリュームも満点だ。というか、キャベツを先に見つけていれば、大根なんて絶対生で食べなかった。賢は手前の一玉を失敬して、近くの林に入ってむしゃぶりついた。

やった～、やっぱりキャベツだ！　って当たり前なのだが、馴染みのある味が、この上なくありがたかった。外側の葉や土も少し口に入ってしまったせいか、最初は強い苦味があったが、中の葉はほどよい甘みがあった。夢中になって食べ、一玉を丸々平らげてしまった。

満腹になって林を出て、改めてその畑を見渡してみると、広大な面積にびっしりとキャベツが植えられている。全部で千玉以上あるのではないか。ここのキャベツを主食にしようと、賢はすぐに決めた。明日から他の作物もつまみつつ、この近くの林に潜伏し、日没後に一玉ずつ食べるのだ。これだけ数があるのだから、当分はばれないだろう。

明るい材料が見つかった。賢は晴れやかな気分で帰路に就き、少し迷いながらも、どうにか農具小屋までたどり着いた。キャベツ畑までの道のりは、真っ暗だったので完璧に記憶したとはいえないが、大まかな方向は分かっている。明日、明るくなってから探せばきっと着けるだろう。よし、これならしばらく生きていけそうだ。——賢は気持ちも腹も満たされ、ビニールシートにくるまってすぐ眠りについた。

それが、地獄の始まりだった。

まだ日の出前の、ようやく空が白みかけた時間に、目が覚めた。

目覚めた原因が、猛烈な吐き気だと悟った時には、もう喉までこみ上げていた。寝床を汚すわけにはいかないと思い、賢はとっさに小屋の外に出て、裏手の林に向かって吐いた。すると、すぐさま猛烈な便意に襲われた。空のわずかな明るさを頼りに林に入り、ズボンとパンツを下ろす。だが、まだ暗い中で通常の和式排便スタイルでは一張羅を汚しかねないと思って、ズボンとパンツを脱いで放り投げてから用を足した。すぐに、ぶしゅうっと、噴射するように便が出た。ふくらはぎの内側まではねてしまった感触があった。靴下にも付いてしまったかもしれない。

と、そこで賢は気付いた。トイレじゃないんだから、しゃがむ必要はないのだ。

賢は、両脚への流れ弾ならぬ流れ糞を、どうすれば最小限に抑えられるか思案した末、中腰になって、盗塁を狙う一塁ランナーのようなスタイルで続きを出した。その体勢で一、二塁間を下痢糞まみれにしながら、賢は考える。

なぜ、こんなことになってしまったのか……。まず思い当たった原因は、腹を冷やしてしまったことだった。間違いなく、夜が日ごとに寒くなっている。

だが、食料も原因かもしれない。特に大根を食べた時、土もずいぶん食べてしまった。よく考えたら、畑の土には当然肥料が入っているはずだし、その肥料の中には鶏糞《けいふん》などもあるということは知っている。大腸菌でも含まれていたのかもしれない。

とはいえ、土は糞の臭いを放っていなかった。そこまで臭かったらさすがに飲み込んでいなかったのだ。となると、別の原因も思い当たる。――農薬だ。

キャベツを食べた時、最初に強い苦味があった。生だし、外側の葉っぱだし、これぐらい苦いのも当然かと思っていたけど、あれは農薬だったのかもしれない。店に並ぶ前には洗い流される農薬も、畑に植えてある段階では付着しているのかもしれない。

ただ、そこで賢は気付いた。真の原因は、単に食べすぎかもしれない。だってよく考えたら、大根二割弱と、キャベツ一玉を生のまま食べたのだ。そんなに食べたら、安全な食材だったとしても腹を壊しかねないだろう。冷え、土、農薬、そして食べ過ぎ。どれか一つが原因なのか、それとも複合的要因なのかは分からない。一つだけ確かなことは、今まさに、猛烈に腹を下しているということだ。

そして、下痢の合間にまた吐き気を覚えて、中腰のまま吐いた。

そのうちに、ちょうど目の前に日が昇った。下半身裸で、下痢とゲロを放出しながらの日の出。これほど汚い日の出が今まであっただろうか。あと、下痢とゲロって、ぐりとぐらに響きが似てるな、なんて考えて気を紛らわせようとしたが、そんな思いとは裏腹に胃腸は絶え間なく暴れ続け、げえげえびちゃびちゃと地面を汚していく。さらに、朝の最低気温の中、野外で下半身裸で過ごせば、当然腹が冷える。下痢にもよりいっそう拍車がかかる。

地獄だ。これぞ地獄だ。賢は深い絶望に陥った。

小康状態になった時に、比較的柔らかい葉で肛門を拭いてから、笹に引っかかっていたズボンとパンツを穿く。だが、そのちょっとした屈伸運動だけで立ちくらみを覚えて、賢は地面にひざまずいた。すると、そのすとんと落下した感覚にまた吐き気を覚え、げえげえと吐いてしまった。そのうちにまた便意を覚え、穿いたばかりのパンツとズボンを脱いで下痢——そんな悪夢のループを、一時間ぐらい繰り返しただろうか。

とうとう何も出るものがなくなって、賢はふらふらと農具小屋に戻った。前の道路を人が通るかもしれないので、ビニールシートだけを持って林の中に引き返す。そして、吐瀉物《としゃぶつ》から離れたところまで歩き、ビニールシートにくるまって、倒れ込むようにして寝た。

太陽が出て気温も上がっているはずなのに、寒くて仕方ない。だが幸か不幸か、消耗しすぎていたせいで気絶するように眠ることができた。目が覚めた時には、もう日が落ちかけていた。ふらつきながらも立ち上がり、ビニールシートを農具小屋に戻し、おしるこを買いに行った。全ての栄養を排出してしまった肉体に、温かいおしるこを補給したかった。二百八十三円引く百二十円で、百六十三円。自販機はあと一回しか使えない。

缶を開け、甘く温かいおしるこを飲んだ。今日はこのまま夜を迎えるしかない。

ところが、ふらつきながらもなんとか歩いて、小屋に向かっている時だった。突如吐き気を覚え、飲んだばかりのおしるこを吐いてしまった。

ああ、なんということだ。まだ体が受け付けない状態だったのに、貴重なおしるこを買ってしまったのだ。もったいないことをしてしまった。後悔に涙さえこぼしながら、賢は農具小屋で眠りに就いた。体力の消耗で、眠ることだけはすぐできるのが、せめてもの救いだった。


逃亡五日目の朝方、賢は立ちくらみを抑えながら、ゆっくりと立ち上がった。

昨日はおしるこを吐いてしまった。もう一度チャレンジするのは不安だったし、最後の一回分の残金を、吐くかどうか分からない場面で使いたくなかった。

ただ、ミニトマトなら食べられる気がした。

賢は、昨日にも増してふらふらとした足取りで、ミニトマト畑を目指して歩いた。だが、畑までの正確な道のりを忘れていた。たしかこの辺だったよな、とうろつくうちに、森に生えた小さな柿の木を発見した。そこは、おととい実を二つ食べた木だった。

見ると、おとといはまだ色が薄かった柿の実が、なんとか食べられそうな黄色になっている。

とりあえずこれを食べよう。――賢がその実をもいで、かじろうとした、その時だった。

ぶうん、という羽音に、迅速に対応できるだけの体力は残っていなかった。

「いてえっ！」

うなじに激痛が走った。スズメバチが三匹視界に入ってきた。最悪だ、刺されたのだ。必死に手で振り払ったが、一匹がその手をかいくぐって顔面めがけて攻撃してきた。

「あがあっ」

今度は鼻に激痛が走った。そういえば、おとといこの場所で柿を食べた時にもスズメバチに遭遇したのだった。近くに巣があるのかもしれない、と刺される前に気付くべきだった。

賢は必死に走って逃げ、背後の羽音が聞こえなくなったところで、近くの林の中に入った。柿はどこかに落としてしまった。結局、何も食べられず、体内に摂取したのはスズメバチの毒だけだ。ミニトマトを盗むという当初の目標は見失い、ほぼ失神するように地面に倒れ込んだ。

目覚めた時は夕方だった。うなじと鼻が熱を持って腫れ、頭痛もひどい。ミニトマトを探す気力もなかった。暗くならないうちに農具小屋に戻り、ビニールシートにくるまって寝た。

それから三日間は、断続的に冷たい雨が続き、賢は農具小屋の中で震えているしかなかった。どこまでが飢えで、どこまでがスズメバチの毒のせいなのかは分からなかったが、賢の体調は日増しに悪化していった。少し立ち上がっただけで驚くほどの立ちくらみに襲われるし、脇の下でさえ冷たくなるほど体温が下がりきっていた。下痢と嘔吐で出し切ったせいか、もう大便は出ず、小便も数回出ただけだった。間違いなく、体全体が衰弱の一途をたどっていた。

頭の中には、漢字一文字が、徐々に濃度を増して浮き上がっていた。

「死」――もう、死ぬしかないのだろう。

このまま体が衰えていけば、野垂れ死には間違いない。「野垂れ死に」と慣用表現で使うことはあっても、現代の日本で、本当にこうして野に垂れて死ぬ人間は珍しいだろう。仮に一時的に持ち直したとしても、この先ますます寒くなる。この農具小屋で冬を越せるわけがないし、冬になれば畑の作物も消える。賢が一週間なんとか生きながらえたのは、実りの秋だったからだ。それはあと一ヶ月ちょっとで終わる。

結局、賢は絶望的な未来を、見ないようにしていただけだったのだ。やっぱり自殺を先延ばしにしていただけだったのだ。東金市からここまでの逃げ方は完璧だっただろう。でも逃げた先に何もないのだから、結局無意味だったのだ。

衰弱していくのもまどろっこしかった。もうさっさと終わりたい。

死ぬ間際には恍惚《こうこつ》感があるという話を聞いたことがあったが、全然そんなことはなかった。空腹はつらいし、ほぼ寝たきりで背中や腰は痛いし、一週間風呂に入っていない体は臭いし、股間はかゆいのを通り越して腐りかけている感じだ。こんな苦痛が続くのはもう耐えられない。

よし、さっさと終わりにしよう。もう自殺しかない。自殺をしよう。——そう決心すると、なんだか急に元気が出てきた。

何も食べられなかった雨の三日間を経て、その次の日はようやく晴れた。でも、もう畑に行くのはやめた。死ぬ決意は固まっていた。賢はさっと立ち上がる。多少ふらついたが、なんとか歩けた。死ぬと決めた途端、ここ何日かで一番調子がいいように思えた。

自販機の前の、太い道を歩く。今までは人目を避けるためこの道はあまり通らないようにしていたが、もう死ぬんだから関係ない。太い道を歩けば、いずれ大型のトラックが通ったり、線路と交わったりして、確実に飛び込み自殺できる状況が訪れるかもしれない。あるいは、街に出て高いビルが見つかれば、そこから飛び降り自殺できるかもしれない。——そんな漠然とした考えで歩いていたのだが、一、二キロ歩いたところで、いい自殺の手段が見つかった。

そこは、どうやら湖のようだった。看板によると「北浦《きたうら》」という名前らしく、広大な水面が広がり、百メートル以上はある長い橋が架かっている。

あの真ん中まで行って飛び降りれば、間違いなく死ぬだろう。賢は二十五メートル泳ぐのがやっとだし、かれこれ十年以上は泳いでいない。何より、泳ぐ体力なんて絶対に残っていない。もちろん、水は冷たいし、溺死《できし》は苦しいだろうが、トラックに飛び込んで罪のないドライバーを巻き込むのはしのびない。昼間に橋から飛び降りたら、誰かに見つかって救助されてしまうかもしれないが、夜になれば成功するだろう。よし、今夜死のう。――賢はそう決意して、夜まで待つため橋の下に降りた。護岸に空き缶などのゴミが落ちてはいるが、人けはない。

ふと財布の中を見る。残金は百六十三円。無様な最期《さいご》にふさわしい金額だ。１６３。まさに語呂合わせで「ぶざま」……にはなってないか。うん、全然なってないな。もう語呂合わせなんて高度なことは考えられなくなっている。脳を働かせる糖分なんて一切残ってないんだな。まあ、死ぬんだからいいけど。

賢は、財布の中の運転免許証を、一番手前のカードポケットに移した。これで財布を開いた時に真っ先に「大菅賢」という名前が目に入る。自分が水死体になった後、警察も身元確認がしやすいだろう。そんなちょっとした死に支度をした後、護岸に寝そべってうとうとして、気付けば夜になっていた。上からの車の走行音も聞こえない。

よし、行こう。賢は軽やかな気持ちで橋の上に登った。あとは橋の真ん中まで歩いてダイブするだけだ。寒さと苦しさはあるだろうが、きっとすぐに楽になれる。

――ところが、前を見ると、ちょうど橋の真ん中辺りに、女が一人立っていた。

女はじっと水面を見下ろしている。散歩中なのだろうか。だとしたら女が通り過ぎるのを待ってから飛び降りなくてはいけない。ただ、女は水面を見下ろしたまま、いっこ

だから。うに動かない。まったくもう、早くしてくれ。せっかく車の通りが途切れたところなん

と、その時。女が一人で小さくうなずいた後、欄干《らんかん》に手をかけ、よじ登ろうとした。

えっ、うそ、先客だったの⁉――賢は、とっさに女に駆け寄った。自分にこんな力が残っているのかと驚くほど、しっかりとした足取りで走れた。

「おいっ、死んじゃだめだ！」

賢は女の肩をつかみ、欄干から引き離した。自分だって死のうとしているのに、他人の自殺を止めたことに対して、賢自身も驚いていた。ただ、彼女は、人を殺《あや》めて逃亡している賢以上に追い込まれているようには、どうしても見えなかったのだ。

「その程度のことで死ぬな！」

賢は叫んだ。実際、彼女にどの程度の動機があるのかは分からないのだが、口をついてそんな言葉が出ていた。一方、女は歩道に倒れ込みながら、小さくつぶやいた。

「死なせてよ……」

その女の顔を見て、賢はふと思った。――おっ、けっこう美人だな。

「死ぬ……死ぬの……」

うわごとのように繰り返しながら、ふらふらと立ち上がろうとする女を、賢は制止する。

「だめだってば！」

賢は、女を羽交《はが》い締《じ》めにした。その時、女の柔らかな胸に、賢の手が触れた。その瞬間、賢の心に猛烈な感情が湧き上がった。――最後に、セックスしてから死にたい！

女の自殺を阻止する目的が、ここで完全に切り替わった。

「やめるんだ、死ぬ気になれば何だってできる！」

賢は、女の説得にかかった。しかし、女は泣き顔で言い返した。

「ホームレスに何が分かんの！」

あ、ホームレスって俺のことか。――賢は少し間を置いてから気付いた。そういえば自分の姿をしばらく見ていないが、一週間以上も野宿しているのだ。そりゃもう立派なホームレスだろう。

「ああ……たしかに、俺はしがないホームレスだ。でも、だからこそ言えるんだ。若いホームレスほど、人生をやり直せた奴は多いんだ。だから死んじゃだめだ！」

完全に口から出まかせだ。しかし賢は今、純粋な気持ちで女を説得していた。純粋に彼女の自殺を止めたかった。そして純粋に、その見返り的な感じでセックスになだれ込みたかった。

「見つけたからには、君を絶対に死なせない！　君ほどの若さがあれば、やり直せないことなんてない。死ぬことでしか解決できない問題なんて、絶対にないんだ！」

賢の言葉に、女は小さくうなずき、顔を覆ってうつむいた。どうやら、賢のまっすぐな思いに心を動かされたようだった。人生最後のセックスをしたいという、賢のまっすぐな思いに。

「もう帰りなさい。……ああ、危ないから送っていこう」

賢が、軽く女の肩を抱いて言った。女はまた小さくうなずいて、向こう岸へと歩き出した。

「ああ、車道に飛び出さないように、俺がこっち側を歩こう。あ、でも、隙を見て飛び降りようとしても無駄だぞ。ちゃんと止めるからな」

「……分かってます」女はうなずいた。

「まあ、なんで死のうとしたかなんて聞かないよ。でも、どうかこれからは、一度死んだつもりで、思い切りチャレンジして生きていってほしい。俺、賢っていうんだけどさ、ホームレスになって年取っちゃったけど、もっと若ければなって思うことはいくらでもあるんだ。そんな若さを持ってるのに死ぬなんて、俺からして見ればあまりにもったいないんだよ……」

と、賢はフランクに自己紹介もしつつ、思い付く限りの言葉で彼女を励まし、肩を並べて歩き続けた。無言で家までついて行ったら、下心がばれてしまう危険があるので、言葉をつなげることで「歩きながら説得してるんですよアピール」をし続けた。もちろん、家まで着いたら多少強引にでも襲ってしまうつもりだった。その肉欲で、賢はみるみる勃起《ぼっき》していた。

「太宰治と松本清張っていうのは、実は同じ年に生まれてるんだ。でも、二人が作家として活動した時期はかぶってないんだ。太宰治が自殺してしまってから、松本清張が小説を書き始めたからね。そして松本清張は長生きして、太宰治よりはるかに長い期間にわたって、数多くの傑作を書いた。もちろん、どちらが優れた作家かなんて、ジャンルが全然違うし比較できるものではないけど、要するに、若いうちに自殺してしまうなんて本当にもったいないし、生きていれば成功をつかむチャンスなんて無限にあるってことだよ……」

賢は、得意分野の話題につなげて、少しでも間を空けないように喋り続けた。女はうつむいたまま無言で歩く。女の表情はほとんど見えず、心中を読み取ることはできなかったが、賢がついてくることを拒むことはないまま、畦道や細い農道を縫うように歩き、家に着いた。

その家は、橋から徒歩十分余りの場所にぽつんと立つ、古びた二階建てだった。そう遠くなかったので話題が尽きずに済んだ。これが何キロも離れていたらさすがに大変だったろう。好都合なことに、近くに他の家はない。よし、ここまでは成功だ。あとはもう押し切るのみだ。

「家の人は、いないのか？」賢が尋ねた。

「父がいたけど、死にました」女が答える。

「ああ、そう……。今は、一人なの？」

「はい」女は小さくうなずいた。

ちょっと悲しいエピソードを聞いてしまったが、そんなことで収まる賢の性欲ではない。なんたって人生最後のセックスなのだ。そして、女が一人暮らしというのは最高の好条件だ。

「じゃ……おやすみなさい」

女は小さく頭を下げて、家の玄関を開けた。その瞬間、賢は強引に女の腕をつかんだ。

「えっ……ちょっと」女が驚く。

「なあ、せっかく助けたんだし、一回、その……」賢は鼻息を荒くして迫る。

「ちょっと……やめてください」

女は抵抗したが、賢は「いいじゃないか、なあ！」と強引に抱きついた。同時に、後ろ手に素早く玄関のドアを閉めた。


桐畑直美《きりはたなおみ》は思った。――ほらね、やっぱりこんなことだろうと思ってたよ。だって、勃《た》ってるの気付いてたもん。太宰治と松本清張の話あたりから、もうこいつのズボンの股間パンパンだったもん。自殺を止められちゃったから今日はあきらめて帰ることにしたのに、薄っぺらい説教しながら家までついてきた時点で、なんか怪しいとは思ってたけど、案の定クズ野郎だったよ。

「やめろ、触んな！」

直美は、賢と名乗った男を突き飛ばした。賢は壁に背中を激突させて「ぐえっ」と呻《うめ》いた。その背中で照明のスイッチが押され、玄関を入るとすぐ台所という、狭い室内が照らされた。

賢は「いてててて」と泣きそうな顔で呻いた後、言い訳がましく問いかけてきた。

「でも、君は死のうとしてたんだろ？　人間死ぬ気になれば何だってできるだろ？　だから、その……会ったばかりの男と、セックスだってできると思わないか？」

「お前クズだな！」

直美は心の底から罵倒《ばとう》した。すると賢は、居直ったように言った。

「ああそうだ、クズだよ！」

そして賢は、台所に目をやると、さっと靴を脱いで上がり込み、台所の包丁を手に取って、直美に刃先を向けながら近寄ってきた。

「こら、おとなしくしないと、殺すぞ！」

だが直美は、その刃先を数秒見つめてから言った。

「……いや、別にいいんだけど」

「えっ？」戸惑う賢。

「だって私、死のうとしてたし。ちょうどいいや、殺してよ。ほら、心臓刺してさあ」

直美は、包丁を一切怖がることなく、靴を脱いで賢に一直線に迫っていった。

「いや、あの……違うんだよ。殺すぞ、とは言ったけど、本気で殺すとか、そういうことじゃなくて……だから、ちょっと、ほら、下がって、危ないから」

と、慌てて後ずさりする賢の背中が、冷蔵庫にどんとぶつかった。賢はまた「ぐえっ」と弱々しく呻いて、持っていた包丁を落としてしまった。こいつずいぶん体弱いな、と思いながら直美はすかさず包丁を拾い、賢に突きつけ返した。

「お前こそ殺すぞ！　今すぐここから出てけ！」

「ひいっ」

賢が情けない悲鳴とともに両手を上げた。——が、数秒考えてから言った。

「……あ、俺も別にいいな」

「ええっ？」戸惑う直美。

「いや、あの……実を言うと、俺もさっき、自殺しようと思って、あの橋に行ったんだよね」

「うそっ、何それ⁉」

「しかも俺、相当衰弱してるから、ちょっと刺されるだけで死ぬと思うんだ。君みたいな美人に殺されるんなら本望だよ。さあ、殺してくれ」

賢が、不気味な微笑《ほほえ》みをたたえながら、直美に歩み寄ってくる。

「いやいや、無理無理無理無理」首を振りながら後ずさりする直美。

と、その隙を突いて、賢が直美の右手からさっと包丁を奪い、また突きつけてきた。

「おらあ、殺すぞ！」

「いや、だから、別にいいって言ってんじゃん。学習能力ゼロかよ」直美が鼻で笑う。

「ああ、そっか、そうなっちゃうか……」

賢は、しばらくじっと佇《たたず》んでから「とりあえず、いったんこれは置いとこう」と、包丁を台所の包丁立てに戻した。そして「う〜ん、どうしよう」と小声でつぶやきながら頭をかいて考えたのち、直美に向き直り、真剣な表情で床にひざまずいた。

「あのお、一回、セックスの方をお願いできないでしょうか！」

賢はそう言って、額《ひたい》をぴったり床に着けて土下座をした。

「あのさあ、丁寧に頼めばOKとか無いから！」直美は呆れ返る。

「ほんとに、ほんとにお願いします！」

「ていうか、お前超臭《くせ》えし！」

直美は冷たく言い放った。すると賢は「あ、そっか、風呂入ってないもんな」と今さら気付いたようにつぶやいた後、また土下座して訴えた。

「それじゃ、お風呂を貸してもらえれば入りますんで、どうかそれで一つ、お願いできればと……」

「ああ……」

そこで直美は、ふと思い付いてにやりと笑い、奥の脱衣所のドアを指差した。

「いいよ、入りな。あそこのドア開けた奥が風呂だから」

「え、いいんですか？」賢は、意外そうに聞き返した。

「うん、いいよ。タオルとか好きに使って」

「ありがとうございます！」

賢は頭を下げると、すぐさま小走りで脱衣所へと入っていった。ドアの向こうからカチャカチャとベルトを外す音が聞こえる。直美は、ニヤニヤしながらその方向を見ていた。

すると、一分足らずで、ドアの向こうから絶叫が聞こえた。

「わああっ！」

しばらくして、賢がドアを薄く開けて顔を出し、直美に訴えた。

「あの……血、血が」

そう、風呂場の床には、おびただしい血の跡があるのだ。

「最初は手首切ったんだけどね、なかなか死ねないし、超痛いし……だから橋から飛び込むことにしたの」

直美は袖をまくってみせた。左手首には痛々しい生傷がある。賢はそれを見て息を呑んだ。

自暴自棄になった直美は、へらへらと笑いながら告げた。

「その床きれいに掃除して、あんた自身もきれいに体洗ったら、ヤラせてやってもいいよ。でも嫌でしょ。そんな大量の人の血洗うの。だから、さっさと帰った方が……」

と、直美が言いかけたところで、賢はすぐさま返答した。

「ＯＫ、了解です！」

そして賢は、脱衣所のドアを閉めた。ほどなくして、シャワーを流す音が聞こえてきた。

「え……うそ、本気で掃除するつもり？　人の血だよ？」

直美はドアの向こうに語りかけたが、ゴシゴシと床をこする音も聞こえてきた。

「どんだけヤリたいんだよ……」

直美は呆れながら、脱衣所のドアを開けて風呂場の様子を見た。

すると、賢が脱ぎ散らかした服が目に留まった。急いで脱いだらしく、財布がポケットからこぼれ落ちていた。その二つ折りの財布は、開いた状態で床に転がっていた。

賢は、床の血痕をきれいに掃除した後、自分の体もきれいに洗った。人の血痕を掃除するなんて、進んでやりたい作業ではないが、とにかくセックスはしたい。その一心だった。掃除中も入浴中も勃起は収まらなかった。三十を過ぎてここまで勃起したことはなかったかもしれない。よく新聞や雑誌などに、勃起改善のサプリやらノコギリヤシの何とかやらの広告がいっぱい載っているが、最も効果的なのは、人を殺めて一週間ほど逃亡して自殺を決意したところでタイプの女と出会うことだろう。勃起でお悩みのみなさんにもぜひおすすめしたい。

風呂を出ると、脱衣所に直美がいたので驚いた。賢はとっさにタオルで股間を隠す。

「あの、床に置いてあったスポンジ、あれ掃除用でしたよね？　シャワーのお湯かけてあれで床をこすったら、思ったより取れたんで、なんとか掃除できました」そして賢は、おずおずと尋ねる。「で、僕の体も、もう臭くないですよね？」

「うん、まあ……」

直美は、両手を後ろに回して、少しもじもじしたようにうなずく。と、そこで賢は、自分の脱いだ服がなくなっていることに気付いた。

「あの、僕の服は……」

「ああ、洗濯しといた」直美ははにかんで答えた。

「ええっ？」

賢は驚いた。たしかに、脱衣所の洗濯機が回っている。

「代わりに、お父さんの服残ってたから、着ていいよ」

直美が、傍《かたわ》らのかごに入ったトランクスとスウェットに目をやって言った。

「あ、ありがとうございます」

頭を下げながら、賢は考えていた。――服を洗濯してくれた上に、なんだかさっきより態度も優しくなっている。これはもしかして、本気で俺に抱かれる気になってくれたということか？　だとしたらありがたいな。うん、土下座して頼んでみるもんだな。

賢は、スケベ心が出すぎないように笑いをかみ殺しながら、おずおずと直美に尋ねた。

「で、あの……セ、セック」

と言いかけたところで、直美が、後ろに回していた手を差し出してきた。

「その前に、サインしてくんない？」

彼女は、サインペンと三冊の文庫本を持っていた。その三冊は、賢のデビュー作から三作目までだった。

「えっ……」

賢は絶句する。一方、直美ははにかみながら語った。

「見ちゃった。財布の中の免許証。――あ、別にお金を盗ろうとしたわけじゃないからね。脱いだズボンのポケットから、財布が開いたまま落ちてて、中の免許証に『大菅賢』って書いてあるのが見えちゃったの。私、あんたの本の読者だったから、すごいびっくりしちゃって」

賢は思い出した。そういえば数時間前、橋の下でふと思い立って、自分が溺死体になった後の身元確認がしやすいようにと、財布の中の運転免許証を一番手前のカードポケットに移していたのだった。それを見られてしまったのだ。

「私一時期、読書にハマってたんだけど、この三冊マジで面白かったよ。たまたま本屋で手に取って買ったら、一冊目が面白かったから、もう二冊買っちゃったの」

直美はそう言いながら、股間をタオルで隠す賢に、文庫本三冊とサインペンを改めて掲げて見せた。だが、裏表紙に「ＢＯＯＫ・ＯＦＦ」と書かれた値札が貼ってあるのが見えてしまった。ちょっとがっかりしたが、それどころではない。完全に正体がばれてしまっているのだ。

「じゃあ、本とペン、ここに置いとくね」

直美は、洗濯機の上に、賢の作品三冊とサインペンを置いて、脱衣所を出て行った。

「あ、はい……」

賢は、とりあえず体を拭き、直美に渡された服を着て、自著にサインをしながら考えた。

これはどういう状況だ？　彼女は俺の正体に気付いちゃってるんだよな。なのに平然と本にサインを頼んできてるってことは、俺のニュースを見てないってことか？　ただ、だとしても、俺がこんなところでホームレス同然の状態になってたことはおかしいと思ってるはずだよな。いや、待てよ。もしかすると彼女はニュースを見てない上に俺の熱狂的ファンで、俺が現れたことに舞い上がって、そんな不自然さには気付かなくなってるのかもしれないぞ。だとしたらうまいことセックスに持ち込めるかも……あ、でも、事が済んだ後、彼女がちょっとでもテレビやネットを見て俺の罪を知っちゃったら、その時点で通報されちゃうかもな。まあ俺は一発ヤった後ですぐ自殺するにしても、橋から湖に飛び込んでまだ息がある時点で警察に来られたら、救助されちゃって死にきれないかもしれない。それは嫌だな。じゃセックスした後「警察に言わないでね」ってお願いしようか。いや、それはむしろ逆効果か。なんで急にそんなこと言い出したんだって思われて、ネットで調べられたら一巻の終わりだもんな。「警察に言わないでね」ってのは、警察に言ってくれって言ってるようなもんだな。芸人が熱湯風呂に入る前の「押すなよ、絶対押すなよ」ばりに逆効果だよな。う〜ん、どうすればいいんだ……。と、賢が考えを巡らせていた時だった。脱衣所のドアが薄く開き、また直美が顔を出した。

「で、大菅さん、どうすんのあんた。まだ逃げんの？　それとも自首すんの？」

直美があっさりと口にした言葉に、賢は驚いて聞き返した。

「えっ……知ってたんですか？」

「そりゃそうでしょ。ニュースで超やってるもん。編集者のこと突き飛ばして殺しちゃったんでしょ？　しかもそのあと、逃げる時に色々工作したんだもんね」

「え、色々工作した、っていうのは……」

賢がまた聞き返すと、直美は意外そうな顔で言った。

「そりゃ、あんたが仕掛けたんだから自分で分かってるでしょ」

「いや、それが、実は逃げ始めてから、一度もニュースを見てなくて……」

「あ、そうなの？」

直美は脱衣所に入ってくると、「じゃあ教えてあげるよ」とスマホを見せてきた。

――その後、直美の話と、直美がスマホで見せてくれたネットニュースなどの情報で、賢について報道されている内容が分かった。

まず賢は、添島が意識を失ったのを知って阿佐ケ谷駅に入り、最初は中央線の高尾行きに乗ったが、スマホを車内に忘れたまま西荻窪で降り、その後実家に行こうと思い立って反対方向の東京行きに乗った。——その一連の行動が、思わぬ効果を生んでいたらしい。

実はあの後、賢のスマホを拾った男がいたのだ。のちにその男はただのチンピラで、拾ったスマホを売り飛ばそうとしていたことが分かるのだが、彼は偶然にも、賢が降りるつもりだった吉祥寺で降り、しかも賢がかつて住んでいたアパートの割と近所に住んでいたらしい。

一方、警察は電話会社の協力を得て、賢のスマホの電波を追跡した。すると、賢が前に住んでいた吉祥寺にスマホがあることが分かった。警察は、スマホの行方に捜査を集中するあまり駅の防犯カメラの捜査をおろそかにしてしまったようで、賢のスマホを所持して自宅にいた男を見つけて連行し、賢がどこにいるのかと問い詰めた。

かたや男の方は、自分が他人のスマホをネコババした自覚はあるものだから完全黙秘を決め込み、何を聞かれても一言も答えなかった。警察の方も男の周辺を捜査してみたが、賢は見つからず、接点も一切浮かんでこず、さすがにおかしいと思って、どうやら男は本当に賢と無関係らしいということを察し始めた。そこで、実は賢が西荻窪駅で引き返しているということに気付いた時には、すでに事件発生から二日近く経っていて、結果的に初動捜査が遅れてしまった。最近はそのせいで警察に批判が集まっている。

——という話を聞いて、賢は思わず笑ってしまった。スマホを置き忘れたことが、そんな僥倖《ぎょうこう》を生んでいたとは思わなかった。

「で、あんたは、実家の近くの駅で降りて、たしか九十九里浜の方に歩いて行ったところから、行方が分からなくなってるんだよ」

「ああ、なるほど……」

賢はうなずいた。それは計算通りだ。

「しかもあんた、ずいぶん顔変わってるよね。ニュースに出てる写真より相当痩《や》せてるし」

「ああ、たしかに……」

賢も、洗面所の鏡をじっくり見たところで自覚した。たしかに、ネットニュースに出ている顔写真より、今の賢の顔は痩せている。飢餓状態だった逃亡生活が効いたのだろう。おまけに髭《ひげ》もかなり伸びたため、髭をきれいに剃った手配写真とは印象が変わっている。

ただ、痩せたことと髭が生えたこと以外に、もっと何かが変わってるよな……と、賢が自分の顔を見ながら小首を傾げていると、隣で直美が言った。

「ていうか、鼻でかくなってない？　それ整形したの？」

「あっ……そうか、スズメバチか！」

賢も、言われてみてようやく気付いた。スズメバチに刺された鼻が未だに大きく膨れているせいで、人相がだいぶ変わって見えるのだ。

「実は、ちょっと前に、顔をスズメバチに刺されたんだよ」賢は説明した。

「マジで？　怪我の功名じゃん」

直美は笑った後、「そうだ、これも使ってみれば？」と、脱衣所の棚から、ピンク色の小さな筒状の物を取り出した。

「これは？」賢が尋ねる。

「アイプチってやつ。まぶたに塗って二重を作るの。……ああ、実は私の二重も、アイプチなんだよね」直美は少しばつが悪そうに、自分のまぶたを指した。「あんたも一重だし、これ使えば、もっと顔変わると思うよ」

直美にレクチャーされて、賢もそれを使ってみる。まぶたに糊《のり》のようなものを塗り、プラスチックの棒を使ってまぶたに二重のラインを作る。

糊が乾いて完成すると、たしかに一重まぶたが見事な二重になった。

「おお、こんなに変わるのか……」

賢も驚いた。まるで印象が違う。自分で見ても、自分ではないみたいだ。

「ていうか、あんた今まで、大菅賢って本名で小説書いてたんだよね？　私、あんたがお風呂入ってる間に、ちょっと思い付いちゃったんだけどさあ……」

直美はそう言った後、少し間を空けてから、画期的な提案をしてくれた。

「もし、私があんたを匿《かくま》って、あんたが今までと違うペンネームで小説を書いて、その印税で生活できればさあ、この先ずっと捕まらないんじゃないの？」

それを聞いて、賢は五秒ほど考えた後、ぽんと手を打って喜んだ。

「なるほど、その手があったか！」賢は名案に興奮しながらも、さらに頭を働かせる。

「まあ、別人としてデビューするには、また公募の文学賞を獲らなきゃいけないだろうけど……でも俺は、三葉社本格ミステリー大賞を一回獲ってるんだ。きっとすぐに別の賞も獲れる！」

ただ、そこで賢は、ふと冷静になって直美に尋ねた。

「でも、あの……君が、俺を匿ってくれるのか？」

「いいよ」直美はにやっと笑った。

「あの、本当にいいの？　ばれたら君も捕まると思うけど……」

「警察だますんでしょ。超面白そうじゃん」

直美の笑顔に、賢は戸惑った。――と、そこで、はっと息を呑んだ。

「あっ、ちょっと待て、これは罠じゃないか⁉」

「えっ？」

直美は、ぽかんとした顔で賢を見つめた後、「ああ……」と半笑いでうなずいた。

「あんたが風呂入ってる間に、私がもう警察呼んだんじゃないかって思ってんの？　で、この提案も時間稼ぎじゃないかっていうこと？」

「……違うのか？」

思っていたことをそのまま言い当てられ、賢が半信半疑で聞き返す。

「だとしたらさあ、いくらなんでも警察来るの遅すぎだよね。あんたが風呂上がってから本にサインしてもらって、あんたが出てるニュースの説明して、アイプチやって……色々やってるうちに、もう三十分以上経ってるでしょ」

直美はさばさばと言った後、「まあ、信用できないなら逃げてもいいけど」と言い添えた。

賢は、そんな直美の表情をじっと見つめてから言った。

「ごめん、悪かった。……信じるよ。君は嘘をついてない」

「ふふ、ありがとう」直美は微笑んだ後、寂しそうにつぶやいた。「その言葉、ずっと欲しかったんだよね」

「ん？」

「ああ、何でもない」

直美は、少し慌てたように首を振った。

「でも、どうして君が、俺のために協力してくれるんだ？」

賢が尋ねると、直美は微笑んで答えた。

「まず一つは、あんたのファンだったからかな。それともう一つは……あんたがさっき言ってた言葉だけど、死ぬ気になれば何だってできるんだよね。だったら、一回捨てた人生なんだし、どうせならとびっきりの無茶したいじゃん」

「ああ……」

死ぬ気になれば何だってできる、という言葉は、直美を抱きたいがための口から出まかせだったのだが、思わぬ形で彼女の心を動かしていたらしい。言ってみるものだ。

と、直美はもう一つ、小声でつぶやくように言った。

「あとは……シュウだよ」

「えっ？」賢が聞き返す。

「いや、何でもない」

直美はまた首を振ったが、復讐《ふくしゅう》だよ、と言ったようにも聞こえた。

――とはいえ、そんなことはどうでもいい。

「とにかく、本当にありがとう」賢は改めて礼を言った後、ふと思い付いて付け足した。「あ、そうだ、小説の名義だけど、俺が別のペンネームで書くより、君が書いたことにした方がいいと思うんだ」

「えっ、私はいいよ」直美は首を横に振った。「世間に正体を明かしてない、覆面作家っていうのもいるんでしょ？　そうやって書けば、あんたの正体がばれることはないんじゃないの？」

「いや、覆面作家でも、編集者には必ず会わなきゃいけないんだ。それに出版業界ってのは決して広くないし、編集者が出版社間で転職することもちょくちょくあるらしい。つまり、もし俺が覆面作家として、どこかの出版社の新人賞を獲った後、大菅賢時代に仕事をした出版社を避けようとしても、いずれ俺のことを知ってる編集者に会ってしまう可能性はあるんだ。そう考えると、俺が編集者と会う立場になるのは危険だ」

「ふうん、そうなんだ」

「だから、君の名前で書かせてほしい。もし賞を獲れれば、俺が君のゴーストライターとして書き続けよう」

「マジで？　私作家になっちゃうんだ」直美はいたずらっぽく笑った。「分かった。じゃあ、とびっきり面白いの書いてよね」

「もちろんだ！　あと何ヶ月かすれば、君を作家デビューさせてやるよ」

賢はそう言って、直美の手を取った。

そして、笑みを浮かべながら、「それじゃあ……」と、おもむろに直美の胸を触ろうとした。

だがそこで、バチンと思いっきりビンタされた。

「痛えっ！」賢は思わず叫ぶ。

「おい、てめえ何考えてんだよ」直美が表情を一変させ、睨みつけてきた。

「いや、あの……これから一緒に暮らしていくわけですし、それにさっき、風呂を掃除したら、してもいいって言ってましたし……」

「一緒に暮らすからって、そういうことしていいとは一言も言ってねえし、それに風呂に入る前とは事情が変わっただろうがよ」直美はドスの利いた口調で言った。「ていうか、人殺して逃げて、もう自殺しようと思ってたところで、警察から匿ってもらえることになったんだよ。私は命の恩人だよね？　その上性欲まで満たそうって、虫がよすぎると思わない？」

「いや、でも、もう収まりがつかないんだよ、頼むよ……」

いきり立った股間を見下ろしてから、賢はなおも直美に抱きつこうとする。

「ふん、見損なったよ馬鹿！」

直美はまた賢を突き飛ばす。栄養失調状態の賢は、また「ぐえっ」と呻いて吹っ飛び、背中から壁に激突する。

「じゃ、やっぱ今の話は全部無しね。警察呼ぶわ」直美がスマホを取り出す。

「ああっ、嘘です、ごめんなさいごめんなさい！」賢がすかさず土下座する。

「勘違いすんなよ。主導権は私にあるんだからな。警察呼ぼうと思えばいつでも呼べるし、お前に脅されて家に上がり込まれてたって説明すれば、捕まるのはお前だけなんだからな」

「はい……そうですよね、もちろんです」

賢はしゅんとして頭を下げた。自分の無様さに、いつの間にか股間もしゅんとしていた。

ただ、直美は賢を見下ろしながら、一言付け加えた。

「その代わり、もし本当に賞獲れたら……その時は、考えてやってもいいよ」

「えっ？　あ、ありがとうございます！」

賢がぱっと顔を上げた。同時にまたちょっとだけ勃つ。

「でも、本当に獲れるんだろうな?」

「ええ、もちろんです!」賢は力強くうなずいた。「公募の新人賞なんて、競争相手は全員素人です。俺は四年もプロの作家をやってきたんです。負けるわけがありません。本気を出せば一発で獲れるはずです!」

3

それから約半年後。

直美は『ミステリアスマガジン新人賞』のホームページを閉じると、床に正座する賢を怒鳴りつけた。

「おいっ、また一次選考で落ちてんじゃねえかよ!」

「ごめんなさ〜い」賢は半べそをかいて土下座した。

賢は、桐畑直美の名義で、短編の新人賞二つ、長編の新人賞一つに応募したのだが、いずれも一次選考すら通過できなかったのだった。

「でも、これには理由があって……」

賢が顔を上げて言いかけるが、直美が遮る。

「何回も聞いてるよ。文体を変えたから、うまく文章が書けなくなっちゃったんでしよ？」

「ああ、うん、そうです……」賢はしゅんとしてうなずく。

逃亡中の大菅賢が、うまく潜伏先を見つけ、他人の名前を使って再デビューする――。

この手口に、出版関係者の誰かが気付くかもしれないと危惧した賢は、元々の自分の文体を大幅に変えて、各社の新人賞に応募していたのだった。だがその結果、思うような文章が書けなくなってしまった。犯罪の発覚を恐れるあまり、スランプに陥ってしまったのだ。

「でも、それは言い訳だよね？　応募作を読んだ出版社の人が『これ大菅賢の文章じゃないかな』って気付くかもしれないってことは、最初から分かってたことだよね？」

「まあ、そうなんだけど……」

「私はてっきり、あんたはそのハードルも乗り越えて、新人賞なんて簡単に獲れるって言ってるのかと思ってたんだけど」

「……すいません」

結局、賢は謝るしかなかった。だが直美は、さらに追い詰めてきた。

「ていうか、一次選考も通過できないのは、本当に文体を変えたせいなのかな。この際だから言うけど、そもそも大菅賢時代の作品も、出すたびにだんだんつまらなくなってたよね」

「えっ⁉」

「デビュー作と二作目ぐらいまでは、アイディアも冴えてたけど、だんだんネタ切れになってる感じだったよ。で、正直言って、最近応募した作品も、昔の作品に負けてたと思うし」

「そんな……」

辛辣な意見に、賢は打ちのめされる。一方、直美は遠慮なく続ける。

「まあ、新しいことに挑戦してるのは分かるよ。この前応募したやつは、ユーモアミステリーっていうの？　大菅賢の時は書いてなかった、ギャグシーンが多いミステリーだもんね。でも、あのギャグもさ、面白いところもあったけど、正直スべってるところもあったし、何よりミステリーとしての本筋がうまくいってない部分をギャグでごまかしてる感じがあったよね。ミステリーの新人賞に応募してるのに、あんなことをやってるようじゃ、これから先も……」

と、言いたい放題に意見を述べていた直美が、ふと賢の顔を見て、目を丸くした。

「えっ、ちょっと……泣いてる？」

「だって……そんなストレートに言わなくてもいいじゃないかあ」

賢は目を赤くして、涙を浮かべていた。

実際、直美の指摘は図星だったのだ。トリックや謎解きで毎回画期的なアイディアを生み出せるような力量がないことを賢は自覚していた。だからユーモア路線にシフトしようとしたのだが、その拙《つたな》さを正面から指摘されてしまったのだ。何より、半年前に死なせてしまった添島と同じことを言われたのがショックだった。結局あいつの言っていたことは正しかったのか。正しい指摘をしていた編集者を死なせて逃亡してしまったのか。――と、プライドがズタズタになった上に途方もない後悔が押し寄せ、気付けば涙が出ていたのだ。

「悪かった悪かった。大丈夫だって、書いてればそのうち結果出るって。だって一回デビューできてるんだから……」

直美が、床に座り込んで涙を流す賢の傍らにしゃがみ込み、ぽんぽんと頭を撫《な》でた。すると賢は、その直美の胸に顔を埋《うず》めようとした。

「おいっ！」

直美がすかさず右フックを放った。こめかみを打たれ、賢は「ぎゃっ」と床に倒れる。

「お願いです。一回だけでいいんで、させてください！」

賢は土下座した。もう土下座も慣れたものだった。

「本当に、一回させてもらえれば、なんかこう、一気に創作意欲が解放されるというか、モヤモヤが晴れて、いい作品が書ける気がするんです。もう耐えられないんです。あなたのような美人と一つ屋根の下にいて、指一本触れられないなんて……」

賢は本心から言った。元々、執筆がうまくいかない時に限って性欲が高まってしまう体質だったのだが、家の中に美女がいるにもかかわらず手を出せないという今の状況は、悶々としておかしくなりそうなのだ。だが、もちろんそんな要求を直美が受け入れるはずもない。

「都合のいいこと言ってんじゃねえよ！　要は、一次選考も突破できてないけど一回やらせてくださいってことじゃねえかよ。最初の話と全然違うじゃねえかよ！」

「そこをなんとか！」

賢はなおも直美の足にすがりつこうとするが、額を蹴られて「げうっ」と倒れる。

「もしやるとしても、受賞してから。それだけは絶対譲らないからな！　寝てる時とかに無理矢理やろうとしたら、マジで即一一〇番だからな！」直美は宣告した。

「いや、それは本当にしないです。ごめんなさい……」

賢はまた土下座の体勢になって、力なく返す。

すると直美は、「頑張ってよ」とつぶやくように声をかけてから、部屋を出て行った。

賢は涙を拭きながらゆっくり起き上がる。この上なく惨《みじ》めだったが、できることといったら、またパソコンに向かって執筆を始めることだけだった。

隣の部屋からは、キーボードを叩く音が聞こえる。直美の就寝後も、賢は執筆を続けている。

改めて振り返ると、さすがに少し言い過ぎてしまったかもしれないと、直美は布団の中で反省した。

それにしても、なんでこんなことになっちゃったんだろ。――直美はため息をついた。

直美が週五日、自宅から十キロ以上離れたスーパーで働き、賢は家でパソコンを使って執筆する日々。半年もの間、この生活を続けているが、まったく結果が出ない。

賢はアイプチを継続して二重まぶたになった。さらに、手配写真よりうんと瘦せ、髪も髭も伸び、指名手配犯の大菅賢だと素人目にはまず気付かれない風貌になった。なお、賢が起こした事件は、発生直後は頻繁《ひんぱん》に報道されていたが、今ではテレビで続報を見ることもない。それには、事件発生から約半年が経ったこと以外に、もう一つ大きな理由があった。

実は、被害者の添島茂明が、事件から三ヶ月ほど経った頃、業務上横領の容疑で被疑者死亡のまま書類送検されたのだ。添島が生前、三葉社の経費を長年にわたって合計で一千万円以上使い込み、遊興費に充てていたことが、死後しばらく経ってから発覚したらしい。

そのネット記事を見つけた時の賢は、「ほら見ろ、やっぱりあいつは悪い奴だったんだ」と小躍りして喜んでいたが、「だったらなおさら、あの時揉めなくても、近いうちにクビになって担当替わってたかもしれないんだよな……」とすぐに落ち込んでいた。ともあれ、被害者の犯罪歴が明るみに出たことで、あの事件はなおさら報道されにくくなり、賢の顔写真がメディアに出る機会も減ったのだった。

ただ、賢の正体がばれる危険性が下がったとはいえ、賢の執筆の成果が出ていない状況は変わらない。結局、そこがうまくいかなければ話にならないのだ。

同居が始まった当初、賢は家事を分担しようと申し出ていた。だが、一度料理をさせてみたら「賢自身が食べるだけなら我慢できる」というレベルで、直美の方がはるかに上手だった。洗濯も、下着類を任せるのは抵抗があるので、賢に任せられるのは食器洗いと掃除ぐらいだ。もはや賢は、ちょっと家事をするだけのヒモだ。おまけに食費と水道光熱費が以前より余計にかかるので、生活はギリギリだ。

その上、賢は時々、さっきのように直美の体を求めてくる。そのたびに「一一〇番するぞ」と脅すとおとなしくなるのだが、パターンは出会った日から変わらない。土下座をして、口調も敬語になる。よくこんな無様なことができるな、と直美は毎回呆れ返っている。しかも賢は、衣食住すべての面で直美に依存している負い目があるからか、日常生活でも徐々に敬語が交じる頻度が高くなっている。賢の方がずっと年上なのに、卑屈の極みだ。まあ、ヒモのくせにふんぞり返られても困るのだが、卑屈でもそれはそれでイライラする。

それと、賢は体を求めてくる時、直美のことを可愛いとか綺麗《きれい》とか褒《ほ》め称《たた》える。直美は過去に二人の男と付き合ったことがあるが、二人ともあんなに直美を褒めたりはしなかった。正直、褒められて悪い気はしない。でも、それとこれとは別だ。はっきり言って、直美から見て賢は全然タイプではないのだ。賞も獲れていないのに、させてやる気にはとてもならない。だから毎回一一〇番するぞと脅しているのだ。

ただ、直美は本当は、一一〇番なんてしない。絶対にしない。

警察を呼んだら本当に困るのは、直美の方なのだ――。

直美は最近、全然タイプじゃないヒモ男と暮らす日々を、ちょっとだけ充実していると思ってしまう時がある。それに気付くたびに、なんて馬鹿げた生活をしてるんだろうと、自分でも呆れ返る。今は、パートが休みの月曜日と木曜日にまとめて料理を作って、それをタッパーに入れて冷蔵庫で保存し、次の休みまで少しずつ食べる、という繰り返しの食生活。朝は直美の方が早起きで、夜は賢の方が遅く寝るけど、夕食はだいたい一緒にとる。二人でテレビを見て笑ったり、「これ美味しいね」と賢に言われたりすると、心が安らいでいる自分がいる。

近所の人たちからは、ますます白い目で見られているだろう。でも気にしない。だいたい、近所といっても、人家がまばらなド田舎では、隣の家だって百メートル以上離れているのだ。

こんな日々がいつまで続くのかは分からない。賢は本当に、直美名義でまた新人賞を獲れるのだろうか。仮に獲れたとしても、ゴーストライターをずっと務めていくことなんて、本当にできるのだろうか。――正直、無理なんじゃないかと直美は思い始めている。もしかすると、賢がとうとうあきらめて絶望して、自殺してしまうような日が来るのかもしれない。

でも、仮にそんなことになっても、もう覚悟はできている。

だって、元々はあの日に死ぬつもりだったんだから。

皮肉にも、直美にとって、いつでも自殺してやるんだという覚悟が、強気で生きていくための原動力になっていたのだった。

翌日も、直美がスーパーのパートに行ってから、賢は家でパソコンに向かっていた。落ち込んでいても、執筆を続けるしかない。賢には、作家をあきらめるという選択肢はないのだ。これが他の作家志望者との決定的な違いだ。他の作家志望者なら「作家になるのは無理そうだからあきらめて他の職業に就こう」という決断ができる。実際、大多数がそういう決断をしているのだろう。だが賢は、他の職業に就くことができない。そもそも、本来なら今頃、職業ではなく刑務作業に従事していなければいけないのだ。そうなるのが嫌なら、何が何でも桐畑直美名義でデビューしなくてはいけないのだ。

しかし、やはり執筆に身が入らない。「だんだんネタ切れになってる」「最近応募した作品も昔の作品に負けてた」――直美に昨夜言われた言葉が、胸に突き刺さっていた。

賢は深くため息をついて、パソコンの前でごろんと横になった。

ふと縁側《えんがわ》の窓から庭を眺める。間違いなく貧困層に入るこの桐畑家も、田舎だけあって庭は広い。また、前から少し気になっていたのだが、庭の真ん中辺りに、野球のピッチャーマウンドのように地面がこんもりと盛り上がっている場所がある。何かを埋めたのだろうか。わざわざ直美に聞くほどのことでもないので、結局謎のままになっているのだが。

賢がしばらくぼんやりと庭を眺めていた時、コツンと音が聞こえた。

昔ながらの木造瓦屋根の、この家の築年数は相当なものだろう。コツンとかギシッとかいう音が、このようにしばしば聞こえる。「ラップ音」と呼ばれて、よく霊の仕業などとも言われる現象だが、実際は湿度の変化などで木材がきしんだりする音らしい。また、壁にはひび割れも目立ち、リビングの白い壁には、ひびを隠すためか、白いガムテープが貼られた箇所もある。これだけガタがきた木造家屋なら、頻繁にラップ音が鳴ってもおかしくはないだろう。

——と思っていたのだが、この日は違った。

コツンとかカンッという音が、玄関側の壁から、十秒おきぐらいに何度も聞こえてくるのだ。どうやら、壁の外側に何かが当たって音が鳴っているようだ。

ひょっとして、石を投げられてるんじゃないか？

賢は立ち上がった。あれはおそらく、玄関方向から外壁に石をぶつけられている音だろう。桐畑家の向かい側の土地は、砂利《じゃり》が敷かれた空き地になっていて、投げる石は無数にあるのだ。子供のイタズラか？　でも今は子供は学校に行ってる時間だよな……そんなことを考えながら、賢は玄関に向かう。そして、玄関ドアの覗き窓から外を見た。

そこで、異様な光景を目にした。

道の向こうから、茶色のシャツに茶色のズボンという、埴輪《はにわ》のような色合いの服装の爺さんが、桐畑家に向かって石を投げていたのだ。一階の屋根の瓦にコツンと当たったのを見届けると、また一つ石を拾って振りかぶり、今度は壁に向かって投げた。

「なんだあいつ……」

賢は思わずつぶやいた。そして、埴輪ジジイが次の石を拾ったのを見て、すぐに靴を履き、玄関のドアを開けて飛び出した。

「わっ」

投石の体勢に入っていた埴輪ジジイは、ドアが開いて賢が出てきたのを見て泡を食い、石を落として早歩きで立ち去ろうとした。ごまかしたつもりなのかもしれないが、その前に投げたところを賢は覗き窓からはっきり見ている。

「おい、何やってんだ」

賢が背後から声をかけると、埴輪ジジイは立ち止まり、振り向いて答えた。

「なんもやってねえ」

「石投げたろ」

「投げてねえ」

「嘘つけ、さっき玄関の覗き窓から……」

と、賢が言いかけたところで、埴輪ジジイが言い返してきた。

「誰だおめえは、人殺しの仲間か?」

賢は血の気が引いた。——まさか、傷害致死で指名手配されていることがばれているのか。

だが、次の埴輪ジジイの言葉で、そうではないと分かった。

「この家に住んでんだっぺ？　あの女は人殺しだぞ」

「……えっ？」

賢は混乱しながら聞き返す。埴輪ジジイはさらに言った。

「あの女、マサルを殺して庭に埋めたんだあ。見た奴がいんだよ。あいつは魔女だよ」

「何言ってんだ……」

賢は顔をしかめた。たぶん、まともに会話をしようとしても無駄だろう。

「とにかく、次また石投げたら承知しねえぞ、いいな」

賢は、一応忠告を残して踵を返した。それでも埴輪ジジイは「投げてねえっつってんだ！」と言い返してきた。ぼけているのか酔っているのか知らないが、あの年齢で人の家に石を投げるなんて明らかに普通ではないし、言っていることも支離滅裂だ。

――その日の晩、帰宅した直美に、賢は埴輪ジジイの一件を報告した。

「今日の昼間、変な爺さんがここの屋根に石投げてきたんだ。玄関の方からコツンと音がすると思ったらさあ……」

賢は、埴輪ジジイの言動を詳細に伝えた。すると直美は、少し間を空けてから返した。

「まあ、どこにでも変な人はいるよ。ていうか、傍《はた》から見たら、うちらだって十分変な人かもしれないし」

「ああ、それもそうか……」

賢は妙に納得してしまった。たしかに、「指名手配犯とそれを匿う女」ほど変な組み合わせの住人が、この田舎にいるとは思えない。

――だが、それから十日ほど経った、ある日のことだった。

賢は夕方過ぎに、日課にしている散歩に出た。運動不足になるため、まったく外出しないのはよくない。かといって明るいうちに外に出ると、大の男が昼間からぶらぶらしていることを怪しまれ、下手したら指名手配犯だと見抜かれてしまうかもしれない。そう考えて、賢は念のため、外出は暗くなってからと決めていた。

街灯のない夜道は、数メートル先さえよく見えないが、北浦に架かる橋につながる道路には、街灯がついている。賢はいつも、その道を数往復することにしていた。東京にいた頃は真夜中でも誰かしら出歩いていたが、この田舎では日が沈むと出歩く人はほとんどいなくなる。

ただ、この日は、珍しく通行人に出くわした。

賢の前方から、五十歳ぐらいの女二人組が歩いてきたのだ。小太りでおかっぱ頭のおばさんと、まるまる太って大仏のようなパンチパーマをかけたおばさんだ。Uターンしたらかえって不自然になるかと思って、賢はそのまますれ違い、会釈《えしゃく》してやり過ごそうとした。

だが、すれ違いざまに、おかっぱのおばさんに声をかけられてしまった。

「あ、あなた、桐畑さんのお宅の……？」

「……ああ、はい」

日頃から誰にも見られないように心がけていたつもりだったが、直美と暮らしていることを把握されてしまっているらしい。やはり、田舎での噂《うわさ》が広まるスピードは相当なようだ。

「大変だったねえ、色々」今度は大仏おばさんが言った。

「ええ、まあ……」

何が大変だったのか分からないが、とりあえず伏し目がちに曖昧に返事をしておく。

「家に知らない女がいる、なんてマサルさんが言い出した時はびっくりしたけど」

「ありゃたまげたよねえ」

おばさん二人が盛り上がっているが、何の話をしているのかは分からない。

と、おかっぱのおばさんが、ふと気付いたような表情で、おずおずと尋ねてきた。

「あれ、あなた、桐畑さんの親族の方……ですよね？」

「ああ、まあ、その……」

賢は下を向いて口ごもった。するとおかっぱが、すかさず詰めてきた。

「え、違うの？」

迷ったが、賢は正直に答えることにした。

「ああ、はい……違います」

「じゃあ、あのこと知らない？」大仏が尋ねてくる。

「あのことって？」

賢が聞き返すと、二人は途端によそよそしい態度になった。

「……何でもないです。ごめんなさいね」

そう言い残して二人は歩き去った。賢は、彼女たちに不審に思われてしまったかもしれないと危惧する一方、さっきの言葉が引っかかっていた。

——家に知らない女がいる、なんてマサルさんが言い出した時はびっくりしたけど。あれはどういう意味だったのだろう。そして「マサルさん」というのは、いったい誰なんだろう。


帰宅すると、直美はまだ帰っていなかった。そういえば朝出がけに、パート先のスーパーの棚卸しがあるから遅くなると言っていたのだった。

賢はふと気になって、玄関の靴脱ぎ場の脇に置いてある紙袋を探ってみた。この紙袋には、家のポストに投函された不要なチラシや郵便物などが入っていて、いっぱいになったら袋ごと資源ゴミに出すことになっていた。賢自身は、居候《いそうろう》の身でプライバシーを侵害してはいけないと思っていたし、そもそも賢宛ての郵便物が来ることはないので、ポストの中身を取り出すことはなかったが、直美がこの紙袋にチラシや郵便物を入れるのは何度も見ていた。

しばらく紙袋を探ってみると、「桐畑勝様」という宛名のダイレクトメールを発見した。おばさん二人組が言っていた「マサル」という人物は、この桐畑勝のことだろう。

その時、賢は思い出した。前にこの家に向かって石を投げていた、上下茶色のコーディネートの埴輪ジジイが言っていた言葉だ。

――あの女、○○を殺して庭に埋めたんだあ。見た奴がいんだよ。あいつは魔女だよ。

あの時は、頭のおかしいジジイだと思って、まともに話を聞こうともしなかったが、たしか「勝《まさる》を殺して庭に埋めた」と言っていたのではないか。いや、でも違う名前だったか……賢はなんとか思い出そうとしたが、今となっては思い出せなかった。

そこに、エンジン音が聞こえてきた。直美の車が帰ってきた音だ。

まずい、古紙を漁ってダイレクトメールを取り出していたのがばれたら、不審に思われてしまう。車が停まってから直美が玄関を開けるまでは結構早いのだ。賢は慌てて、ダイレクトメールを紙袋の奥の方に戻した。すると、すぐに玄関の鍵が開いて、直美が入ってきた。

「ああ、おかえり……なさい」

賢は紙袋の傍らで、ぎこちなく微笑んで直美を迎えた。

「ただいま……何やってんの、そんなところで」直美は怪訝《けげん》な顔で言った。

「いや、あの……メモに使う古い紙を探してたんだ」賢は紙袋を指した後、さりげなく尋ねた。「ああ、そういえば、ここに入ってたダイレクトメールに、桐畑勝って名前が書いてあったんだけど、勝さんっていうのは……」

「ああ、死んだお父さん」直美は無表情で答えた。「DMとかは、今もたまに来るんだ」

「なるほど、そうなんだ……」賢はうなずいた。

直美は特にやましい様子もなく、家の中に入って台所で手を洗った。その姿を横目に、賢は改めて、ウォーキングしていたおばさん二人組の言葉を思い出す。

――家に知らない女がいる、なんて勝さんが言い出した時はびっくりしたけど。

つまり、直美の父親の勝が、家に知らない女がいると、あのおばさんたちに話したことがあったのだろう。どういう状況だったのかは分からないが、この家に知らない女が上がり込むという事件があったのだ。その時、直美はどうしていたんだろう。

いや、待てよ――。賢の心の中に、奇妙な考えがよぎった。

だが、賢の思考を中断させるように、直美から声がかかった。

「あれ、まだ晩ご飯食べてないの?」

「ああ、まだ……です」賢はとっさに敬語になって答えた。

「食べる?」

「はい……ああ、支度は俺がやるよ。棚卸しで疲れてるでしょ」賢が気を利かせた。

「別にそんな疲れてないけど……まあ頼むわ」

直美は自分の肩を軽く叩きながら、隣のリビングに行った。

賢が、冷蔵庫からタッパーを取り出し、中のおかずを皿に移してレンジで温め始めたところで、直美がリビングから声をかけてきた。

「どう、小説は？」

「うん、まあ……」賢は曖昧に返事をする。

「この前あんなこと言っちゃったけどさ、大丈夫だよ。きっと新しいスタイルが見つかるよ」

「ああ……ありがとう」

直美の方も、前に言ったことを気にしていたらしい。今さらながらフォローする言葉をかけてきた。だが、賢が今最も気になっているのは、作品のことではなかった。夕食をレンジで温める作業をしながらも、ずっと別のことを考えていた。

果たして直美は、本当にこの家の住人なのだろうか——。

4

その翌日、直美のパートは休みだった。

直美は休日、朝九時に開くスーパーまで車で買い出しに行く。その食材で数日分の料理を作るのだが、いつも買い物に一時間ほどはかかっていた。

賢としては、その隙を突かない手はなかった。

賢は、朝からパソコンに向かって執筆するふりをしながら、直美が車で出かけたのを見計らって、リビングの本棚を探った。居候の身として、家の中の掃除を率先して行っていた賢は、掃除の度にいつもそれを視界の端にとらえていたので、すぐに見つけることができた。

それは、桐畑家のアルバムだった。

今まで賢は、直美のプライバシーを探るようなことはしなかったし、直美も自らの過去を語ることはなかった。思えば賢は、直美が自殺しようとした理由さえ尋ねたことはなかった。

しかし、もう事情が変わっていた。賢は意を決して、アルバムをめくってみた。

始めの方は、両親に赤ん坊という三人の姿が収まった、平凡な家族のアルバムだった。だが、すぐに母親の姿を収めた写真が見当たらなくなり、徐々に大きくなっていく一人娘と、父親の写真ばかりになった。そして一人娘の写真も、中学校の入学式を最後に見られなくなり、最後は飼い犬らしき柴犬の写真が数枚あるだけだった。

ただ、薄々予感していたことではあったが、そのアルバムの中の写真には、決定的な不審点があった。

一人娘の顔が、直美とは全然違うのだ――。

率直にいって、直美の方が明らかに美人だった。直美は日頃、ほとんど化粧もしていないし、美容整形手術を受けられる経済的余裕がこの家にあったとも思えない。写真に写る桐畑家の娘は、直美とは別人だとしか思えなかった。

賢は、約半年もの間、直美がこの家で生まれ育ったという「設定」を疑おうともしなかった。でも考えてみれば、直美が本当に、この家の主だった桐畑勝の娘なのかどうか、賢には知る由《よし》もない。直美がこの家の住人として平然と振る舞っていた以上、彼女の素性を疑いようがなかったのだ。賢は、全身にうっすら鳥肌を立たせながらアルバムを閉じた。

と、そこで賢は、視界の端に異質な物をとらえた。――そうだ、これもずっと気になっていたのだ。

リビングの白い壁に貼られた、白いガムテープだ。ひび割れを隠すために貼られているのだろうと思っていたが、何か別の目的があるのではないか――。

しばらく逡巡《しゅんじゅん》したが、賢は思い切ってそのテープを剥《は》がしてみた。二枚重ねで貼られていたそのテープは、粘着力が弱まっていたようで、パリパリ乾いた音を立ててあっさり剝がれた。そして、その下から、黒いインクで書かれた文字が現れた。

知らない女が家にいる

賢は、ひいっと息を呑んだ。鳥肌が全身にびっしりと立った。

その文字からは、強烈な怨念《おんねん》のようなものを感じた。当然ながら、昨夜散歩中に遭遇した、おばさん二人組の言葉を思い出す。

——家に知らない女がいる、なんて勝さんが言い出した時はびっくりしたけど。

この文字は間違いなく、桐畑勝が書いたものだろう。

さらに思い出されたのは、いつぞやの埴輪ジジイの言葉だ。

——あの女、勝を殺して庭に埋めたんだあ。見た奴がいんだよ。あいつは魔女だよ。

今になって確信した。やはりあの時、埴輪ジジイは「勝を殺して」と言っていたのだ。賢はあの時点では、このジジイの話をまともに聞いてもしょうがない、と思っていた。だが、今思えば、彼の言葉こそが真実だったのではないか。人の家に石を投げるという行動は常軌を逸していたものの、あの行動も、桐畑勝の死の真相を知っている彼なりの、精一杯の抗議だったのではないか。

さらに賢の頭の中には、家に石を投げられた時の、コツンという音がよみがえった。あの音を聞く前にも、この家ではコツンとかギシッとか、ラップ音が何度も聞こえていたのだ。古い木造家屋だからちょくちょくこんな音が聞こえるのだろう、なんて思っていたが、あの中には本物の心霊現象のラップ音も含まれていたのではないか。桐畑勝の亡霊が、早く俺を見つけてくれと訴えかけていたのではないか——。

もう確かめずにはいられなかった。埴輪ジジイが言っていた、庭に死体を埋めたなどという話は、普通だったらとても信じられない。だが、賢には思い当たる節があった。

賢は玄関で靴を履くと、外へ駆け出して庭に回り込み、それを見下ろした。

庭の真ん中の、野球のピッチャーマウンドのような、こんもりと盛り上がった地面の膨らみを――。

すべてが、一本の線でつながってしまった。

賢が今まで桐畑直美だと思っていた女は、実は桐畑家とは血縁関係のない、赤の他人だった。彼女は何らかの手段で桐畑家に入り込み、若さと美貌で桐畑勝を籠絡《ろうらく》した末、多額の保険金をかけて殺害した。そして、勝の死体を庭に埋めた。ただ、その罪が他の住民に知られたことを察して、自殺を考えた。――そんなストーリーが、賢の頭の中で瞬く間に完成してしまった。

庭の隅の物置を開けると、中にはスコップがあった。賢は迷わずそれを手に取ると、地面の膨らみを掘り始めた。庭に出た時点でぽつぽつと雨が降り出していて、穴を掘っている途中で雨脚がどんどん強まっていったが、そんなことは気にならないほど夢中で掘り進めた。

すると、ほどなくして現れてしまった。

土の中から、白い欠片《かけら》が――。

「マジかよぉ……」

賢は泣き声でつぶやきながら、穴の中を覗き込んだ。やはり、それはどう見ても白骨だった。しかも、穴の側面を掘って横方向に広げてみると、背骨と肋骨《ろっこつ》らしき骨格まで見えてきた。ざあざあと本降りになってきた雨で泥が流されると、骨の白さがいっそう際立った。

もはや、疑惑は確信に変わってしまった。心の片隅には、何も出てこないでほしいと願う気持ちもあったのだが、こうして白骨が出てきてしまった以上、もう疑う余地はない。直美は殺人犯だったのだ。この家の主だった桐畑勝を殺害して、遺体を庭に埋めたのだ……。

「何してんの？」

突然、背後から声がかかった。賢はおそるおそる振り向いた。

そこには、直美がいた。

雨音に紛れて、帰ってきた車のエンジン音に気付かなかったのだと、賢は今さら気付いたが、もう手遅れだった。直美は、庭に面した窓を開け、じっと賢を見つめていた。

「あの、これは……」

賢は慌てて釈明しようとしたが、何も言葉が出なかった。

すると直美は、窓の外のサンダルを履いて庭に下り、賢につかつかと歩み寄りながら、暗い表情で尋ねてきた。

「私が庭に死体埋めてたとか、人殺しだとか、聞いてたの？」

雨に濡れた黒髪が直美の顔に張り付き、表情が見えなくなる。空は暗い雲で覆われ、仄《ほの》暗い庭の周囲には、二人以外の人影はない。叫んでも誰も助けには来ないだろう。

「いや、あの、その……」

賢は恐怖を覚え、後ずさりした。だがそこで、さっき掘った穴の残土のぬかるみに足をとられ、派手に転んでしまった。その勢いで、右手に持っていたスコップも手放してしまった。

そのスコップを直美が拾い上げる。そして、尖った先端を賢の方に向けて振り上げた。

「ひいいっ、助けて……」

賢は庭にへたり込んだまま、死を覚悟して両手で顔を覆った。

——ところが、その数秒後。

聞こえてきたのは、ザクッという、土が掘られる音だった。

おそるおそる顔を上げると、直美は、賢が掘った穴を埋め戻そうとしていた。

「かわいそうでしょ、リキのお墓荒らしちゃ」

「……えっ？」賢が聞き返す。

「ここに埋まってんの、うちで飼ってた犬だよ。ほら、よく見てよ」

直美が、埋め戻しかけた穴をまた少し掘って、中を指差した。

「人の骨がこんなに小さいわけないじゃん。それにほら、毛もちょっと残ってるし」

賢はおずおずと立ち上がり、穴の中を見た。たしかに言われてみれば、背骨から肋骨にかけてのサイズは、人間にしては小さすぎるし、頭蓋骨《ずがいこつ》の形は明らかに人間とは違う。それに、柴犬のような薄茶色の毛も、よく見ると土に混じっていた。

「ああ……たしかに」

賢はうなずきながら、そういえばアルバムの中に柴犬の写真もあったっけ、と思い出した。

「ていうか、一年以上埋まってると、こんなに白骨化するんだね」

直美は、穴の中を見下ろして感心してから、すぐにまた埋め戻した。先ほどまで降っていた雨は、通り雨だったらしく、いつの間にか止んでいた。

「ほらもう、泥だらけになっちゃったじゃん。自分で洗濯してよ」

直美が、転んだ賢の服を見て、呆れて言った。賢は「ああ、はい」と頭を下げる。

その後、二人で家の中に戻り、直美は濡れた体をタオルで拭き、賢は泥だらけになった服を着替えて洗濯した。そこで直美が尋ねてきた。

「うそ、もしかしてアルバム見た？」

「あっ……」

賢は、アルバムを床に置きっぱなしだったことに気付いた。さらに直美は、リビングの壁を見て苦笑した。

「しかも、テープも剥がしてるし」

壁の『知らない女が家にいる』の文字も、テープを剥がしたまま露わになっていた。

「いや、その……」

賢はしばし言いよどんだが、正直に白状することにした。

「ごめん。実は、君が桐畑直美ではないんじゃないかって、疑ってしまったんだ――」

賢は、埴輪ジジイとおばさん二人組の言葉や、家で発見したアルバム、壁に書かれた文字、庭に埋められた骨といった手がかりから、直美が桐畑勝の娘ではない別人で、勝を殺して庭に埋めたのではないかと思った――という一連の想像を説明した。

「そりゃまた、ずいぶん大胆な妄想をしてくれたね」

直美は、賢の説明を聞き終えると、苦笑しながら言った。

「ていうか、アルバムの写真の顔が別人だとかいうのは心外なんですけど」

直美が、床に置きっ放しのアルバムを指差した。それに対し、賢は本心から言う。

「でも、別人に見えたんだよ。だって、今の方がずっと美人だから……」

「はあ？　このタイミングでお世辞とかいいから」

「いや、本当にそう思ったんだよ、ほら」賢がアルバムを開いて、小学校高学年ぐらいの少女が写った写真を見せる。「全然違うじゃないか。特に目なんて」

だが直美は、その写真をじっと見た後、意外そうな顔で返した。

「あれ、前に言わなかったっけ？　私、目はアイプチで二重にしたって」

「えっ……？」

賢はしばらく記憶をたどって、「ああ、そういえば！」と手を打った。

「そうだ、俺がこの家に来た日、風呂入った後でアイプチした時に言ってたな」

「思い出した？　ていうか、私が元々二重だったら、そもそもアイプチ持ってるわけないんだよ。だって元々二重の人は、アイプチなんて使う必要ないんだから」

直美はそう言いながら、アルバムの少女の写真の、目の部分だけを隠してみせた。

「ほら、目以外は一緒でしょ」

「ああ……そうだな、言われてみれば」

たしかに、目の部分を隠してアルバムの写真を見てみると、別人だと思い込んでいたのが嘘のように、耳も鼻も、今の直美と同じ形だった。第一、直美がこの家の娘とは別人で、勝を殺して庭に埋め、それが周囲にばれたのを察して自殺しようとした――なんて想像は、冷静に考えたら無理がありすぎる。もし本当に彼女がそんな罪を犯していたのなら、この家に留まった理由が分からない。周囲にばれたのならさっさと逃げればいいし、庭に死体を埋めたところを目撃した人物を含め、周囲の人が誰も警察に通報しなかった意味も分からないし……とにかく矛盾だらけだ。賢は、推理作家なのに論理的に穴だらけの妄想にとらわれていた自分を恥じた。

「まあ、いつか話さなきゃとは思ってたんだけどね」

直美はそう言うと、賢の前に伏し目がちに座った。

「私がお父さんを殺したとか、死体を庭に埋めたとか、なんでそんな噂が広まっちゃったのか、ちゃんと説明するね」

そこから、直美は語り始めた――。

私ね、おととしの暮れまで、お父さんの介護をしてたの。

私、お父さんが五十歳近くになってできた子供だったから、年が離れててね。だから二十代で、認知症になったお父さんの介護をすることになっちゃったの。お母さんは、私が四歳の頃に癌《がん》で死んじゃってるからね。──お母さんとの思い出は、公園のブランコで遊んだこととか、保育園の運動会で一緒に走ったこととか、あとは病院のベッドに寝ながら頭を撫でてくれたこととか、いくつかの断片的なシーンしか覚えてないんだ。とにかくあっという間に死んじゃって、でもあんまり泣けなかったの。だってお父さんがびっくりするほど泣いてたからね。そのショックで涙も引っ込んじゃって、お父さんを慰めてたのは覚えてるんだけど。

それからお父さんは、男手一つで私を育ててくれたの。仕事掛け持ちしながら、家事もちゃんとやって、私を高校まで出してくれて、イラストの専門学校も行かせてくれて、私は地元のデザイン事務所に就職できて……。でもね、四年前、私が二十二歳になった年に、お父さんは認知症になっちゃったの。まあ、もう世間ではお爺ちゃんぐらいの年だったからね。

物忘れが激しくなって、しかも通勤中に交通事故も起こしちゃって、仕事は続けられなくなってね。最初は、典型的な物盗られ妄想が出たり、食事したことを忘れるぐらいだったけど、徘徊とかも出るようになっちゃって、トイレも失敗するようになっちゃって……本当に、どうしたらいいかって慌ててる間に、どんどん症状が進んじゃったから参ったよ。

私も、なんとかしようと頑張ったんだよ。でも、親戚も遠くに住んでて頼れなかったし、どんなところに相談したらいいのかも分からなかったし、ネットで調べて、包括支援センターかな、そこに相談したんだけど、体がしっかりしてると、要介護度って低く出ちゃうんだよね。寝たきりよりも動ける方がよっぽど大変なのにさ。要介護1じゃ、施設に入るなんて無理で、ヘルパーさんもあんまり頼めなくてね。本当はデイサービスが一番助かったんだけど、他の利用者と喧嘩して「もう来ないでください」って施設の人に言われちゃって、結局私が仕事辞めるしかなくなって、介護に専念するようになったの。まあ、無職で同居で在宅介護ってのが、一番地獄を見る選択だって知ったのは、後になってからだったんだけどね。

お父さん、調子いい時と悪い時があって、調子いい時は私のことも分かるし、一人でトイレも行けるんだけど、悪い時はトイレも失敗するし、台所でだしの素とか砂糖とかむさぼってる時もあったし、私の顔も分からなくなって「誰だあんたは」なんて言ってくることもあったの。「知らない女が家にいるんだよ」って徘徊中に近所の人に言ったり、しまいには壁にマジックで書いちゃったこともあって、それをテープ貼って隠してたのが、賢が見つけたあれだったんだけど……。近所の人も、お父さんが大変だってことは分かってたんだろうけど、正直、助けてくれる人はいなかったね。

そのうちにお父さん、夜も眠れなくなって、一晩中ずっと「助けてくれ～」とか言ってる時もあったし、昼間に寝ても、急に起きて徘徊しちゃうことがあったから油断できなくてね。

でも、そんな時期の唯一の楽しみが、読書だったの。私、子供の頃は漫画家になりたくて、介護始まってからも最初は漫画ばっかり読んでたんだけど、小説の方が安いお金で楽しめることに気付いて、最後の一年ぐらいは小説ばっかり百冊以上読んだと思う。テレビとかだと、音でお父さんが起きちゃうからね。音が出ない本が一番よかったの。それで賢の本も読んだんだ。

ただ、やっぱり仕事辞めてたし、お父さんの年金も少なかったし、内職もやったけど焼け石に水って感じで、貯金は底が見え始めてね。もう生活保護に頼るしかないと思って、市役所に行ったの。それだって相当苦労して行ったんだからね。いつもより長めにヘルパーさん頼んで、時間内に間に合うようにしてさ。でも申請に行ったら「若いんだから働けるでしょ」って門前払いみたいな対応されてね。それ以来、市役所からは足が遠のいちゃった。

そこから、もう二人で死ぬしかないのかもしれないって、本気で思うようになっちゃってさ。私の心が荒《すさ》んでいくのを、お父さんもなんとなく分かったんだろうね。たまに、頭がしっかりしてる時に「直美、もうつらいだろ、俺を殺してくれ」って、涙流しながら言うんだよ。それがまたつらくてね……。そのうちに、自傷行為もするようになっちゃったの。トイレ失敗したりとか、嫌なことがあると、自分の頭とかお腹とか脚とか、ボコボコ殴って泣くの。

でも、それからまた私のことが分かんなくなると、暴力振るうようになっちゃってね。

元々は優しいお父さんだったのに、本当に別人みたいになっちゃってさ。ぼけてる時は私を殴って、ぼけてない時は「殺してくれ」って泣きながら自分のこと殴って……本当につらかったよ。

ただ、症状が進むにつれて、お父さんの体も衰えてきてね、よく転ぶようになったの。調子が悪いと立って歩くこともできなくなって、そのままお漏らしされちゃうと大変だったけど、その分、徘徊も減って、要介護度も上げてもらえるかも、もしかしたら施設にも入れるかも、なんて話をヘルパーさんにも聞いて、ちょっと希望が見えてきたかなって感じだったんだ。

そんな時だった。忘れもしない、おととしの十二月四日の夕方。

二階のベランダで洗濯物取り込んでたらね、お父さんがいきなり来て「車の鍵どこにやったんだ」って聞いてきたの。車はずいぶん前から運転させないようにしてたのに、急に思い出しちゃったみたいでね。しかも口調がちょっと荒かったから、まずいなって思ってたんだけどね。

なるべく刺激しないように「車はもう運転してないでしょ」って言ったつもりだったんだけど、「そんなわけない。鍵をどこに隠したんだ」って、何度も叩かれちゃって、腕もひっかかれて血が出ちゃってね。私は、「やめて、離して」って言いながら手をふりほどいて、「車はもう運転できないの。後でちゃんと説明するから一階で待ってて」って説得したの。まだ洗濯物も途中だったし、「後で説明するからちょっと待ってて」

って言うと、いったんは納得してくれることが多くて、その時もそれで、お父さんが不満そうな顔はしてたけど引き返してくれたから、とりあえずは済んだかなって思ってたの……。

その直後、後ろからドタドタドタって音がしてね。お父さん、階段から転げ落ちたの。

でも、その時の私はね……今、初めて人に話すけどね、ちょっとだけお芝居をしたんだよ。

明らかに階段から落ちた音がしたのに、それが聞こえてなかったふりをしたの。洗濯物取り込んでて、音が聞こえなかったせいで、お父さんが階段から落ちたのに気付かなかったことにして、ちょっと時間を置いてから階段を下りて、そこで初めて気付いたふりをしようって思ったんだよ。そうすれば、お父さんを怒らせずに、少しでも怪我を重くできるかなって。ひどいよね、本当に私ひどいよね……。たぶん骨折ぐらいはしちゃっただろうけど、なるべく治療が長引いた方がいいな、長期入院になったら、ちょっとは楽できるかな、それに入院費がどうしても払えないってなったら、生活保護を受けられるかな――なんて思ったりもしてね。

でもね……本当にね……あれで死んじゃうとは思わなかったの。

首の骨が折れて、もう助からない状態になってるとは思わなかったの。

階段の下で、お父さん痛がってるかなって思って見たら、ぴくりとも動いてなくて、目も半開きで、首が変な方向にねじれてて……それを見た瞬間、大変だって我に返って、泣きながら救急車呼んで……ああ、ごめん、大丈夫、ティッシュいらない。袖で拭いちゃうから……。

すぐに救急車が来て、病院に行ったけど、治療とかはしなかった。死亡の確認だけだった。

ほとんど即死だったでしょうって言われて、ちょっとだけ救われた。少なくとも、私がすぐに駆けつけなかったせいで死んじゃったわけじゃないんだって思ってね。それで、本当にひどい話だけど、少しほっとしちゃったの。これで介護地獄は終わりなんだって思ったの。

でもね、とんだ思い違いだったの。本当の地獄はそれからだったんだ。

病院でお父さんの死亡が確認された後、これからお葬式の話とかに入るのかなって思ってたら、警察官に話を聞かれて、すぐに警察署に連れて行かれたの。最初は、家の中でも事故死しちゃうと色々聞かれるんだなって思ってたんだけど、どうもおかしいなって気付いたんだ。

お父さんが階段から落ちたっていう話を何度もさせられて、その腕の傷は何だって聞かれて、その時に私、自分の腕を見て「あれ、どこかで切ったっけ」って言っちゃったの。だって、お父さんが階段の下で動かなくなってるのを見てパニックになったせいで、その前にベランダでお父さんにひっかかれたことなんて、本当に記憶からすっぽり抜けちゃってたから。

お父さんの手の爪に皮膚片のようなものが付着してる、あなたの皮膚じゃないかって言われて、ようやく思い出したの。ああ、そういえば洗濯物を取り込んでる時にひっかかれたんだって。でも、それをすぐに思い出せなかったから、ますます疑われたんだと思う。「本当にお父さんが一人で階段から落ちたんですか？」って聞かれた時に、私が抵抗するお父さんを力ずくで突き落としたんじゃないかって疑われてることにようやく気が付いて、慌てて否定したんだけど、それから毎日ときわ警察署に呼ばれて、朝から晩まで取り調べされたの。

　刑事も、私を疑ってることを隠さなくなってきて「介護がつらくて親父さん殺したんだろ」とか「正直に言わないとどんどん不利になるぞ」なんて、はっきり言われるようになってね。そのうちに、私もつい言っちゃったんだよね。「そりゃ、お父さんが死んでくれれば楽だって思ったこともありましたけど」って。そしたら余計に追及がきつくなって、「親父さん天国で泣いてるぞ、恥ずかしくねえのか！」なんて怒鳴られたりもしたんだ。正直、やってない罪を認めて、冤罪《えんざい》被害に遭っちゃう人の気持ちもすごい分かったよ。でも私は、やってもいない罪を認めたら、お父さんが天国で絶対に悲しむと思って、必死に耐えたんだ。

　ただ、お父さんが自傷行為をしてた痕を、私が殴ったんじゃないかって疑われた時は、正直、ちょっとお父さんを恨んじゃったよ。「腹とか太ももに、殴られたような痣《あざ》があんだけど、自分で殴ったとは思えねえんだよなあ」なんて、わざとらしく刑事に言われて。お父さんが自傷行為なんてしなければ、そもそも階段から落ちたりしなければ、私もこんな目に遭わずに済んだのにって……。でも、私がお父さんを突き落とした証拠なんてどこにもないし、ヘルパーさんが、少し前からお父さんが転びやすくなってたことを証言してくれたみたいで、それもあってか、結局逮捕はされずに済んだの。

ようやく解放された、これで一件落着だって思ったよ。——でも、全然違ったんだ。

私がお父さんを殺したんじゃないかって噂は、近所中に広まってたの。しかも、お父さんが死ぬ少し前に、飼ってた犬のリキも老衰で死んじゃってて、私がリキを庭に埋めてたところを誰かに見られてたらしくて、それと合わさって「私がお父さんを庭に埋めた」なんてメチャクチャな噂も広まっちゃってね。……ああ、賢はそれを誰かから聞いたんだよね。

それまで時々話してた近所の人も、みんな視線も合わせてくれなくなってね。まあ、そもそもお父さんは、ここで生まれ育ったわけじゃなくて、新婚の時に売りに出てたこの家を買って住み始めた人だから、代々住んでる農家が多いこの地域で元々ちょっと浮いてたんだけどね。ただでさえそんな家なのに、殺人犯だって噂が立っちゃったから、もう完全に村八分状態。回覧板渡される時も、前はピンポン鳴らされて世間話とかしてたのに、ポストに入れられるだけになったし、ポストに「人殺し」って書いた紙入れられたこともあったしね。……あ、あと、ちょっと前に賢が、お爺さんに屋根に石投げられたって言ってたよね。あのお爺さん、橋の向こう側に住んでる岡島《おかじま》さんっていう人で、元々お父さんと知り合いだったんだ。お父さんよりちょっと前にぼけちゃったみたい。とにかく、警察からの疑いは一応晴れたんだけど、もう周りに味方は誰もいないような状況になっちゃってね。それでも、引っ越すお金もないし、ここに住み続けるしかなかったの。一応、生活をまた立て直そうと思って、できるだけ近所の人が来ないような、隣町のスーパーの惣菜コーナーのパート始めたんだけどさ。なんかそのうちに、生きてるのもつらくなっちゃってね。心にぽっかり穴があいたみたいになって……。それに、取り調べ中に怒鳴られた時のこととか、お父さんが倒れてるのを見た瞬間の記憶とかが、フラッシュバックっていうんだっけ、ぱっとよみがえってくるようになってね。それがまたつらくなっちゃって。

あと、不思議なもんでね、介護してる最中は、地獄だって思ってたし、お父さんが死んでくれたら楽になるのにって思うこともしょっちゅうだったんだけど、お父さんが本当に死んじゃうと、今度は認知症になる前の優しいお父さんばっかり思い出しちゃうんだよね。お父さんが恋しくて、いないのが悲しくて、しょうがなくなっちゃったんだ。後から考えてみれば、私を苦しめてたのはお父さんじゃなくて、お父さんの認知症だったんだもん。お父さんは、私の大好きな、私を男手一つで育ててくれた人なんだもん。それで、お父さんが階段から落ちた音を聞いた瞬間、楽になれるって思ったあの時の私自身を、許せなくなっちゃったの。私は、お父さんが死ぬ瞬間の音を聞いて、喜んでたんだからね。……こんな私は、もう消えた方がいいんだって……思うようになっちゃったの……ううん、ティッシュは大丈夫。

死のうって決めたのは、去年の夏ぐらいだったかな。何度か思い付きで手首切ったりしたんだけど、やっぱりそう簡単には死ねなくて、何ヶ月か惰性で生きちゃって……。でもあの日、また手首切って死にきれなかった後で、もう秋になって水が冷たくなってるから、北浦に飛び込めば死ねるんじゃないかなって思い付いて、あの橋まで行って飛び込もうとしたの。

そしたら、そこに賢が現れて……あとは説明する必要ないよね。

これが、今まで賢に言ってなかった、私の秘密。


「そういうことだったのか……」

直美が涙ながらに打ち明けた話を聞いて、賢はただ圧倒されるばかりだった。

だが同時に、半年以上前の謎が解けて、納得した部分もあった。直美が指名手配犯の賢を匿うことを申し出た時、「警察だますんでしょ。超面白そうじゃん」とか「復讐だよ」と小声で言っていた意味が、今になってようやく分かった。直美は、父を失って、ただでさえ悲しみに沈んでいた時に、警察によって殺人犯扱いされて、いっそう苦しむことになったのだ。だから警察を強く恨んでいたのだ。

と、その時――。賢は、あるアイディアを思い付いた。

賢は、じっと虚空を見つめたまま、そのアイディアについて考え続けた。

考えるほどに、そのアイディアを実行する以外に道はないように思えてきた——。

「どうしたの？」

急に黙り込んだ賢に対し、直美が怪訝な顔で声をかけてきた。

そこで賢は、直美に向き直り、思い切って提案した。

「なあ……君の経験を、小説にしないか？」

「えっ？」

目を丸くした直美に、賢が訴えかけた。

「君の実体験よりも人の心を引きつける物語を、俺は思い付く自信がない。デビュー直後の方がよかったなんて君に言われるぐらいだからな。でも、君の話には、すさまじいエネルギーがあった。それを生かしたまま小説として仕上げることができれば、間違いなく新人賞を獲れると思うんだ」

「えっ、いや……そうかなあ？」直美は困惑気味に首を傾げた。

「体験した本人は分からないかもしれないけど、俺は君の話を聞いて、すごく引き込まれたんだ。このパワーをそのまま文章に乗せられれば、誰が読んでも引き込まれるような作品にできるはずなんだよ。——どんな小説なら新人賞を獲れるか、それぐらいなら今の俺でも分かる。一度は獲ってるし、その前にもいろんな作家のデビュー作を読んで研究したからな」

「いや、でも……私の話を小説にしても、オチも何もないじゃん。お父さんを殺したんじゃないかって疑われたけど、本当に殺してませんでした、ただの事故でしたっていう、それだけの話なんだから。ミステリー小説としては成立しないよね」

「ああ、だから終盤の展開は変えて、創作することになると思う。ただ、ストーリー自体は、君の体験を使わせてほしい」

前のめりに頼み込む賢に、直美は首を傾げつつ返す。

「でも、もし本当に、その作品が新人賞を獲って、デビューできることになったとしたらさあ。それ自体はいいことだけど、そのあと私、さらし者になっちゃうんじゃないの？」

「う〜ん……ただ、実際に君にはそんな過去があるんだから、俺をゴーストライターにして、どんな作品でデビューすることになっても、いずれは分かっちゃうことなんじゃないかな」

賢は、言葉を選びながら説得を続けた。

「少なくとも、ここの近所の人は君の過去を知っている。ということは、君がデビューすれば、遅かれ早かれ君の過去に関する噂は流れると思う。父親殺しの疑いをかけられて、警察の取り調べまで受けた——そんな噂をネットに流されたりして、じわじわ嫌な思いをするぐらいなら、はなから自分の経験をそのまま書いてデビューした方がいいんじゃないか。そうすれば、警察に一度は疑われたけど本当に無実なんだっていうことも、堂々と主張できるわけだし」

賢はもう、このテーマ以外で小説を書くことなど考えられなかった。だから多少強引にでも直美を説得しようと思っていた。だが、思い付くまま言葉を並べるうちに、我ながら本当にその通りだと思えてきた。直美名義で作家デビューしたら、どんなに隠そうとしても、いずれ過去のことが囁《ささや》かれる。そうなるぐらいなら、過去を隠さず、むしろデビュー作の題材にしてしまった方がいいに決まっているのだ。

「というか、こんな大変な経験をしたのに、それをテーマに書かないことの方が、逆に不自然になっちゃうと思うんだ。だから頼む、君の力を貸してくれ。君の体験と、俺の文章力を合わせれば、きっと俺たち両方の人生を救うことができると思うんだ」

俺たち両方の人生を救う——口をついて出た言葉だったが、これもまさにその通りだと、賢は自ら思った。

するとと直美も、しばらく考えたのち、決心したようにうなずいた。

「分かった。私のことを書いて。……ただ、ちゃんと傑作にしてよ」

「うん、ありがとう！」

賢も笑顔になって、力強くうなずいた。

5

それからの賢は、直美から見てもまるで別人のように、ひたすら執筆に打ち込んでいた。明らかにそれまでとは集中力が違っていた。もっとも直美も、それまで賢が真面目に執筆していないと思ったことはなかったのだが、食事も最低限で済ませ、リビングでテレビを見ることもなくひたすらパソコンに向かっている姿を見ると、じゃあ今までテレビを見ながらゆっくり夕食をとっていた賢はそこまで集中してはいなかったんだな、と思えたのだった。

執筆中の賢に、直美は何度か取材をされた。特によく聞かれたのは、父を介護していた時の細かいエピソードだった。直美のことが分からなくなった父に、昔の上司だと思われて敬語を使われたり、うんちを漏らしてしまったパンツをベッドの下に隠した父に、「こんなところに隠さないで」と言ったら「知らない、俺じゃない」と無理矢理すぎる嘘をつかれたり——。そんな実体験に基づいたエピソードが、小説の中に盛り込まれた。

また、警察署での取り調べの様子も聞かれた。直美にとって思い出すのはつらかったが、刑事にかけられた心ない言葉も、思い出せるだけ賢に伝えた。取調室の中の様子や、そこに行くまでの警察署の内部の様子も、記憶を掘り起こして伝え、それが細部の描写に反映された。

執筆開始から三ヶ月もかからずに、賢は長編小説『六畳の地獄』を完成させた。直美はその最初の読者となった。

『六畳の地獄』の主人公は、田舎に住む二十五歳の女、井端奈央子《いばたなおこ》。父と二人で暮らしていたが、父が認知症を発症してしまい、仕事を辞めて介護に専念せざるをえなくなる。やがて父の症状は進行し、介護生活は厳しさを増していく。

そんな中、奈央子は父を事故で死なせてしまう。父の入浴介助中にうたた寝をしてしまい、目覚めたら父が浴槽で溺死していたのだ。現場の状況から奈央子は介護殺人を疑われ、何度も警察の取り調べを受ける。結局、逮捕には至らなかったが、狭い田舎で周囲から色眼鏡で見られるようになり、自殺まで考えるほど追い詰められてしまう――という前半のストーリーは、父親の死因以外、ほとんど直美の実体験をもとに書かれていた。「井端奈央子」という主人公の名前が「桐畑直美」をモチーフに付けられたことも、直美にはすぐ分かった。

それ以降のストーリーは、完全に賢の創作だった。まず、そこから何度か、「ぼく」という一人称で語られる犯人の視点が挿入されるようになる。「ぼく」は、奈央子の父を殺した状況を詳細に述懐する。彼は、浴槽にもたれかかって奈央子がうたた寝している間に風呂に侵入し、運動能力が衰えてほとんど抵抗できない奈央子の父を、湯に沈めて殺したのだった。奈央子を介護地獄から救うのが犯行の目的だったのだが、奈央子が警察に疑われてしまったことに心を痛めている。そして、「ぼくが彼女を救ってやらなければ」と思っている。

一方、奈央子は深く傷つきながらも、父の死に疑問を抱く。事件当日、奈央子は疲れてはいたが、風呂場で突然眠ってしまうようなことは、それまで一度もなかったのだ。

やがて奈央子は、事件前日に訪問介護に来た男性ヘルパーから「これ疲れに効きますよ」と言われてドリンク剤をもらっていたこと、そしてそのドリンク剤を事件直前に飲んでいたことを思い出す。

さらに、隣に住む一人暮らしのお爺さんから、前日の夜にカレーをお裾分けしてもらい、事件当日の昼食にしていたことも思い出す。なお、隣のお爺さんは、近所の住人の中では唯一、事件後も再三にわたり奈央子を励ましてくれていた。

しかも、隣のお爺さんは、五年前に在宅介護の末に妻を亡くしていた。そして、当時隣家に訪問介護に訪れていたのが、奈央子にドリンク剤を渡した男性ヘルパーだったことが判明する。この二人のどちらかが、いやもしかしたら二人が共謀して、自分に睡眠薬を飲ませ、父を殺したのではないかと奈央子は疑い出す。――ちなみに、この二人は両方、自分のことを「ぼく」と呼んでいる。

だが、最後に判明する犯人はそのどちらでもなく、夏場にエアコンが故障した際に家に来た、近所の電器店の店員の男だった。彼は奈央子に一目惚れし、介護生活に苦しむ奈央子を救うために犯行に及んでいた。エアコン修理の最中に、家の窓の鍵が一ヶ所壊れていることと、その窓は手前に荷物が置かれて長年開閉されていないことに気付いた彼は、深夜にその窓から侵入して、冷蔵庫の飲み物に睡眠薬を混入し、家の各所に隠しカメラを設置した。そして、奈央子が入浴介助中に眠ったのを確認してから父親を殺し、証拠を隠滅して去ったのだった。

ただ、奈央子はその手口に気付いていて、最後は犯人が再び家に侵入してきたところで、待ち構えていた警察が現れて逮捕となる。——というストーリーを、賢はうまく肉付けし、ミステリーとして読み応えのある物語に仕上げていた。

直美は特に、奈央子が真犯人をおびき寄せるシーンが実に見事だと感じた。その前に奈央子が、自宅の鴨居《かもい》にロープをかけて首吊り自殺しようと考えているようなシーンがあり、てっきりそのまま自殺に向かってしまうのかと思ったら、実はその時点で奈央子は、鴨居の下の窓の鍵が壊れていることに気付いていたのだった。——という種明かしが最後にあったのだ。

また、終盤で奈央子がブログを開設し、自殺をほのめかす内容のポエムや、先端に輪を作ったロープの画像を載せるシーンもあった。それらのシーンもやはり、奈央子が精神を蝕《むしば》まれ、自殺を考えているように読めるのだが、実は奈央子はその時点で、父を殺した犯人が自分を監視するストーカーだと勘づいていて、自分が自殺を考えているように犯人に思わせ、実行日も暗示して、犯人が奈央子を助けるべく家に侵入するように仕向けていたのだった。

このように、奈央子が破滅に向かっていくような描写が、実はすべて奈央子の作戦であり、一気に解決篇につながるところは非常に鮮やかだと、直美は一読して思った。

また、犯人の電器店の男も、一度ちらっと出てくるだけで「実はこいつが犯人でした」という展開では、唐突な印象になってしまうところだったが、彼がエアコン修理のために最初に家にやってくるシーンで、奈央子の父が彼を友人だと思って延々と話しかけてしまうコミカルなやりとりが盛り込まれ、さらに奈央子が電器店で買い物をした際に彼と長めの会話をするシーンも中盤に出てきたので、ラストで「あいつが犯人だったのか！」としっかり驚けるだけの存在感が残っていた。

その他にも、介護のシーンはただ悲惨に描かれているだけではなく、直美が体験したエピソードが盛り込まれ、思わず笑ってしまうような場面も随所にあった。また、『六畳の地獄』というタイトルは、父を介護していた寝室のことだけではなく、六畳ほどの広さの取調室のことも指しているのだと、読み進めるうちに分かるようになっていた。

「うん、面白い！　間違いなく、今までで一番面白い！」

直美は読了するや、心から絶賛した。

「正直、私の実体験も出てきたし、主人公がだんだんおかしくなって自殺を考えるようなシーンは、読んでるうちにつらくなっちゃったんだけど、それが全部作戦だったっていうラストは、マジで大どんでん返しって感じで、すごいよかったと思う。あと、悲惨な中でも笑えるシーンが結構出てくるし、読み終わってみたら後味はすごくよかった！」

「そうか、ありがとう」

賢は笑顔で礼を言った。直美はなおも興奮して続ける。

「いや、これマジで、絶対賞獲れるでしょ。だって、大菅賢として書いてた時より絶対面白いよ。これで獲れないことってあるのかな?」

「まあ、獲れないと恥ずかしいから、あんまりでかいこと言いたくないけど……」賢は前置きしてから語った。「よっぽどの傑作とかち合わない限り、これで受賞できると思う。いや、仮に受賞を逃したとしても、これでデビューしませんかって話は来ると思う。受賞を逃したけど書籍化された作品が、結果的に賞を獲った作品より売れるってこともざらにあるからな」

「じゃあ、これでデビューできるんだね!」

「いや、決まったわけじゃないから、期待しすぎないでね。もし獲れなかった時に落ち込まないように、一応心の中で保険かけといてね」

賢は苦笑した後、真剣な顔に切り替えて、直美に告げた。

「ただ……君のおかげで会心の作品を書けた。それだけは間違いない。本当にありがとう」

「こっちこそ、私のこと書きたいって言われて最初は迷ったけど、今は書いてもらってよかったって心から思うよ。本当に本当にありがとう!」

直美はそう言って、賢の両手を取って、喜びの握手をした。

「あ、ああ……」賢は照れ臭そうにうつむきながらも、その両手を握り返してきた。

そして、直美と賢は、まっすぐ見つめ合った。

やがて賢は、直美を見つめたまま、握り合っていた右手をそっと離し、直美の左腕を伝って肩を抱き寄せ、ゆっくりと直美にキスをしようとした——ところで、悲鳴を上げた。

「痛たたたた！」

「おい、勘違いすんなよ」

直美は、肩にかかった賢の右小指を甲側にねじ曲げ、ドスの利いた声で告げた。

「言ったよな？　そういうのは受賞してからだって。なし崩し的に早めてんじゃねえよ」

「ごめんなさいごめんなさい、折れる折れる折れる！」賢は涙目で叫ぶ。「あの、右の小指はエンターキーを押すのに使うから、それ以上曲げると段落を変えられなくなっ痛たたた！」

——なんてやりとりがあった後、賢が書き上げた『六畳の地獄』は、大手出版社の角倉書店《くらしょてん》が主催する公募の文学新人賞の、『縦溝清史《たてみぞせいし》ミステリー大賞』に応募された。

それから約五ヶ月後のある日。午後六時十分頃に、直美の携帯電話が振動した。

「はい、桐畑です……」

直美は、緊張の面持ちで電話に出た。

『六畳の地獄』は、縦溝清史ミステリー大賞の一、二次選考を無事突破し、ついにこの日、最終選考を迎えた。午後六時に選考会が始まるので、それ以降に大賞に選ばれたかどうかを電話で伝えると、角倉書店から事前に連絡されていた。直美は、五時半頃から携帯電話をテーブルの上に出して、そわそわしながら待っていたのだった。

もっとも賢は、六時十分に電話が鳴った時点で、結果は薄々分かっていた。

「はい……はい……」

電話口で緊張気味にあいづちを打つ直美の表情が、ぱっと明るくなる。

「えっ、大賞ですか！……ありがとうございます、うれしいです！」

直美が、電話を手に深々とお辞儀したのを見て、賢も小さくガッツポーズをする。

「はい……来週の十八日……あ、ちょうど仕事休みなんで、うかがいます。……飯田橋《いいだばし》駅……あ、でもうち、茨城県なんですけど、駅からすごく遠いんで、車で行くかもしれません……」

受賞に際し、角倉書店の本社で編集者と会う約束をしていることは、直美の声を聞くだけで分かる。賢もかつて、三葉社の社員と交わしたやりとりだ。

電話が終わり、直美が満面の笑みで賢に告げた。

「大賞だって。それも、選考委員全員一致だって！」

「そうか、それはよかった」賢は静かに微笑んだ。

「なんか……あんまり喜ばないね」

拍子抜けした様子の直美に、賢が説明した。

「正直、六時に選考会が始まるって言われてて、六時十分に電話があった時点で、たぶん大差で受賞したんだろうなって分かってたんだ。——もし『六畳の地獄』が大賞を逃すとしたら、よっぽどの傑作とぶつかった時だろうと思ってた。その場合は、どっちを大賞にするか、もしくは両方を大賞にするかとか話し合って、選考会が長引くだろうと予想してた。でも、この時間に連絡が来たってことは、大賞の選考はすぐ済んだってことだから、俺が獲ったんだなって思ったんだ」

「すごい、名推理」直美が感嘆した。

「まあ俺は、三葉社本格ミステリー大賞を一回獲ってるからね。ちなみにあの時は、僅差だったから選考会が長引いて、開始から二時間以上経ってから連絡が来たんだけど」

賢は苦笑した後、表情を引き締めて告げる。

「さて、ここからが本番だ。『六畳の地獄』は間違いなく大きな話題を呼ぶことになる。作者が二十六歳の女性で、父親を介護中の事故で亡くしていて、それを警察に殺人だと疑われた経験をもとに書いたのがこの作品です。——なんて、かつてない話題性だからな。来週、角倉書店で編集者から経歴を聞かれるだろうから、このことを包み隠さず話すんだ。もちろん自分は本当に無実だってことと、もう警察の疑いは晴れてるってことは強調するように」

「大丈夫かな。私にできるかな……」

不安げにつぶやいた直美を、賢が励ます。

「大丈夫だよ。君はその点については一切嘘をつく必要はない。自分自身の名誉のために本当のことを言えばいいだけだ。問題は、実際に君が書いたわけじゃないってことだけど、編集者に国語のテストをされるわけでもないし、そう簡単にばれることはないはずだ」

小さくうなずいた直美に、さらに賢は言葉をかける。

「これから編集者と話したり、いろんな媒体《ばいたい》のインタビューを受ける機会は何度もあるだろう。でも、新人作家相手に、もしかしたらゴーストライターがいるんじゃないか、なんて疑いを持つ人はまずいないし、受け答えでちょっとぐらい言葉に詰まったからって、口下手な新人作家なんていくらでもいるんだから問題ない。——とにかく、その辺の対策は今後しっかりやるから、今は心配しなくていいよ」

「うん……分かった」

直美は決意したようにうなずいた。すると賢も、再び微笑んで言った。

「でも、本当に君のおかげだ。これで、俺たち両方の人生が救われるんだ」

「そうだね」直美もまた笑顔になる。

「それに俺、『六畳の地獄』を書いたのがきっかけで、コツをつかめた気がするんだ」

「コツ？」

「ああ。以前の俺は、どうしたら過去の自分の文体から脱却できるか、そればっかり考えてた。でも、君の人格になりきって書くのが大事だって、ようやく気付いたんだ。大変な過去を持っている桐畑直美が、どんな文章を書いたら、多くの人が読みたいと思う作品になるだろう――。そう考えた結果、つらい経験にもかかわらず笑いを交えて書き切る人格になりきってみたら、すごくしっくりきたんだよ」

「そうなんだ。……まあ、難しいことはよく分かんないけど、とにかくよかった！」

直美はにっこり笑った。

と、そこで、さっきまで得意になって喋っていた賢が、下手に出て、おずおずと言った。

「それで、あの……例の件なんですけど」

すると直美は、にっこり笑って、コンドームを取り出した。

「約束だもんね。本当に、よく頑張ったね」

直美は賢の頭を撫で、キスをした。賢は息を荒くしながら、飼い犬のように喜ぶ。二人ともすでにシャワーは浴びてあるし、寝室はすぐ隣だ。直美がふすまを開け、布団を床に敷く。

そして――。

「では、失礼します！」

「ああっ、ほらちょっと、荒い荒い。焦りすぎだから」

「でも、一年以上、溜まりに溜まってたから……」

「え、一回も自分で処理とかしてないの？」

「いや、それはしょっちゅうしてたんだけど……君とできることを夢見てたから」

「ふふふ、ちょっとうれしいかも……。ああ、いいよ、自分で脱ぐから。よいしょっと」

「おお、なんと美しい……」

「いいよ、いちいちそんな大げさに言わないで。ほら、賢も脱げば」

「では失礼して、よいしょ……あれっ、くそっ……」

「ちょっとちょっと、自分のも脱げないの？　ああ、もうほら、焦りすぎてファスナーが引っかかってんじゃゃん。ちょっと貸して、こうやってほら……」

「あ、ちょっと、そこを触られると……あ、待って、ああ……ああっ！」

「ええっ⁉ ちょっとやだ、もう出ちゃったの？　え、童貞じゃないよね？」

「いや、そうじゃないんだけど……久々だし、本当に溜めすぎてたから……ああ、ごめん」

「ちょっとちょっと、どうすんの？」

「ああ、大丈夫。これは自分で洗うし……あと二発は絶対にいけるから」

――結局その後、賢は四発も放出して、さすがに直美に呆れられた。

6

「この主人公は、私自身がモデルなんです。実は私、認知症になった父を自宅で介護してたんですけど……」

角倉書店の本社ビルの一室で、直美が緊張を抑えながら話し出す。

もちろんその内容は、賢と事前に打ち合わせた通りだった。『六畳の地獄』は、父親の死因や真犯人の存在など、ミステリー的な要素は創作しているものの、警察に殺人を疑われて過酷な取り調べを受けたことを含め、多くの部分が事実に基づいている――。

そう打ち明けると、編集長の染谷《そめや》という五十歳ぐらいの男性と、編集者の川中《かわなか》という三十歳ぐらいの女性は「そうだったんですか……」と揃って驚いていた。

ただ、その後の二人の表情の変化は、賢が予期していた通りだった。賢は事前にこう言っていたのだ。

「君の話を聞いて、たぶん角倉書店の編集者たちは、表面上は君の境遇に同情するような顔をするだろうけど、内心興奮してることが隠しきれずに、目なんかギラギラさせちゃうんじゃないかな。心の中じゃ『これはすごい話題性だぞ』って小躍りしてるだろうからな」

賢が言っていた通り、二人は直美の話を聞いている間、目を見開きながら何度も顔を見合わせていた。その表情は、笑みを隠しながらも「すごい話題性ですね！」「最高のセールスポイントが見つかったぞ！」とアイコンタクトで語り合っているようにも見えた。

それから直美は、父の死が実際には事故だったということと、警察に一度は疑われたものの捜査はもう終わっているということを、きちんと説明した。そして、その経験を経て『六畳の地獄』の執筆を決意した理由を、賢と打ち合わせた通りに話した。

「父を介護する中で、唯一の楽しみが読書だったんです。でも、父が階段から落ちて亡くなって、私は警察から疑われて、近所から冷たい視線も浴びて、一時は本気で自殺も考えました。だけど、ここで死んだら天国の父が悲しむと思ったし、たくさん小説を読んだ中で、自分でも書いてみたいっていう気持ちがうっすら湧いてきてたんで、自分の経験を小説にしよう、それまでは死んじゃだめだって思い直したんです。それで、スーパーで働きながら、前に読んだ小説の見よう見まねで執筆を始めました」

「そうだったんですかあ」

「いやあ、本当に大変だったんですねえ」

角倉書店の染谷と川中が、そろって眉根を寄せながらも、目をらんらんと輝かせた例の表情でうなずいた。直美がさらに続ける。

「とはいっても、なかなかあの経験を小説にすることはできなくて、他社の新人賞にも何作か小説を送りました。そっちの作品は、実体験をもとにしたわけじゃなくて、完全に創作だったんですけど、どれも一次選考すら通りませんでした。それで、やっぱりあの経験を書くしかないと思って、『六畳の地獄』を書きました。まあ今考えたら、別の作品を書いて経験を積んだことで、文章を書くことに少し慣れることができたんだと思います」

「なるほど。……ところで、うち以外の賞には何作ぐらい応募しましたか？」染谷が尋ねる。

「ええっと、長編が一本、短編が二本ですね」

直美は、賢が他社の賞に応募して落選した分も、隠さずに申告した。それでも染谷は、感心した様子で言った。

「ということは、人生で四作目に書いた小説が『六畳の地獄』だったんですか？　それまでに、たとえば学生時代に書いていたとかいう経験はありませんか」

「いや、学生時代は、全然本を読まない子だったんで、休み時間に漫画を描いてたぐらいです」

直美が、今度は自分の学生時代について正直に答えると、染谷と川中は揃って感嘆した。

「すごい！」

「人生で四作目、それも長編は二作目でこんな小説を書けるなんて、素晴らしい才能ですよ！」

二人に絶賛されて、直美は「いやいや、そんな……」と謙遜《けんそん》したが、そもそも自分で書いているわけではないので、少しばかり罪悪感があった。

その後、染谷がおずおずと尋ねてきた。

「ところで、さっきお聞きした、桐畑さんの経歴なんですけど……お父様の件や、一時期警察に疑われた件なども含めて、公式に発表させていただいてもよろしいでしょうか？」

「はい、もちろんです。まあ、この作品を出すとなったら、こういう経緯があったことを発表しないわけにもいきませんよね」

「ええ、そうですね……どうもありがとうございます」

最大のセールスポイントを宣伝する許可を、直美から正式に取れたためか、染谷は喜びを押し殺しているようにも見えた。

それから、直美の担当編集者が川中になると伝えられ、電話番号とパソコンのメールアドレスを聞かれた。今後の原稿のやりとりにはパソコンのメールを使うとのことだった。もちろん、それも賢から事前に教えられていたし、そのためのアドレスも作成してあった。

角倉書店での顔合わせは二時間ほどで終わった。多少気疲れはしたが、賢から事前にレクチャーを受けていたので、ほぼ想定通りに乗り切ることができた。むしろ、慣れない東京での車の運転と、久しぶりに乗った高速道路に一番神経を使ったぐらいだった。

直美が家に帰った頃には、もう夜も遅くなっていた。

「ただいま〜」

「おかえり〜、お疲れ様」

賢は玄関で笑顔で出迎えた後、「どうだった？」と尋ねてきた。

「やっぱり賢が言った通り、経歴にすごい食いつかれた」

「だろうな」

賢はうなずきながら、リビングに戻ってパソコンに向かう。ずっと執筆をしていたらしい。

「これから忙しくなるぞ。取材が殺到するはずだ。どれぐらい売れるか、俺もたいして売れたことがないから分からないけど、話題性は抜群だから相当売れるんじゃないかな。それでも、たぶん最初は仕事を辞めない方がいいって言われると思う。俺もデビュー直後は言われたからね。まあ結局はバイトを辞めて、売れなかったから生活が苦しくなっちゃったんだけど……。ただ君の場合は違う。間違いなく売れるはずだし、取材もたくさん入るだろうから、いずれ仕事も辞めなきゃいけないかもしれない」

そこで賢はふと、直美の様子を気にかけるように言った。

「でも、ごめんね。つらい経験を利用させちゃって」

「ううん、大丈夫だよ」直美は気丈に返した。「むしろ、あれだけつらい経験をしたんだから、これぐらい利用しないとね」

「うん、そうだな。とにかく本番はこれからだ。もうすぐ忙しくなるよ」

賢は再度、自信たっぷりに言った。直美は、そんな賢を頼もしく思い、後ろから抱きしめた。

「これからもよろしくね」

「うん、こちらこそ」

賢は振り返ってうなずく。直美と笑顔で見つめ合い、キスを交わした。そして――。

「あ……あん、ちょっと待って、まだお風呂入ってない……」

「ううん、そんなの後でいいから」

「ああ、や、もう……ああ……ああ」

7

賢の予測通り、それから一週間ほどが経った日の夜、編集者の川中から電話がかかってきた。

「すごいですよ桐畑さん、取材の依頼が続々と来てます!」

聞くと、『六畳の地獄』のあらすじや直美の経歴を公式に発表してから、テレビにラジオに新聞に雑誌と、十社近くの取材依頼が来たということだった。やはり、小説の内容が作者の実体験に基づいていて、介護殺人を疑われて警察の取り調べを受けたことまで事実だというセンセーショナルな発表が、予想通り注目を集めたようだ。

「それから、もし今パソコンを使える状態でしたら、この電話で『六畳の地獄』の原稿についての打ち合わせをさせていただきたいんですけど、よろしいでしょうか？」

突然の申し出に、直美は慌てた。

「あ、えっと……すいません、ちょっと待ってもらっていいですか。今からちょっと、パソコンを立ち上げるので」

「ああ、それでしたら、五分後ぐらいにこちらからかけ直しましょうか」

「すいません、お願いします。では、いったん失礼します……」

直美は電話を切った後、パソコンで執筆しながら聞き耳を立てていた賢に報告する。

「今から電話で、『六畳の地獄』の原稿の打ち合わせをしたいって言われちゃったんだけど」

「今から？」

賢は驚いた表情を見せたが、すぐに「ああ、なるほど」と納得したようにうなずいた。

「前の俺は東京に住んでたから、編集者と直接会って打ち合わせしたけど、この家は茨城だし、駅からもすごく遠いから、あっちが面倒臭がって、電話で打ち合わせすることにしたんだな」

そこで賢は、少し考えてから言った。

「じゃあ、そのケータイで、電話の内容を録音できるかな？」

「ああ、たしかできたと思う。ええっと……あ、これだな」

直美が、スマートフォンの録音アプリを起動した。

「よし、じゃあ電話がかかってきたら、それで通話内容を全部録音しながら、一応メモも取って、川中さんと話しておいてくれるか」

「うん、分かった、やってみる」直美はうなずいた。

その後、賢が執筆中だった次回作のファイルを閉じ、『六畳の地獄』のファイルを開いたところで、再び川中から電話がかかってきた。直美が録音アプリをオンにしてから電話に出る。

「もしもし、川中です。準備の方よろしいですか？」

「はい、大丈夫です」直美が答える。

「えっと、じゃあまず、元の原稿の十二ページなんですけど……」

そこから川中が、細かい誤字脱字などのミスや、「この描写がもう少し分かりやすい方がいい」とか「この表現が重複している」といった指摘をしていった。そして、最後に川中が「修正を加えた原稿を、来月の十四日ぐらいまでにメールで送信していただけるとありがたいんですが」と言って、直美は「はい、了解しました」と答えて電話を切った。

「OK、ちゃんと録音できてる」

直美が、録音した音声を再生して確認した後、スマホを賢に渡した。賢は「ありがとう」とそれを受け取った。

「たぶんこれからも、打ち合わせはこのパターンになるだろう。訂正箇所を聞いて、君はメモを取りながら録音する。もちろん、実際に直すのは俺。――ただ君も、訂正箇所や、俺の原稿の進捗《しんちょく》状況は把握しておいてくれ。この先、川中さんと顔を合わせた時に、原稿についての話にもなるだろうから、ある程度は話をできないと困るからな」

「ああ、また緊張しちゃうな」直美が苦笑して胸を押さえる。

「大丈夫、無理に芝居しようとしなくてもいいんだよ。録音が必要な話になったら『忘れないように録らせてください』とでも言って、堂々とスマホを出せばいいんだから。まあ、取材の時には、自分で『六畳の地獄』を書いたんだっていう演技はしなきゃいけないけど、とにかく堂々と答えるのが一番大事だ。前にも言ったけど、まさかゴーストライターが直美についてるなんて誰も思わないから大丈夫だよ」

賢は、勇気づけるように直美の肩に手を置いた。

「よし、原稿は任せてくれ。さっそくこれから作業にかかろう」

「うん。川中さんも、元がよく書けてるから、訂正箇所はそんなに多くないですよって褒めてた」

直美はそう言って、「頑張ってね」と微笑みかける。

すると賢は、直美の肩に置いた手を、ゆっくりと下の方へと移動させていった。そして――。

「でも、原稿の前に、ちょっとだけ……」
「あ、やだ、もう、そんな……」
「お願いだよ、このままじゃ集中できないから……」
「もうっ、そんなこと言って……ああ、だめ、いきなりそんな……ああん、もう……」

それからの直美は大忙しだった。パートが休みになるたびに上京し、テレビにラジオに新聞に雑誌と、様々な媒体の取材を受けた。

質問内容はやはり、介護の苦労や、警察の取り調べを受けた経験に関するものが中心だった。これに関しては、直美は一切嘘をつく必要はない。また、その他の質問も、次回作のアイディアや、日々の執筆のスケジュールといった、賢がかつて聞かれたことのある内容が大半だったので、「次回作も書き始めています」とか「スーパーのパートの合間に執筆してますが、そろそろシフトを減らすか仕事を辞めるかしなきゃいけないかと思ってます」と、賢と打ち合わせた通りに答えれば問題なかった。

その後、賢が『六畳の地獄』の校正作業を終え、書店やメディア向けの見本が完成すると、質問する側もそれを読んでいるので、直美は取材の際にあらゆる賛辞で持ち上げられるようになった。決まって言われるのは「とても新人とは思えない素晴らしい出来でした」という言葉だった。それもそのはず、本物の作者はプロとして四年も活動していたのだ。

また、その次には「意識する作家は？」とか「今の文学界に関して思うことは？」といった、以前よりも深い質問をされるようになったが、「意識するなんてとんでもないです。みなさん仰ぎ見る存在なので」とか「出版不況と言われてますけど、微力でも貢献できるようになりたいです」といった、優等生的な答えで返した。たまに執筆方法などに関する予期せぬ質問が来ても、直美は賢の執筆の様子を間近で見ているので、賢がどんな風に書いているかをそのまま答えればいい。それに、賢が前に言っていた通り、そもそも作家というのは口下手な人も多いので、質問の答えに多少詰まったところで、そう怪しまれるものではない。ボロを出してしまうようなこともなく、次第に直美も取材に慣れ、自信を持って嘘まじりの受け答えができるようになった。

取材は加速度的に増えていって、ラジオの生放送や、全国ネットのテレビ番組にも出た。いずれも一時間少々の拘束だけで、スーパーのパートの何日分にもなる出演料がもらえた。

こうなると反響が出てくる。まず、何人かの学生時代の友人から「受賞おめでとう」とか「テレビ見たよ」と電話やメールが来た。介護生活の間に多くの友人とは疎遠になっていたが、結婚していたり、もう子供がいたりと、久々に近況を聞くことができたのはうれしかった。

また、近所の人からも声をかけられるようになった。最初に声をかけてきたのは、直美がパートから帰ってきた夜に家の前で出くわした、ウォーキング中の杉浦《すぎうら》さんと真中《まなか》さんだった。

「直美ちゃん、おめでとう」

「私たち、もう本屋さんで予約しちゃったわ」

二人の家は、桐畑家から数百メートル離れたところに隣同士で建っていて、奥さん同士仲が良くて、こうして毎晩二人でウォーキングしているのだ。杉浦さんはおかっぱ頭で、真中さんは大仏様のようなパーマをかけていて、二人ともウォーキングに励んでいる割には年々確実に太り続けている。

「ああ、どうもありがとうございます」

直美は笑顔で頭を下げた。正直、警察で取り調べを受けて以来、二人とは会話したこともなかったのだが、気軽に声をかけてくれたので直美はほっとした。

「これからも頑張ってね」二人はそう言って去って行った。

ただ、二人の背中を見送りながら直美は思った。――今まであの二人は、ウォーキングの時に桐畑家の前は通っていなかったはずだ。二人はいつも、かなりのボリュームでおしゃべりをしているから、毎晩家の前を通っていたら声が聞こえていたはずなのだ。もしかすると直美の受賞後、あわよくば会えないかと思ってウォーキングのコースを変えたのかもしれない。

さらにその数日後、直美が取り調べを受けて以来、回覧板を無言でポストに突っ込んで行くようになっていたお隣の武田《たけだ》さんも、久々に玄関のドアチャイムを鳴らして回覧板を持ってきた。

「直美ちゃん。受賞おめでとう」

「ありがとうございます」

「あと、この前テレビ出てたでしょ。あれギャラとかもらえたの？　芸能人とか見た？」

と、武田さんは興味津々の様子で、直美を質問攻めにした。もっとも、武田さんは隣人とはいっても、他の家の中で距離が一番近いというだけで、桐畑家からは林を挟んで百メートル以上離れている。だから、武田さんがいつの間にか髪の毛を紫色に染めていたことも、この機会に初めて知った。

その後も、直美が地域の人から声をかけられる機会は何度もあったが、「お父さんが亡くなってから、私たちはあなたを避けて村八分のようなことをしていました。本当にごめんなさい」と頭を下げて謝るような人は一人もいなかった。それに関して、全く腹が立たなかったといえば嘘になる。それでも、過去を水に流すことはできたようなので、直美はほっとしていた。

また、勤務先のスーパーでも、同僚から声をかけられた。

「見たよ〜、テレビ出てたねえ」

自分からは言っていなかったが、今や直美の受賞は、同僚全員が知っていた。

「新聞の記事も読んだけど、大変だったんだね。昔あんなことがあったなんて知らなかった」

パートリーダーの鶴岡《つるおか》さんが言った。

「すいません、ずっと隠してて」直美が返す。

「いいのいいの、そんなことは」ベテランの下平《しもひら》さんが笑った。

「で、この先、仕事続けられる？」鶴岡さんが心配そうに言った。「パート続けてたら、小説書ける時間は減っちゃうよね？　しかも取材とかもあるんだろうし。……あ、いや、辞めてほしいわけじゃないんだけどね。続けてもらえるんなら、もちろんありがたいんだけど」

それを聞いて直美は、遠慮がちに申し出た。正直、そろそろ言わなければいけないと思っていたのだ。

「えっと、じゃあ……できたら来月の末ぐらいに、辞めさせてもらってよろしいでしょうか。デビュー作がその頃に発売されて、その次の月に印税が入るんで、今辞めると生活に困っちゃうんですけど、来月末なら生活できるんで……」

「うん、分かった。今までありがとうねえ」

鶴岡さんは、笑顔で応じてくれた。さらに下平さんも笑って言った。

「そりゃ、売れっ子の作家さんが店にいてくれれば、それだけで宣伝になるだろうけど、そんな客寄せパンダみたいに置いておくわけにもいかないもんねえ」

「いえいえ……すいません、こちらこそ今までありがとうございました」

直美は、この店をただ生活費を稼ぐ場だとしか思っておらず、同僚ともさほど親しくはなかったのだが、職場で意外なほどの優しさに触れてしまって、逆に残りたくなってしまった。

その後も、スーパーの勤務の傍ら、休みの日には時々取材が入る日々を送ったのち、直美はパートを辞めた。勤務最終日には、同僚たちがわざわざレストランで送別会を開いてくれて、「頑張ってね」「応援してるよ」と声をかけて、花束まで渡して送り出してくれた。

「ただいま〜。いやあ、最後ちょっと泣いちゃったよ」

直美が、花束を手に送別会から帰宅して、感激しながら言った。

「お疲れ。今までご苦労様でした」

パソコンに向かっていた賢が、疲れた表情ながらも笑顔で言ってきた。

「あ、ところで、肉と野菜、買ってきてくれた？」

「あ……ごめん、忘れちゃった」直美が、ばつが悪い笑顔で答えた。

「おいおい……」賢が苦笑する。

実は、直美が多忙なあまり、冷蔵庫にいつも作り置きしていたおかずが切れかけていたため、賢が「俺が作るから食材を買ってきて」と、昨日の朝から申し出ていたのだ。

しかし直美は、昨日と今日の二日連続で、その約束を忘れてしまっていた。

「ごめんね、最後に感動に浸って、そのまま帰ってきちゃった。明日は絶対買ってくるから」

直美は謝った。田舎だけあって、周辺のスーパーはみんな夜九時には閉店してしまうし、一番近いコンビニも夜遅くなると生鮮食料品はほぼ売り切れてしまうのだ。

「あ、でも、レトルトあったよね？」

直美が台所を見て言った。棚の中にはレトルトカレーなどが入っているはずだった。

「うん、まあ飯はもういいや……」

賢はあきらめたように言った後、「その代わり……」と、にやっと笑って抱きついてきた。

しかし、直美はそれを拒む。

「いやいやいや、マジでやめて今日は。疲れてるし、あと明日早いし」

「えっ？」

賢は、まるで断られるとは思っていなかったような不満げな顔をした。その様子に、私の体を何だと思ってるんだよ、と内心腹が立った直美は、さらにきつい口調で言った。

「分かるでしょ。明日はテレビの大事な取材なんだよ。七時には出なきゃいけないんだよ」

「……ごめん」

賢はぶすっとうつむいたまま、リビングのパソコンの前に戻った。

直美は、台所に行って、冷蔵庫を開けて中のタッパーを見た。野菜炒めが一食分残っている。賢が明日の直美の朝食のために残しておいてくれたのだろう。もしかすると直美に残しておくために、満腹になるほどは食べられなかったのかもしれない。だとしたら申し訳なかったな、と少し反省した。

ただ、直美としても正直なところ、スーパーのパートで一年以上賢を食べさせてきたのだから、もう少しねぎらいの言葉をかけてほしかったのだ。「お疲れ。今までご苦労様でした」と軽い感じで言われただけでは、ちょっと物足りなかった。

8

ほどなくして、『六畳の地獄』が発売された。その売れ行きは予想以上だった。

「すごいですよ、すぐ重版がかかりました。それも三万部も！」

編集者の川中から、発売の翌週に電話がかかってきた。直美としてはいまいちピンとこなかったが、初版三万部、増刷分がまた三万部というのは、新人作家としてはすごい数字なのだと、川中も賢も口を揃えて言っていた。その後も『六畳の地獄』は版を重ね、発売後一ヶ月ほどで二十万部突破のヒットを記録した。

ネット上の評判も上々だった。中には「この作者、本当は父親殺したんじゃないか」なんてひどい内容のものもあったが、さすがにゴーストライターを疑うような書き込みはなかった。一方、ネットニュースには、『六畳の地獄』の内容が事実に基づいていると知った読者から、ときわ警察署と茨城県警に抗議が相次いでいるという記事が載っていた。直美としてはあまり大ごとにはならないでほしかったが、心の片隅では、いい気味だと思ってもいた。

そんなある日のことだった。

「ふふふふふ……」

直美は、預金通帳を眺めながら、こみ上げる笑いを抑えきれずにいた。少し前までは七桁の数字もまず見ることはなかったのに、今では八桁目がしっかり書き込まれているのだ。

スーパーのパートを辞めた後も、仕事の予定はたくさん入っていた。今日も午後から東京に行き、書店を回ってサイン会を開いた後、新幹線で名古屋に移動して一泊し、明日は講演会だ。講演のオファーが最初にあった時、直美は「私には無理です」と断っていたのだが、オファーが絶えないのでやむなく引き受けると、案外できるということが分かった。講演の主催者側も、喋りのプロではない直美だけで長時間の講演が持つとは考えておらず、たいていは進行役のフリーアナウンサーを用意してくれたり、会場からの質疑応答の時間が多く取られていたりした。そして、直美に求められるのは、小説の技術などの話ではなく、もっぱら介護と取り調べの体験談だった。要するに、ありのままの過去を正直に話せばよかったのだ。そうやって過去の話をするだけで、会場には涙する人も出るぐらいだった。

何より、講演はギャラがよかった。主催者によってまちまちだが、安くて五万円、高いところだと十万円以上もらえることもあった。もちろん現在の預金の大半は『六畳の地獄』の印税だが、ちょこちょこ講演料が入っているのを見るのも快感だった。ちょこちょことは言っても、合計すればスーパーのパートの何ヶ月分もの金額なのだ。時給に換算すれば数十倍だろう。

「ノートパソコンとか買った方がいいかなあ」

通帳を眺め飽きてから、直美はリビングでパソコンに向かう賢に話しかけた。

「ほら、私しょっちゅう出かけてるのに、原稿だけ進んでるからさあ、この前も川中さんに『こんなスケジュールなのに、早く原稿を仕上げていただいてありがとうございます』なんて言われちゃったんだ。まあ、賢と川中さんのメールもチェックしてるから、話は合わせられるけどさあ、このままじゃ、いつ原稿書いてるんだってさすがに怪しまれるかと思って」

賢は、パソコンに向かったまま「うん……」と微かにうなっただけだった。直美は賢の様子を気にかけることもなく、話を続ける。

「まあ大丈夫か。家で書いてるってことにすれば。……いや、でも一個ぐらい買ってもいいか。お金あるし。う〜ん、でもあれ、いくらぐらいするんだろ」

「あのさあ！」

突然、賢が大きな声を上げた。直美は驚いて賢を見つめる。

「俺の前で浮かれないでもらえるかな？　書いてるのは俺なんだよ」

「いや、分かってるけど……」

直美は戸惑いながら、「ごめん、黙るね」と口をつぐんだ。

だが、賢はなおも、うじうじと言い続けた。

「黙れって言ってるんじゃなくてさあ……。外で色々やって、楽しいだろうけど、俺の前で浮かれるのをやめてくれって言ってんの」

「えっ、賢も外に出たいの？」直美が困惑しながら聞き返す。「いや、でもそれは無理じゃん」

「そうじゃねえよ、何も分かってねえよ！」

賢が声を上げ、キーボードを載せたテーブルを両手で叩いた。

「ちょっと、大きい声出さないでよ。外に聞こえるかもしれないでしょ」

直美が慌てて窓の外に目をやる。

「わざと散歩コースを変えて、うちの前を通るようにしてる人たちだっているんだからさあ……」

「そういう奴も含めてだよ、俺が許せないのは！」

賢が立ち上がって、窓の外を睨みつける。

「え、どうしたの？」

ますます戸惑う直美に、賢は顔を紅潮させて話し始めた。

「分かってないみたいだから教えてやるよ。賞獲ってからの俺の不満を全部！」

　賢は、ここ数ヶ月で溜め込んだ鬱憤《うっぷん》を直美にぶつけるべく、立ち上がって語り始めた。

「直美も、この周りの住人も、デリカシーがないっていうかさあ……。特に爺さん婆さんたちだよ。マジでどうなってんだよ」

「爺さん婆さんたちって、何かあったの？」

「今まで黙ってたけど、直美がメディアに出始めた頃から、昼間にチャイムを鳴らされることがしょっちゅうあったんだよ。一、二回鳴らされるだけならまだしも、ひどい奴は十回ぐらい鳴らしても帰らないし、もっとひどい奴は庭に回り込んで中を覗こうとしてきたんだよ」

「えっ、そんなことあったの？」

　直美もさすがに驚いたようだった。賢は怒りにまかせて続ける。

「しわくちゃの婆さんだったけどさ、窓からバッチリ俺と目が合って、窓を開けろってジェスチャーしてきて、仕方なく俺が窓開けたら『直美ちゃんの彼氏？　おめでとうって伝えといて』とか言われたんだけど……完全に不審者だろ」

「えっ、誰だろ、そんなことするの」直美は首を傾げたが、フォローするように続けた。

「まあでも、この辺って田舎だから、知り合いの家ならピンポンも鳴らさないで普通に上がっちゃったりとか、特にお年寄りは結構してるからさあ……」

「だからってやりすぎだよ。ただの不法侵入じゃねえか」賢は切り捨てた。「そんなことがあったから、俺も執筆中はカーテン閉めるようにしてたけど、それでも窓をノックしてきた奴がいたからな。マジでどうかしてるだろ、この辺の住人」

「いや、でも、やっぱり田舎だから……」

遠慮がちに言いかけた直美を、賢が遮る。

「本当に田舎だからか？　単に民度が低いんじゃないか？」

「ちょっと……そんなひどい言い方しないでよ」

直美の言葉に怒気がこもる。だが賢はすぐに言い返す。

「なんであんな奴らの肩を持つんだよ？　つい最近まで君を村八分にしてた上に、君が取り調べを受けてた時には、『人殺し』って書いた手紙をポストに入れてきたような奴らだろ？」

「いや、別にあの手紙は、一回入れられたっていうだけの話だし、そもそもあの手紙の主が、この辺の人かどうかも分かんないし……」

直美は悲しげな顔で言いかけたが、賢の鬱憤は止まらない。

「それだけじゃねえよ。散歩に出た時も、俺に話しかけてきて『直美ちゃんに世話になってばっかりで、あんたも働きに出ないとダメだよ』なんてヒモ扱いしてきたババアもいたんだよ。髪の毛を紫に染めたババアがさ」

賢はいまいましい記憶を振り返りながら言った。だが、直美はまたフォローする。

「髪の毛が紫って……武田さんじゃん。あの人は悪い人じゃないよ」

「十分悪い人だろ。初対面なのに人んちのことに口出してきやがって」

賢は吐き捨てる。直美のフォローが入るたびに怒りはどんどん増していった。そしてとうとう、怒りの矛先を直美に向けた。

「そんだけ嫌な思いしながら毎日執筆してるのに、俺が飯食えない日もあったもんな」

「えっ？　私ちゃんと料理作ってるじゃん」直美が目を丸くする。

「ああ、今は食えてるよ。今はね。――でも、前は俺のことほったらかしだったこともあったんだぞ。君のスーパーのパートの最終日なんて、一日一食で済ませたんだ」

「うそ、そんなことあった？」

「あったんだよ！」賢は声を荒らげた。「君のパートの最終日、冷蔵庫にほとんど料理が残ってなくて、レトルトカレーも一つしかなくて、しかも次の日に大事な取材が入ってたから、君が食べる物がなくなったらまずいと思って、俺は一日一食で我慢したんだよ！」

賢は溜め込んでいた恨みを吐露した。ちなみにその日は、帰宅後の直美にセックスをせがんで断られたことも不満の一つだったのだが、そこまで言うのはやめておく。

「いや……でも、自分で作ってくれればよかったじゃん」

「自分で作るつもりだったんだよ！　だから食材を買ってきてくれって頼んでたのに、君は二日連続で忘れたんだよ。結局、俺は次の日、君が取材でチヤホヤされてる時に、ふらふらになりながらスーパーまで歩いて、材料買って帰って、くたくたになって料理したんだよ！」

「あ……そうだったの、ごめん」

直美はよく覚えていないようだった。それがなおさら賢の怒りを増幅させる。最寄りのスーパーまでは片道三キロある上に、桐畑家の自転車は数年前に故障して以来買い替えていないので、賢は徒歩でスーパーまで往復して、飢えと疲れに耐えながら料理するしかなかったのだ。

「でも、なんで今さら言うの？　その時言えばよかったのに」直美がつぶやく。

「あの日は、君が最後のパートを終えて疲れてるだろうと思ったから、二日連続で買い物忘れるなんてひどいなって心の中では思ってたけど、ぐっとこらえて言わなかったんだよ！　俺は、君のためを思って空腹に耐えてたんだ。なのに君は、送別会に行って、ちゃっかり自分だけ夕飯食べて……」

「はいはい、分かりました！　それは本当にすみませんでした！」

直美は苛立った様子で謝った。しかし、すぐに呆れたような笑みを浮かべた。

「でもさあ……私のためを思って我慢したんだって、今さら言っちゃうのマジ格好悪いよね」

「はあ～？」賢が怒りのあまり、声を裏返した。「格好いいとか悪いとか、そういう問題じゃないんだよ！　ていうか、今さらって何だよ。ずっと我慢してたのが悪いのかよ！」

「じゃあ私だって、今さらなこと言わせてもらうけど、お父さんが死んだ時のこととか、そのあとの取り調べのこととか、人前で喋るの結構つらいんだからね。やっぱりトラウマよみがえってくるし」

「前は平気だって言ってたじゃないかよ！　むしろ、つらい経験をしたんだから利用しなきゃ、なんて言ってただろ？」

「本当はずっとつらかったの！」直美はそう叫ぶと、笑みを浮かべてはやし立てるように言った。「はい仕返し～。今さら言うなよってことを言う仕返し～」

「お前、マジふざけんなよ！」

賢が握り拳を作って猛然と歩み寄る。だが直美は、ひるむことなく挑発的に言った。

「え、殴んの？　ああそう、殴ってみなよ。顔が腫れて痣ができて、このあと川中さんに会った時に、どうしたんですかって心配されちゃうだろうねえ。そしたら、それがきっかけで秘密がばれて、二人とも人生台無しになるかもねえ」

賢は、そう言われて立ち止まるしかなかった。

「ほら、殴りなよ。腹立ってるんでしょ？」

直美がなおも笑みを浮かべて言う。賢は「ああっ！」と怒声を上げて自分の太ももを殴った。

「そうやって、怒りをずっと溜め込んで、変なところで爆発させてさあ、そういうところなんじゃないの？　編集者さんを殺しちゃったのも」直美が冷たく言い放った。

「どういうことだよ？」賢が睨み返す。

「賢ってさあ、人を許せなすぎるんだよ。田舎のお爺ちゃんお婆ちゃんに嫌なこと言われたり、何回もピンポン押されたりしたからって、そんなに怒ることないじゃん」

「直美が許しすぎなんだよ」

「許しすぎって何？　許すことが悪いことなの？　許さなきゃ生きていけないよ。私だって、みんなに村八分みたいにされたこと、怒ってないわけじゃないよ。でも許さない方がよっぽどしんどいから、許すって決めたんだよ……」

と、そこまで言ったところで直美が、時計に目をやった。

「ああ、もう行くね、時間だから」

直美は午後から上京し、書店を回ってサイン会を開いた後、名古屋で一泊して明日は講演会。そのスケジュールは賢も把握していた。

と、バッグを持って玄関に行きかけた直美が、振り向いて尋ねてきた。

「お土産何がいい？」

「何もいらないよ」

賢がぶっきらぼうに返す。だが、なおも直美は、皮肉たっぷりに言った。

「どうせ何か買ってこないと、また後で嫌味言うんでしょ」

「言わねえよ！」

「ああそう、じゃあね」

直美はそのまま、乱暴に玄関のドアを閉めて出て行った。

その後ろ姿を見送ってから、賢はつぶやいた。

「……やっぱり天むす頼めばよかった」


それ以来、賢と直美の関係は、ぎくしゃくしてしまった。もちろん、編集者とのやりとりや取材などでボロが出ないよう、仕事関係の情報の共有は欠かせないため、ビジネスライクに話をすることはあったが、それ以外の会話はめっきり減った。

ただ、直美はもう仕事を辞めているので、取材などが無い日は家にいる。作家にしては取材や講演の依頼を多く受けている方だが、それでも毎日あるわけではないので、家にいる日の方が多い。ぎくしゃくしている相手と一つ屋根の下で連日過ごせば、お互いますます息が詰まり、些細《ささい》なことでイライラが募るようになった。「便座上げっぱなしにしないでって言ったよね」とトイレの後で直美が言ったかと思えば、「俺シソ嫌いって言わなかったっけ」と、作り置きの料理を食べた賢が苦言を呈す。お互い「ああ、ごめん」と不機嫌に返した後は、どうせそれ以上会話を続けても嫌な気持ちになるだけだと分かっているので、ただ沈黙が訪れるのみ。

そんな状態が一週間ほど続いたある日、とうとう賢が切り出した。

「なあ、いつまで喧嘩続けるんだよ」

「別に、喧嘩してるつもりないけど」直美はぶっきらぼうに返した。

「俺たちはさあ、このままずっと共存していかなきゃいけないんだよ。だから、ずっとこんな感じの雰囲気で過ごしていくわけには、いかないと思うんだよなあ……」

要するに仲直りしたいのだが、自分から謝るのも癪《しゃく》なので、賢は回りくどい言い方をした。

しかし直美は、冷たい声で返してきた。

「なんか、ずっと二人で同居して生きていくのが、もう決まってるような言い方だよね？」

「いや、だって……それはまあ、そうじゃん」

賢は当然とばかりに言ったが、直美が思わぬ言葉を放った。

「そうかな？　別々の家に住んでたって、この関係は続けていけるでしょ」

「……えっ？」

「あなたが私の名義で小説を書いて、打ち合わせとか取材の時は私が表に出る。要はそれだけできればいいわけだから、一緒に住んでなくてもいいよね？　打ち合わせで言うべきこととか、取材で話すべきこととか、メールで伝えてくれればいいし」

「いや、それは、だって……」

賢は慌てた。まさか別居するなんて発想はなかったし、直美がそこまで考えているとは思ってもいなかった。しかも、以前はずっと「賢」と呼んでいた直美が、ここに来て

「あなた」と呼び始めたことにも焦りを感じていた。もちろん、この「あなた」は、ラブラブの新婚夫婦で用いられるような「あなた」ではなく、他人行儀で冷め切った言い方の「あなた」だ。

「当然、書いてるのはあなたなんだから、印税の取り分はあなたの方が多くていいよ。でも、私だって三割ぐらいはもらわないと納得できないかな」

直美の言葉に、賢は声を裏返した。

「いや、ちょっと待ってよ。それずるいだろ!」

「人殺してるのに逮捕もされずに、小説書いて生きてる方がよっぽどずるいと思いますけど」

「ああ、いや、それはそうだけど……」

賢は言葉に詰まりながらも、家を追い出されるのは避けたいので、なんとか言い返す。

「でも、もし本当に別居するとなったら、俺の正体がばれる危険は格段に大きくなるぞ。まず引っ越さなきゃいけないし、買い物とかだって全部一人でやるとなると、他人に顔を見られる機会が、今の何十倍も多くなるんだ。その結果、俺が大菅賢だって誰かに見抜かれて逮捕されちゃったら、君だって困るじゃないか」

「ああ……まあ、それはあるか」

少し態度が軟化した様子の直美を見て、さらに賢は説得にかかる。

「それに、俺の生活の質は間違いなく今より落ちるわけだから、必然的に作品の質だって下がるぞ。料理だって作ってもらえなくなるし、それに、あと……」

「セックスできなくなるし、だよね？」

「いや、それは、その……」

濁した言葉をずばり指摘され、賢は口ごもった。すると、直美が呆れたように言った。

「結局あなたは、私のことを、家事と性欲解消のための女としか思ってないんでしょ？」

「違う、そんなことはないよ。俺は……」

賢は少し躊躇したが、気恥ずかしさを捨てて、思い切って言った。

「本当に、君のことが好きなんだ！」

しばらく間が空いた後、直美がぼそっと言った。

「また、苦し紛れにそういうこと言って……」

「苦し紛れじゃない、本当だ！」

賢は、まっすぐ直美を見つめて言った。こうやってストレートに言葉にすることで、このまま仲直りできれば……と思っていたのだが、直美はそこで、前のことを蒸し返してきた。

「ていうことは、あなたは、本当に好きな人が通帳見ながらちょっと気分よくなってただけで、八つ当たりみたいに文句言う人なんだね」

「いや、あれは、八つ当たりっていうか……」

「本当に好きな人が、よかれと思って料理の香り付けでシソを入れたのも、許せないんだね」

「いや、それも悪かったよ……」

「それと、本当に好きな人が、トイレの便座を下げといてって何回言っても……」

「ちょっとちょっと、そういうのずるくない？」賢はたまらず言い返した。「俺が、君のことを好きだって言ったからって、そこから君があからさまに優位に立つのはずるいだろ」

これでは、気恥ずかしさを捨てて直球で思いを伝えたのに、かえって損したようなものだ。賢は口を尖らせて言った。

「君のことは好きだ。でも、君ばっかり一方的に優位に立つのはおかしいと思う。だって、小説を書いてるのは俺なんだ。君が今の暮らしをできるようになったのも、俺が小説を書いたからだ。俺がいなければ、君だっていい生活ができなくなるんだぞ」

「でも私の立場を借りなければ、あなたは小説を書けない。それは忘れちゃだめだよね？」

「それはそうだけど……でも、君が俺と別居するって言うんなら、俺は一切小説を書かずに、ストライキすることだってできるんだぞ。それでもいいのか？」

「そんなことしたら、あなたも生活できなくなるよね」

「ああ、それで構わないよ！　そうなったら心中だよ！」

賢は勢いで言ってしまった。すかさず直美が言い返す。

「相手が自分の思い通りにならなかったら、心中するって言い出すんだ？ それって、彼女に別れ話されたら刃物を持ち出して心中するって言い出す、超やばいDV男のパターンだよね。あ、ていうか、実際超やばい男だったね。人殺してるんだもんね。ごめん、忘れてた」

　にやっと笑った直美を見て、賢の頭に血が上った。だが直美はさらに言い募る。

「前にも言ったけど、そういうところだよ。賢が編集者さんを殺しちゃった原因。怒りを溜め込んで、いったん爆発しちゃうと抑えられないところ、全然直ってないよね」と、そこでまた直美が憎たらしい笑みを浮かべる。「ああ、こんなこと言ったら、今度は私が怒りにまかせて殺されちゃうかもしれないね。怖い怖い」

「直美だって同じじゃないか」賢は、懸命に怒りを静めながら言い返した。「俺からも忠告しておくよ。君はそうやって、すぐ人より優位に立ちたがるし、優位に立ってる立場からさらに執拗《しつよう》な攻撃を加える傾向がある。マウンティングしてボコボコ殴るみたいにな。……俺みたいに、本当に人を死なせちゃったわけじゃないけど、本質的には君も同じタイプだぞ」

「は？　冗談じゃないわ。一緒にしないで」

　直美が捨て台詞を吐いて、部屋を出て行こうとした。たまらず賢が声をかける。

「なあ、待ってくれよ」

睨み返す直美を見て、賢はもう怒りが湧くわけでもなく、ただ悲しくなってしまった。

「おかしいよ、なんでだよもう……」賢はがっくりうなだれた。「なあ、なんで俺たち、こんなになっちゃったんだよ。俺は、君が好きなんだよ。離れたくないんだよ。――料理も食べたい、セックスもしたい。たしかにその通りだよ。でも、君を一人の女性として好きだし、その中に料理のおいしさとセックスの快感が含まれてたら、それは嘘ってことになるのか？　それは純粋に好きじゃないってことになるのか？」

賢は再び顔を上げ、直美を見つめて問いかけた。

「なあ。直美は、俺のこと好きじゃなかったのかよ？」

直美は、さっと目をそらした。それでも賢は続けた。

「賞を獲った後、毎日のようにセックスもしてたし……ああごめん、今こういうこと言われるのも、君にとっては気持ち悪いかもしれないけどさ。でもあの時、君は俺のことを好きじゃなかったのか？」

目をそらしたまま動かない直美に、賢は心からの思いをぶつけた。

「あの頃のように、ほんのちょっと前のように戻ることは、どうしてもできないのかな？」

すると、数秒の沈黙の後、直美がぽつりと言った。

「……どうするにしても、ちょっと時間ちょうだいよ」

そのまま直美は、疲れたような顔で部屋を出て行った。

賢の言葉が、直美の耳に残っていた。

――なあ。直美は、俺のこと好きじゃなかったのかよ？

口には出さなかったけど、直美ははっきりと自覚していた。

間違いなく、好きだった。

そもそも直美は、ずっと賢のファンだった。それに、賢は直美名義で新人賞を獲ると宣言して、一時は苦しんだものの、最終的には何百倍もの競争率を勝ち抜いて本当に獲ってしまったのだ。その才能を心から尊敬していたし、その『六畳の地獄』の印税によって、当面は豊かな生活を送れるだけの貯蓄を得ることができたのだ。本心ではとても感謝している。

なのに、贅沢なもので、生活が満たされた今、直美の心に疑問が生まれてしまったのだ。

このままずっと、賢と一緒に暮らしていく人生が、本当に幸せなのだろうか――。

賢のおかげで、今の直美の生活がある。というか、そもそも直美の命が、あの日橋の上で賢に出会わなければ絶たれていたのだ。直美の自殺を阻止したのが、不純な性欲から生じた行動だったのだとしても、間違いなく賢は命の恩人だし、生活の上でも恩人なのだ。

ただ、だからといって、賢を愛しているのか、一生添い遂げたい相手なのかと自問してみれば、正直違う気もする。そう思ったきっかけは、預金通帳を眺めながら機嫌よくしていた直美に対し、賢が突然不満をぶちまけた先週のあの事件だったのだが、仮にあの一件がなくても、いずれこの問題で悩むことになっていた気がする。

そもそも直美から見て、賢は全然、ぜ〜んぜんタイプではないのだ。直美は面食いだという自覚はないが、さすがにもう少しイケメンがいいなと思ってしまう。しかも、元々の顔がタイプじゃないのに、変装のためとはいえアイプチで二重まぶたにした結果、なんだか無駄な抵抗をしてる感が出てしまった。その上、髪や髭も伸ばしているので、今の賢は「竹野内豊を目指した結果、ただ不潔感が増しただけのブサイク」という感じの仕上がりになっているのだ。

見た目が全然タイプじゃない男でも生涯添い遂げるとしたら、やっぱり見た目を補って余りあるほどの優しさや性格のよさが欲しい。でも賢は、小説家としての才能はあると思うけど、優しくて性格がいいかといえば微妙なところだ。家事も自発的にやるし、金遣いが荒かったり暴力を振るうわけでもないから、決して悪い人間ではないけど、はっきり言って器が小さい。溜め込んだ不満を爆発させてうじうじと言い募った先週の事件なんて、その典型だ。

そんな賢と、なし崩し的にこのまま一緒に生きていくのかと思うと、なんだか抵抗がある。とはいえ、間違いなく直美と賢は運命共同体なのだ。偽作家と、そのゴーストを務める指名手配犯。お互いが必要不可欠だし、どちらかが裏切ったら共倒れだ。日本中探しても、これほどお互いの存在が欠かせない男女はいないのではないか。でも、それは愛とはまた別物だ。これから愛していけるかどうか分からない相手と、ずっと暮らしていけるのか……なんて、どんなに思い悩んだところで、そう簡単に答えが出るはずもなかった。

なんだか、ごく普通のマリッジブルーのようでもある。でも決定的に違うのは、直美の場合は前例がないのだ。「マリッジブルーを経験した女」は山ほどいるだろうけど、「自分のゴーストライターである指名手配犯と内縁の夫婦になれるか悩んだ女」は、日本中、いや世界中探しても、たぶん一人もいないだろう。直美はこのテーマで悩んでいる、人類史上初の女なのだ。そう考えるとなんだか壮大な悩みのように思えてきたけど、要するに中身は、この男でいいのかなあ、という、やっぱり普通のマリッジブルーと同じような悩みだ。

賢とずっと一緒に暮らしていけるのかもしれないし、やっぱり無理だから別居を検討するべきなのかもしれない。どっちの可能性もあると思う。

もしかすると、何かきっかけが欲しいのかもしれないな。――直美はふと思った。賢との関係を変化させる出来事が、何か一つでも起こってくれれば、踏ん切りがつくのかもしれない。それが起こるまで待ちたいのかもしれない。直美はそう自己分析した。

ただ、そのきっかけというのが、意外と早く、それもショッキングな形で訪れることになるとは、直美も予想していなかった。

その三日後だった。玄関のドアチャイムが鳴ったのは――。

家に来訪者があった時は、基本的には正規の住人である直美が玄関に出るようにしていた。賢が出るのは、直美の不在時に出版社からの宅急便を受け取る時ぐらいだった。その日は直美が家にいたので、玄関のドアを開けた。

そこで直美は、息を呑んだ。

玄関先に立っていたのは、四十代から五十代ぐらいの、スーツ姿の三人の男だった。その三人のうち、向かって右側に、どんなに忘れたくても忘れられない顔があった。

直美は、頭の中がぐるぐると回転するような、猛烈なめまいに襲われた。その原因は、忌まわしい記憶、そして凄まじい怒りだった。

「突然おうかがいして、申し訳ございません。私、茨城県警刑事部の、吉岡《よしおか》と申します」

「ときわ警察署の署長の、田辺《たなべ》でございます」

「県警捜査一課の、松村《まつむら》です」

彼らの声も、まるで遠くから反響しているかのように聞こえた。

ただ、最も憎むべき相手の名前が、松村だということは、はっきり分かった。

茨城県警、ときわ警察署――それらの言葉を聞いた瞬間、賢は思わず硬直した。

元々、来客があっても姿を見られずに済むように、賢が執筆に使うパソコンは、玄関から死角になった壁の陰に置かれていた。賢は、パソコンの前にじっと座ったまま、玄関から聞こえてくる声に耳をそばだてていたのだが、その複数の来客は、あろうことか第一声でいきなり、警察の人間だと自己紹介をしたのだ。

何ということだ、警察が来てしまった。つまり、俺の正体がばれてしまったということか。——警察に踏み込まれて逮捕される数秒後の自分の姿を想像し、賢はがっくりとうなだれた。

だが、続いて聞こえてきたのは、意外な言葉だった。

「このたびは、桐畑様への謝罪が遅れてしまいまして、大変申し訳ありませんでした」

えっ、桐畑様への謝罪？——賢は状況を理解できないまま、息を殺して耳を傾けた。

すると、しばらくして直美が、震えた声を発した。

「今さら謝りに来たんですか。私の本のせいで警察に苦情がいっぱい来たから……」

それを聞いて、ようやく賢も事情を察した。彼らは、かつて直美に父親殺しの容疑をかけ、厳しい取り調べをしたことを謝罪しに来たのだ。

とりあえず賢は、警察の人間が自分を逮捕しに来たのではないと分かってほっとしつつ、壁の陰から慎重に顔を出し、玄関の様子をうかがった。

「本当に、大変申し訳ございませんでした！」

見ると、スーツを着た三人の男が深々と頭を下げていた。彼らと向かい合う直美は、賢に背を向けているので表情は分からないが、肩が小刻みに震えているのが見てとれた。

「今さら謝りに来たからって、私が許すと思ったんですか！」

直美が叫んだ。その声には、かれこれ二年近く一緒に暮らしてきて、何度も直美を怒らせてしまったことがある賢でさえ聞いたことがないほどの、強い怒りがこもっていた。

警察を相手に下手なことをしなければいいけど――。賢の頭に、ふと嫌な予感がよぎった。

その予感は、わずか数秒後に実現してしまった。

「許せるわけないでしょ！　特に……松村、お前のことは！」

直美は、空気が震えるような大声で絶叫すると、頭を下げたままの三人のうち、見たところ一番若い右端の男を、思い切りビンタしてしまったのだ。

「うそっ⁉」賢が思わず声を上げる。

「一生忘れねえよ！　お前のせいで私は、本気で自殺まで考えたんだぞ！」

直美は、先ほど松村と呼んだその男に、続けざまに三発もビンタを食らわせた。松村は抵抗もせずに受け止めていたが、さすがに痛かったようで、玄関の隅にしゃがみ込んでしまった。残りの年かさの二人は「あ、あの、桐畑さん……」とおろおろするばかりで止めあぐねている。

さらに直美は、玄関の傘立てから傘を抜き取った。

「わああっ、やめろっ！」

賢は慌てて直美に駆け寄った。さすがにやり過ぎだ。謝りに来た警察の三人も、大ごとにはしたくないだろうが、直美の暴行の度が過ぎたら逮捕されてしまう可能性もあるだろう。

賢は、直美を後ろから羽交い締めにして傘を取り上げた。それでも直美は、玄関の隅にうずくまった松村に向かって、「ふざけるな、馬鹿！」と涙ながらに罵声を浴びせている。

賢は、直美を抱きしめて玄関から引き上げ、「すいません、すいません」と、警察の三人に向けて必死に謝った。だが、松村の顔をちらりと見たところで、警察の人間なら今の俺の顔を見ただけでも大菅賢だと気付いちゃうかもしれないぞ、と思い至り、顔を見られないように頭をさらに深く下げ、土下座に近い格好になった。

「本当にすいませんでした！　どうか、彼女の無礼をお許しください。……あ、僕は、今彼女と同棲してる者なんですけど」

一応、いきなり現れた自分についての説明もしつつ、賢は改めて謝った。

だが、松村は、茨城訛《なま》りの低い声で返した。

「いえ……私は、これだけやられても仕方ないぐらい、取り返しのつかない間違いをしたんです。この場で桐畑さんに殺されても、文句は言えねえと思っています」

賢がちらりと顔を上げて松村の顔を見ると、彼もまた涙を流していた。直美のビンタが当たった頰が、少し赤くなっている。

「こんなこと言っても、言い訳にしかならないですけど……実は私は以前、介護殺人を見逃してしまったことがあったんです。その事件は、一見事故のようだったんですが、のちに殺人だったと分かった時には大騒ぎになって、マスコミにも叩かれまして……。だから、介護殺人をもう見逃しちゃならねえと過剰に警戒して、桐畑さんの事件が起きた時に、あんな取り調べをしてしまったんです。でも、結果的には、本当に事故だったのに、お父様を亡くされた桐畑さんをさらに苦しめることになってしまって……」

玄関にひざまずきながら語る松村は、何度も涙を拭きながら、嗚咽《おえつ》交じりに続けた。

「『六畳の地獄』、読ませていただきました。桐畑さんが自殺まで考えるほど追い詰められてたと知って、取り返しのつかないことをしたと思いました。どんなに謝っても許されることじゃありません。私は警察官失格です。まずはこの場で、警察を辞めさせていただきます」

松村はそう言うと、スーツの懐から封筒を取り出した。その表には「辞表」と書いてあり、他の二人は「えっ」と驚いている。どうやら松村は事前に彼らにも伝えていなかったらしい。松村は、上司にその辞表を渡すと、再び直美に向かってひざまずいた。

「その上で、もし桐畑さんに、責任を取るために死ねと言われたら、本当に死のうと思います。私はそれぐらいの罪を犯しました。本当に申し訳ございませんでした！」

そう言って松村は、玄関で土下座をした。

わあ、こりゃ大変なことになってるぞ――賢はそう思いながら、警察側の三人、そして直美の様子をうかがう。ただ賢も、警察の三人にできるだけ顔を見られないように、床に正座しながら頭を下げた姿勢はキープしているので、松村と賢が向かい合って土下座をしているような、客観的に見たらかなり奇妙な状況になっている。だが、もちろんそのおかしさを指摘することなど誰にもできない雰囲気だ。

と、直美が、真っ赤な目で松村を睨みつけたまま静かに歩き出し、玄関に下りた。

おい、これ以上殴ったりするなよ――賢は祈りながら固唾《かたず》を呑んで見守っていたが、直美は松村ではなく、その隣の、辞表を手に持った年かさの男にくるりと体を向けた。

そして、彼が松村から手渡された辞表をひったくると、びりっと真っ二つに破ってしまった。

「えっ⁉」

予想外の直美の行動に、賢も警察側の三人も、全員が呆気にとられていた。

すると直美が、松村を見下ろしながら、涙声で言った。

「辞めないでください。あなたは刑事を続けてください」

「いや、しかし、私は……」

松村が、玄関にひざまずいたまま言いかけたのを遮り、直美は続けた。

「あなたにとって、今辞めるのが一番楽です。でも私は、あなたがもっと悩んでもがいて苦しむことを望んでいます。だから辞めないで、自分が犯した間違いとずっと向き合ってください。もう二度と警察があんな間違いを犯さないように、無実の人を苦しめないように、後輩たちを指導していってください。それがあなたの役目です」

すると松村は、ぼろぼろと涙をこぼしながら、また深々と土下座をした。

「すみません……本当に、申し訳ございません！」

その隣で、県警の上司と、ときわ警察署の署長も、揃って深々と頭を下げた。


「あ……この記事だね」

まだ目が赤い直美が、鼻をすりながら、パソコンの画面を指差した。

警察の三人が帰ったのち、賢と直美は、パソコンで「茨城県 介護殺人」とネット検索してみた。するとたしかに、県内の老人ホームで殺人事件が起きたという四年前の記事があった。その事件は、ホームで働くヘルパーの一人が、入居者にたびたび虐待を加え、二人を死なせていたのだが、一人目の死亡を警察が事故だと判断してしまったため、結果的にもう一人犠牲者が増えてしまった――という経緯があったとのことだった。

さらに、その続報が載ったページを開いてみると、事件についての県警の記者会見の写真があった。その会見の一番端の席には、松村の姿が小さく写っていた。

「あ、これ、さっきの人だね」

賢が写真の端の松村を指差す。直美もうなずいた。

「彼は、たしかにこの事件の捜査にも関わってたんだな。だから、介護殺人をもう見逃したくないと思って、結果的に直美を……」賢はそう言いかけて、すぐに首を横に振った。「いや、だからってとても許されることじゃないよな。君のことを本当に苦しめたんだもんな」

直美はうなずいた。そして、隣に座る賢の肩にもたれかかってから、胸に顔を埋めた。

「賢……ごめんね」

「直美が謝ることなんて、何もないよ」賢が直美の頭をそっと撫でた。

「ううん、賢が止めてくれなきゃ、私あのあと、本当に何してたか分かんない。馬鹿だよね、あそこであんなことしちゃうなんて……」

直美は、涙で言葉を詰まらせながら、たどたどしく語った。

「私、賢のこと、怒りを抑えられないのが欠点だとか言ってたのに……人のこと言えないよね。ていうか、私の方がずっとひどいよね」

直美は改めて、数十分前のことを思い出す。自分でやったことではないかのように、記憶はぼんやりしていた。あれほど怒りが抑えられなかったのは、人生で初めてのことだった。

警察の三人が目の前で頭を下げた時、こみ上げてきたのは怒りだけだった。謝罪を受け入れる気持ちは少しもなかった。どう考えても遅すぎる謝罪。タイミングから考えて、『六畳の地獄』によって不祥事が暴露されたから、やむをえず謝りに来たに違いなかった。あの小説がなければ、直美に謝罪など永遠にしなかったに決まっている。そう思うと怒りが一気に沸点に達した。

そして、捜査一課の松村という刑事。忘れられるはずがなかった。父の死後、警察署に連れて行かれ、父を殺していないとどんなに訴えてもまるで聞く耳を持ってもらえず、狭い取調室で「正直に言った方が楽になるぞ」とか「犯罪者はみんな最初はやってないって言うんだよ」などと、小馬鹿にしたような口調で直美に言い続けた男だ。それでも直美が、心が折れそうになりながらも真実を訴え続けると、「この親不孝者が」と罵《のの》りもした。あの屈辱は一生消えることはないだろう。結果的に逮捕されることはなかったが、その後も夢の中に松村が出てきて、うなされて飛び起きたことが何度もあった。

直美は、頭を下げる松村に「許せるわけないでしょ！」などと叫んだことは覚えているが、その後の行動は、まるで誰かに操られていたようで、記憶も曖昧だった。気付いた時には、松村を張り倒し、傘立てから傘を抜き取っていた。賢が止めに入ってくれなかったら、傘で松村を殴打するか、下手をすれば先端で突き刺していたかもしれない。怒りによってこれほど我を失うものかと、直美は自分でも驚いたのだった。

「本当にごめんね。大ごとになったら、賢のことが警察にばれちゃうかもしれなかったのに、せっかく賢が苦労して賞獲ったのが、全部無駄になるかもしれなかったのに……マジで私馬鹿だったよね。賢にとやかく言う資格なかったよね」

直美は泣きながら、賢にぎゅっと抱きついた。

「そんなことないよ」

賢も、直美を強く抱き返した。賢の目にも、いつしか涙がにじんでいた。

「俺の方こそ、君の苦しみを分かってるつもりだったけど、実際は何も分かってなかったんだ。怒りを爆発させた君を見て、お父さんを亡くした上に殺人犯扱いされたことが、どれほどつらかったのか思い知らされたよ」賢は直美の頭を撫でながら語る。「もし俺が君だったら、刑事を辞めないでください、なんて言えなかったよ。辞めろ辞めろ、これで最低の刑事が一人減る、なんて罵声を浴びせてたかもしれない。でも君は、あれほどの怒りを持ってたのに、最後に彼を許したんだ。本当に強い人間だよ」

「そんなことないよ。私は、賢がいなかったら生きていけない、弱っちい奴だよ」直美は賢の首元に顔を埋めた。「賢がいなかったら、私は今日、警察に謝られることもなかったんだよね。ていうか、そもそも賢がいなかったら、橋から飛び降りて死んでたわけだし。今の私がいるのは、全部賢のおかげだよ」

「何言ってるんだ。俺だって、あの夜君と出会わなかったら、あのまま死んでたんだ」

賢も涙ながらに、直美をさらに強く抱きしめた。

「それに、俺は今日まで、『六畳の地獄』を書いたことで、勝手に君の心の傷を理解した気になってた。でも全然違ったんだよな。自殺を決意するほどの絶望なんて、理解できると思ってたこと自体がおこがましかったんだ」賢は直美の耳元で、耳たぶを食べそうになるぐらい口を近づけながら言った。「君のその苦しみを利用して小説を書いて、そのおかげでここで暮らせてるのに、些細なことで文句を言って……本当にすまなかった」

「ううん、私も悪かったの。本当にごめんね」直美は賢の首筋に唇をつけながら謝った。

「いいや、俺の方が悪かったんだ」賢は直美の胸元をさすりながら謝った。

「賢……ありがとう。大好きだよ」

「俺もだよ、直美」

「ああ、ん、ああ……」

「ん、ああ……ああ……」

「ああん、んん……ああ」

「おお、ん……あ、ああ、あああ……」

「んんっ、あああっ……あうっ、ああうっ……あ、もうこんなに硬い……」

と、少し前まで喧嘩していて、長らくご無沙汰だった反動もあり、感情を昂ぶらせた二人は、それはもう激しく、それはもう獣のように、体力が尽き果てるまで延々と体を求め合った。

そして、この日を境にすっかり仲直りし、互いの必要性を再確認した賢と直美は、それから毎日のように、日によっては真っ昼間から二回も三回も睦《むつ》み合うようになった。

そうなると、数ヶ月後には、いわば当然の結果を迎えることになった。

「やっぱり妊娠してるみたい！」

直美はトイレから出ると、判定窓に赤線が入った妊娠検査薬を掲げて言った。

「おおっ、そうか！」

賢は笑顔でガッツポーズをしたが、すぐに困ったような顔になって言った。

「結婚しよう……って、本当だったら言いたいけど、ごめんね。俺がこうだから」

「ううん、いいの」直美は賢に抱きついた。「賢の子供を生んで、二人で育てていく。それだけで幸せだよ。婚姻届を出すか出さないかなんてどうでもいいよ。内縁の夫婦なんて、世の中にたくさんいるわけだし」

もし子供ができたらどうすべきか、すでに調べてあった。当然ながら、指名手配犯が婚姻届を出せるはずがないので、二人は内縁の夫婦として生きていく。直美がシングルマザーということで出生届を出し、賢は同居人となる。表面上は賢は無職なので、住民登録をしていなくても問題は起きないはず。——という算段だった。

「でも、こんな時に言うべきじゃないかもしれないけど……」賢はつらい表情になって言った。「もし俺のことがばれたら、子供まで苦しむことになるんだよな」

「こら、パパになるんだから、ちゃんと自信持って」

直美が、賢の手を握り、目をまっすぐ見つめて訴えかけた。

「ばれたらだめなのは、子供が生まれる前から同じことだよ。私たちは、これから一生協力し合って、秘密を隠し続けていくしかないの」

「そうだよな、そうなんだよな」

「その代わり、人よりずっといい生活ができるんだから。本も売れてるし」

前の月に発売された第二作の小説も増刷が決まり、『六畳の地獄』は早くも映画化が決まっていた。桐畑直美名義での仕事は、すこぶる順調だった。

「よし、俺、自信持つよ」

賢は、再び笑顔になって力強くうなずいた。そして、直美をまっすぐ見つめて宣言した。

「俺、この子が生まれる頃には、どっしりと構えて、頼れる父親になってやるんだ」

9

「はい、頭が出てきましたよ～」

医師の言葉を聞いた賢が、直美の枕元で声をかけた。

「あ、あ、頭出てきたって！」

「うん、聞こえてる……」直美がうなずく。

「いったん息吸って、ふ～っと吐きましょう」

今度は助産師が言った。それを受けて賢が、再び直美の枕元で言う。

「い、い、息吸って！　ふ～っと吐いて！」

「いや、聞こえてるから」直美が呆れて言った。「どっしり構えて、頼れる父親になる、とか言ってませんでしたっけ」

「あ、ああ、ごめん」

賢があたふたする中、助産師が「はい、いきんで～」と声をかけ、直美が踏ん張る。

それを何度か繰り返したところで、「んぎゃあぁ〜」と産声が聞こえた。

「はい、生まれました〜」

「やった、生まれたよ〜」賢は涙ぐんで直美の手を握った。「よくやった、よくやったよ！」

「うん……ちょっと、テンション上がりすぎ」

直美ももちろん感動していたが、賢のはしゃぎぶりにさすがに苦笑してしまった。

「いや、だって、初めての出産だよ、これぐらいテンション上がるだろ」

賢は言い返したが、直美が助産師の方を向いて尋ねる。

「でも、さすがに珍しいですよね？」

すると助産師も、苦笑しながら言った。

「まあ、たしかに珍しいですかね。——無痛分娩《ぶんべん》で、これだけハイテンションのお父さんっていうのは」

「自然分娩のテンションだよ、それ」

直美に指摘されて、「あ、そうか……」と賢はようやく我に返ってうつむいた。

直美は無痛分娩を選択していた。もちろん麻酔をかける前の陣痛などは初めての経験だったので、それなりに痛みと闘ったが、麻酔をかけてからは初産とは思えないほどの安産で、ずいぶんとあっさりしたものだった。

「はい、元気な男の子ですよ〜」

助産師に渡された赤ちゃんに、直美と賢が言葉をかける。

「はじめまして、康輝《こうき》」

「これからよろしくね、康輝」

名前は、性別が分かった段階ですでに決めていた。健康に輝いてほしいという願いを込めて名付けた。

――その後の日々は、まさに嵐のように過ぎていった。

直美が退院し、賢と康輝とともにタクシーに乗って帰ったのは、仮住まいの一軒家だった。元の桐畑家は取り壊され、建て替え工事が行われていた。築半世紀以上の木造二階建てでは、大きな地震が来たらまず耐えられないことは、耐震診断を受けるまでもなく明らかだった。少し前まではいつ死んでもいいと思っていた二人だが、絶対に失いたくない命を授かったことで、丈夫な家に建て替える決意をしたのだった。

初めての育児をしながらの新居の準備は、さすがに大変だった。「建て替えはもうちょっと後でよかったかもね」と二人で後悔しながらも、新居への引っ越しのスケジュールは否応なしに迫ってくる。直美は育児と産後の体調管理で精一杯だったので、やむなく引っ越しの作業や段取りは、ほとんど賢がこなした。大工や引っ越し業者の中に、賢の正体に気付く人が現れるかもしれないという心配もあったが、幸い誰にも気付かれることはなかった。

やがて新居が完成。大豪邸とはいわないまでも耐震性に優れた造りで、庭を狭める形で床面積を増やした分、賢の仕事部屋や将来の子供部屋も二階に設けることができた。さらに車も、直美が父親から受け継いで十年以上乗り続けてきたオンボロの軽自動車から、高級な部類に入るファミリーカーに買い換えた。どちらも一括払いだったため貯金は一気に減ったが、それでも当面の生活には困らない程度の額は残った。

康輝の育児に、賢と直美は四苦八苦した。ちゃんと育児をできるのか、自分たちはちゃんと親になれるのかと、誕生前は不安になった時期もあったが、いざ始まってみると、日々の世話に忙殺されて疲れ切って眠る毎日。幸か不幸か、それ以上の不安を覚える余裕すらなかった。康輝は夜泣きはするし、急に熱は出すし、心配してあたふたしてるうちに勝手に治るし、特に理由もなく泣くし、特に理由もなく泣きやむし、どんどん育ってあっという間に首が据わって寝返りを打ってはいはいするようになるし、手が届く範囲の物は何でも口に入れるようになるし、ちょっと目を離した隙に床の埃《ほこり》を咀嚼《そしゃく》して泣き出すし、つかまり立ちをするようになったかと思えば自分の頭の重さを支えきれずに椅子に頭突きして泣き出すし、壁の陰に隠れて顔を出して「いないいないばあ」をすると喜ぶので賢が何度もやっていたら、それを真似しようとして壁に頭をぶつけて泣き出すし……と、康輝の天使のような笑顔と獣のような泣き声に振り回されながら、賢と直美はひたすら毎日を過ごしていった。

そんな育児の経験を生かして賢が執筆した、桐畑直美としての第五作は、主人公のさえない探偵が育児をきっかけに観察力を増し、難事件を解決できるようになる『育児探偵』という作品だった。初の文庫書き下ろし作品だったが、それなりに好評を博し、続編も出して累計十五万部というヒットになった。その頃には文庫を合わせて七十万部を超えていた『六畳の地獄』には及ばなかったが、デビューがセンセーショナルだった分、新作を出すごとに売り上げが減っていて、内心焦りを感じていた賢にとっては、ひとまずほっとできる数字だった。

そんなある日、直美が育児日記をつけているのを見て、ふと賢が言った。

「俺も日記つけようかな」

「日記？　毎日小説書いてるのに、日記も書くなんて疲れない？」直美が聞き返す。

「まあ、そんな疲れるほど一生懸命には書かないよ。気晴らしに書く程度だよ」賢は笑った。「ただ、せっかくだから、直美には今まで通りそうやって、育児のこととか書いてもらって、俺の方は、今まで俺と直美にあったことも含めて、きちんと文章にまとめたいんだ」

「まさか、本にして出すつもりじゃないよね？」

直美が怪訝な顔で聞き返したが、賢は笑って首を横に振った。

「いやいや、それはないよ。そんなことしたら捕まっちゃうし。一生誰の目にも触れないようにするよ。……ていうか、そういうもんじゃん、日記って」

「まあ、それもそうだね」直美も笑った。

こうして、賢と直美は、二人で日記をつけるようになった。

10

「よし、もうすぐ寝るな」

賢は、康輝を抱っこしながら小声で言った。耳元で「ひ〜、ふう」と、寝息のような呼吸音を繰り返し聞かせてやり、脈拍に合わせたリズムで尻をとんとん軽く叩いてやる。康輝は時々「んぁ〜っ」とぐずるような声を出しながらも、やがて頭をこくんと垂れ、眠りに落ちた。

「すごい、私より上手かも」

直美が小声で言って、小さく拍手する。賢は微笑みながら、静かに康輝を布団に寝かせた。

そして賢は、康輝の寝顔をじっと見つめた。

賢の胸に、ある思いが去来していた。ここ最近、何度となく考えては打ち消している思いだ。

だが、この時もまた、十秒ほどでその思いを振り払うと、直美とともにそっと寝室を出た。

そこで直美に、ふいに声をかけられた。

「何か悩んでる？」

「えっ、いや……」

突然指摘されて、賢は言葉に詰まった。直美はその様子を見て、にやっと笑った。

「私が気付かないと思った？　最近ずっと、康輝の顔見ながら何か考えてるでしょ」

「……ばれてたか」

賢は苦笑すると、「馬鹿なこと言うなって、却下してくれてもいいから」と前置きしてから、意を決して言った。

「一回だけでいいから、母親に会いに行きたいんだ」

「母親って……賢のお母さん？」

「ああ」賢はうなずいた。

賢は一人っ子で、父は「大菅賢」としての息子の作家デビューを見届けてすぐ、心筋梗塞《こうそく》でこの世を去ってしまったのだが、母は今も実家で一人、作家生活の果てに指名手配犯になってしまった息子を案じながら暮らしているはずだった。

「勝手なもんだよな。今まで親のことなんてろくに考えたことなかったんだ。息子が人殺しになって、大変な苦労をしてるはずだって分かってたのに。まあ、考えてもつらいだけだから、考えないようにしてた部分もあったのかな」

賢は自嘲《じちょう》気味に語ってから、ため息をついた。

「でも、自分が親になってみて、今さらながら思ったんだ。やっぱり一度は顔を見せたいって。俺の顔だけじゃなくて、孫の、康輝の顔も見せてやりたいって」

「いいじゃん。今度、賢の実家に康輝連れてってあげようよ」直美はうなずいた。

「いや、でもさあ……そう簡単に決めちゃいけないと思うんだよ」

どうやら直美が安請け合いしているようなので、賢はその危険性を説明する。

「ほら、もしかしたら、いつか俺が帰ってくるかもしれないと思って、警察が俺の実家を監視してるかもしれないだろ。それを警戒して、電話とか手紙で母親を呼び出すにしても、警察の尾行が付いてるかもしれないし、そもそも、電話なんて傍受されてるかもしれないし」

「ああ、そっか……。そう考えると危ないね」

直美は不安げな顔になった。やはり、さっきは危険性を認識していなかったらしい。

「だから、そういうことも考えると、やっぱり無理かなって思ってるんだ。まあ、全ての逃亡犯の実家を二十四時間態勢で張り込むほどの人手は、警察だってかけられないとは思うけど、もしかすると今でも俺の実家には、警察の監視カメラでも付いてるのかもしれないし……」

賢は悩んでうつむいた。だが直美は、しばらくじっと腕組みをした後で言った。

「よし、分かった、私がなんとかしよう」

「えっ？　いや、そんな簡単にはいかないだろう」

どうせまた直美が安請け合いするつもりだろうと思って、賢は苦笑した。

ところが直美は、意外なほど具体的な提案をしてきた。

「でもさあ、私はミステリー作家の桐畑直美なわけじゃん。で、賢のお母さんは、作家になった息子が編集者を死なせちゃったまま見つかってないっていう、まあ特殊な人なわけだよね。それに、賢の実家が千葉県の東金市だってことは、事件が起きた時には報道されてたでしょ。しかも、大菅ってそんなに多い苗字でもないから、私が当時の記事を読んで、電話帳とかネットの情報をたどって、賢の実家を突き止めたとしても、不思議ではないよね？」

直美は、真剣な眼差しで、賢に語りかけた。

「たとえば、もし私が、賢のお母さんを次回作の題材にしようと思って、アポ無しで賢の実家に行ったとしても、それだけなら警察に疑われることもないんじゃない？　もし警察に何か聞かれたら、その時は『次回作の取材のために住所を調べました』とか言えばいいわけだし」

「ああ、なるほど……そういうことか」

賢は、直美の提案を頭の中で反芻《はんすう》すると、手を叩いてうなずいた。

「すげえよ直美、頭いいよ！」

「そりゃそうだよ。だって私、一流のミステリー作家だもん」直美がおどけてみせた。

その後、賢と直美は、綿密な計画を立てて準備をしたのち、それを実行に移した——。

11

茨城県ときわ市から、千葉県東金市まで車で二時間強。デビュー当初のように頻繁に上京することもなくなっていた直美にとって、久しぶりのロングドライブだった。賢と康輝は、自宅で留守番をしている。

カーナビに入力した目的地の近くの、コンビニの駐車場で、直美は車を降りた。そこから、いったんコンビニに入って買い物をした後、家でプリントアウトした地図を頼りに歩き、目的地の家の前に到着した。門柱に「大菅」という表札が出ている。もし引っ越していたら計画はおじゃんだったが、賢の母の郁江《いくえ》は今も住んでいるようだった。

直美は、念のため家の周囲を歩いて回る。ざっと見たところ、大菅家を刑事が交代で監視しているようなことはなさそうだった。さすがに五年前の傷害致死事件の容疑者の家族を、常時監視するほどの人手は警察にもないだろうという予想は当たっていた。とはいえ、隠しカメラなどがある可能性も否定できないので、計画通りに慎重を期して接触を図る。

直美は、大菅家の門から中に入り、ドアチャイムを押す。昔ながらの、インターホンが付いていないチャイムだけのタイプだ。しばらくして、白髪交じりの小柄な女性が「はい」と警戒気味に出てきた。

その顔を一目見て分かった。彼女こそ、賢の母親の郁江で間違いないだろう。一重まぶたの目が、アイプチで二重になる前の賢によく似ていて、左眉の上に大きなホクロがある。賢に聞いていた特徴がそのままだった。

直美は微笑みを浮かべ、名刺を渡しながら切り出した。

「突然おうかがいして申し訳ありません。私、作家をやっております、桐畑直美と申します。あなたは、大菅郁江さんですよね?」

「あ……はい」

謎の来訪者に、郁江は戸惑った様子ながらもうなずいた。そこで直美は、パソコンからプリントアウトした手紙を渡した。

「とりあえず、これを読んでいただけますか?」

郁江は、「え、ああ、はい……」と、ますます戸惑いながらも、その手紙に目を通す。

「突然のお手紙、失礼致します。
まず、この手紙を読んでいる様子が、警察によって監視されている場合、また、現在一緒に住んでいる人がいるなどの理由で、この手紙を誰かに見られる可能性がある場合は、すぐに手紙を、目の前の直美に返してください。」

「……ここまで読んでもらって、よろしいですか?」

直美が、そこまでの文を示して尋ねる。

「ええ、はい……」郁江が困ったような顔でうなずく。

「こちらのお宅は、今はこういったことはありますか？」

直美が「**警察によって監視されている場合**」という文を指し示しながら、念を押して尋ねる。

「いや、前はあったかもしれないけど、今はもうないです。というか、これはいったい何でしょうか……」

郁江は困惑気味に言ったが、直美はそれを遮って手紙を指し示した。

「すみません、こちらを読んでいただけますか？」

手紙の続きには、こう書かれている。

「**ここからの文は、警察による監視がないという前提で書かれています。ただし、郁江さんがないと思っていても、もしかするとどこかから監視されているかもしれないし、近所の目もあると思うので、ここからの文を読んでも、大きなリアクションはとらないでください。**

どうか、動揺せず、大きな声を上げず、覚悟して読んでください。

実は、この手紙を書いているのは、あなたの息子の、大菅賢です。」

「えっ⁉　何これ、イタズラ……？」

郁江がうわずった声で言いかけたが、直美が制した。

「イタズラじゃありません。どうか、続きを読んでください」

直美に促され、郁江は泣きそうな顔になりながら、また手紙に目を落とした。

「悪い冗談だと思ったかもしれませんが、本当です。この手紙を書いているのは賢です。五歳の時に拾った捨て犬に、当時好きだった漫画から『悟空《ごくう》』と名付けた賢です。悟空の散歩に毎日必ず行くと約束したのに、飼い始めた一ヶ月後にはしょっちゅうサボるようになっていて、母さんに怒られていた賢です。

小学校一年生の時、初めて抜けた乳歯の前歯を飲み込んでしまい、母さんと父さんを大慌てさせ、救急車を呼ぶべきかどうかで喧嘩させてしまった賢です。

小学校三年生の夏休みに、家族で館山のおばあちゃんの家に行き、ケイちゃんやシュン君やタカシおじさんやアキおばさんもいて楽しかったせいか調子に乗ってしまい、出されたスイカを半玉食べ、それを帰りの車の中で全部戻してしまい、父さんに大目玉を食らった賢です。」

ここまで読んで、郁江は「ああ……」と声をもらした。目にはうっすら涙が浮かんでいた。

そこで直美が、声を落として言った。

「本当だと分かっていただけましたら、すみませんがここからは、私も玄関に上がらせていただいて、中で読んでもらってよろしいですか？　ここで読んでたら、近所の人に見られて不審に思われてしまうかもしれないので」

郁江は「はい」と小声でうなずくと、玄関の中に直美を通した。そして、内側から鍵を閉めると、崩れ落ちるようにしゃがみ込み、声を殺してすすり泣いた。

その後、涙が溢《あふ》れた目で直美を見上げ、たどたどしくささやいて尋ねた。

「賢は、今は、どこで……」

「今も元気です。私と一緒に暮らしています。ここにも書いてありますけど」

直美が微笑みながらささやき返し、手紙を指し示すと、郁江は「あ、そうか」と再び手紙に目を落とし、続きを読んだ。

「この文を書いているのが賢だと分かってもらえましたか、母さん。分かってもらえたら、まずは母さんに謝らなくてはいけません。母さん、本当にごめんなさい。僕は一生謝り続けても足りないぐらいの迷惑をかけてしまいましたね。」

手紙にはその後、添島を死なせてしまってからの経緯がざっと書かれていた。逃亡中に直美と出会い、彼女の家で匿われたこと。賢が直美名義で小説を書き、その印税で彼女と暮らしていること。——そして、最後はこう結ばれていた。

「僕と直美の間には、子供も生まれました。母さんにとっては孫になります。名前は康輝です。

突然で申し訳ないんだけど、もしよかったら、今から僕たちの家に来ませんか？　僕と康輝で待ってます。康輝はもう寝てると思いますが。

ただし、万が一にも警察に追跡されないように、以下のことに注意してください。
・携帯電話は家に置いてくる。（もしかしたら、ＧＰＳや電波によって警察に動きが把

握されるかもしれないので）
・その他の荷物も、できるだけ持たない。（たぶんないとは思うけど、もしかすると、発信器や盗聴器などを仕込んだ物を、警察が家の中に持ち込んでいるかもしれないので）
・東金からは車で片道二時間ぐらいかかるので、今からだと帰りが深夜になってしまいます。もしよければ泊まっていってください。その場合は、着替えだけ持ってきてください。」
郁江は、手紙を全て読み切ったところでうなずき、潤んだ目で直美にささやいた。

「お言葉に甘えさせてもらいます。……ありがとうねえ、馬鹿な息子を助けてくれて」

康輝を寝かしつけて、一時間ほど経った頃、車のエンジン音が聞こえた。

賢は、一つ深呼吸をしてから立ち上がった。

ほどなくして、玄関の鍵が開く音と、「お邪魔します」という懐かしい声が、廊下から微かに聞こえてきた。そして、リビングのドアが開いた。

「ただいま」

微笑んだ直美に続いて、郁江が入ってきた。

郁江と見つめ合った時には、すでに賢の目に涙が溢れていた。

「母さん……ごめん」

賢は、涙ながらに両手を広げ、白髪が増えた母親に歩み寄った。そして、抱き合って再会を喜び合おうとした——のだが。

「えっ⁉ ちょっちょっちょっ、ちょっと待って！」

郁江が目を見開いて、両手で賢を制しながら後ずさりした。

「うそっ……え、賢なの？ 本当に？」

郁江は、直美と賢を交互にきょろきょろと見ながら、不安げに尋ねた。

「あ、はい。これが今の賢さんです。……そうだ、すいません、ちゃんと説明してなかったですね。見た目が結構変わってるって」

「結構どころか、全然違うわ。痩せてるし、髪も髭も長いし、あと、目が全然……」

賢の顔を凝視しながら首を傾げる郁江に、賢が説明した。

「あ、あのね、目はアイプチってやつで二重にしたんだ。女の子が使う、メイク道具みたいなもんなんだけど……」

そこまで言ったところで、郁江が安堵《あんど》した様子でうなずいた。

「ああ〜、本当だ。声はたしかに賢だわ」

「よかった、分かってもらえて」賢が苦笑する。

「へ〜、整形したみたいねえ」

郁江が言ったきり、三秒ほど沈黙が流れたところで、直美がぷっと吹き出した。

「ごめん、なんか……感動の再会になるかと思ってたのに、ぐだぐだになっちゃったね」

「うん……まあ、しょうがないよ」

賢もうつむいて苦笑した。だが、すぐ真顔に戻って、改めて郁江に頭を下げた。

「母さん、本当にごめんね。俺があんなことをしたばっかりに……」

すると郁江は、「まったくもう」とため息をついてから、少しだけ笑って言った。

「本当に、そういうところお父さんに似ちゃったんだから」

「え、父さんに？」賢は驚いた。「父さんって、おとなしい人だったじゃん」

すると郁江は「たしかに、普段はね」と言った後、悲しげな笑顔で語った。

「お父さん、あんたが小学校上がる前に、一回会社辞めてたでしょ。実はあの時、上司とそりが合わなくて、会社のみんなの前で大喧嘩した挙げ句、最後はその上司殴っちゃって、それで会社辞めたんだよ。まあ、そのあと同業者に拾ってもらえたんだけどね」

「そんなことがあったんだ……」

賢が驚いていると、郁江はまた小さくため息をついた。

「そうか、やっぱり賢には話してなかったね。あんたは普段おとなしくても実は喧嘩っ早い血が流れてるんだよって、一度でも話してれば、あんな事件は起こさなかったのかもね……」

賢は「ああ……」とうつむくしかなかった。だが、そこで直美が声を上げた。

「でも、もし賢さんがあの事件を起こさなかったら、私はもうとっくに死んでたんですけどね」

「あ、そうか……」

郁江は、困ったように微笑んでうなずいた後、賢に説明した。

「ああ、車の中で、だいたいのことは聞いたわ。賢、逃げてる最中に、たまたま橋の上を通って、飛び降りようとしてる直美さんを見つけて、助けたんだってね」

「ん、ああ……」

賢は直美を見て、アイコンタクトを交わした。どうやら、賢も自殺するつもりだったことや、体目当てで助けたということは言わないでくれたようだ。

「じゃあ、これでよかったのかな。いや、よかったってこともないんだけど……でも、事件がなければ、康輝くんも生まれなかったんだもんね」

と、そこで郁江が、思い出したように尋ねた。

「あ、そういえば、康輝くんは？」

「ああ、もう寝てるけど、そこの部屋にいるよ」

賢が隣の寝室を指し示した。すると郁江の顔が、ぱっと明るくなった。

「見せてもらっていい？」

「もちろん」

賢はうなずいて、リビングから、そっと寝室の引き戸を開けた。

小さな布団の上で、康輝はすやすやと眠っていた。リビングの明かりが漏れているが、その程度では起きないほど熟睡していた。

と、その寝顔を見て、郁江は「ああ」と声を漏らし、両手で顔を覆った。

「そっくり……賢が赤ちゃんの時に、本当にそっくりだわ。生き写しみたい」

そして賢の顔を見て、「今の賢より、よっぽど賢に似てるわ」と言って笑った。


その後、三人はリビングに戻った。話題はいつまでも尽きなかった。賢がよちよち歩きの時期に、近所の建築現場の足場に登ってしまって大騒ぎになった話や、幼稚園の同級生の女の子に喧嘩で負けて大泣きした話など、郁江が披露する賢の昔話を、直美が興味津々で聞く。賢が「え～、そんなことあったっけ」と恥ずかしがる。――賢が指名手配犯でさえなければ、微笑ましい団欒《だんらん》の風景だった。

昔話の後は、賢が郁江に、近況を詳しく話した。賢がゴーストライターを務める桐畑直美は、華々しいデビューを飾った後、今も堅調に売れていること。執筆のオファーは絶えず、あと十年ほどは確実に仕事があること。家も車も現金払いで買ったこと――。

そんな話を聞いて、郁江は「すごいわあ」と感心した後、ふとため息をついた。

「本当に、人さえ殺してなかったら、何も言うことはないんだけどねえ」

賢は、「ごめん」とうつむいた後で続けた。

「でも、皮肉なことに、添島を殺してなかったら、今の俺はいないんだよ。あのまま大菅賢として作家をやってても、たぶんずっと売れなかっただろうし、今頃はもう作家を辞めてたかもしれないし。添島を殺して逃げて、直美に出会えたから、今の俺がいるんだよ」

「思うようにはいかないもんだね、人生ってのは」

郁江は、悲しげに微笑んでため息をついた後、切り替えたように言った。

「それじゃ……今日こうやって会えて、私は本当に満足だから、もう当分会わないからね」

「えっ？」

突然の宣言に、賢と直美は揃って驚いた。だが郁江は、覚悟を決めた様子で語った。

「当たり前でしょ。こんなこと何回もしてたら、絶対に危険よ。あんたたちが東金に来るのも、私がまたここに来るのも、いつか警察とか近所の人に見られて、不審に思われるかもしれないでしょ。どんなに気をつけても、思いもよらない形でばれちゃうかもしれないんだから。それを防ぐには、会わないのが一番いいに決まってるわ」

郁江は、どうやら少し前から考えていた様子で、さばさばと語った。

「傷害致死の時効は二十年だから、あと十五年ちょっとだよね。それで、康輝くんがもうすぐ二歳でしょ。ということは、康輝くんが高校二年生ぐらいになるまで我慢すればいいんだから。私がそれまで元気に生きて、それからいくらでも会えばいいの。——私のことはもういいから、逃げ切るために最善を尽くしなさい」

「すまない、母さん……」賢が涙をこらえながら頭を垂れた。

そこで、直美が切り出す。

「あの、お義母《かあ》さん、お金の方は大丈夫ですか？　被害者の遺族への賠償とかは……」

「ああ、そういうのはなかったわ。——添島さんだっけ。あの人も独身だったみたいだし、例の横領してたお金も、三葉社は遺族に請求しなかったみたいだから、遺族が私にお金を請求するっていうのも、しづらかったのかもね」

「嫌がらせの電話とか、家の何かを壊されたりとかはなかった？」

今度は賢が尋ねたが、郁江は首を横に振る。

「イタズラ電話も、思ってたよりはなかったわ。今はもうすっかりないし、安心して」

「でも、今の俺たち、金だけはあるからさ……」

賢は椅子から立ち上がり、リビングの隅の戸棚から紙袋を取り出して、中身を郁江に見せた。そこには、帯封の巻かれた札束が三つ入っている。

「とりあえず、三百万円用意してきた。正直、これを全部持って行ってもらっても、まだ全然余裕はあるから、今まで迷惑かけた分として、受け取ってほしいんだ」

しかし郁江は、きっぱりと言った。

「何言ってんの。お金はいくらあっても困らないし、これから何があるか分からないんだから、康輝くんのためにとっておきなさい」

「えっ、本当にいらない？」

賢は聞き返したが、郁江は「うん」と大きくうなずいて、真剣な表情で賢に告げた。

「私のことはいいから。とにかく時効成立までは、自分たちの心配だけしなさい」

と、そこで郁江は、思い付いたように笑顔で言った。

「ああ、そうだ、お風呂いただいていい？」

「あ、どうぞ」直美がうなずく。

「新築だから、ハイテクで素敵なお風呂なのかな～」

郁江はそう言っておどけながら、持ってきた着替えを手に、直美の案内で風呂に向かった。

しばらくして戻ってきた直美が、賢の隣に座って言った。

「会えてよかった、お義母さんに」

賢は微笑んでうなずく。そこで、直美がふと心配そうに言った。

「お金のこと言って、ちょっと怒らせちゃったかな」

「いや、大丈夫だよ」賢が首を振った。

「でも、本当に立派な人だね。もし私がお義母さんの立場だったら、ちょっとはお金もらっちゃうと思う」

直美がしみじみと言った。賢もうなずく。

「たしかに俺も、一円もいらないって言われるとは思わなかった。父さんの遺族年金が出てるとは聞いてたけど、そんなたくさん出てるわけじゃないと思うんだ。それでも、康輝のために使えって言われちゃったな……」

「私、なんか感動しちゃった」

直美は目頭を押さえて、賢の肩にそっと頭を乗せた。賢は、直美の頭を撫でながら言った。

「ありがとうな、俺のわがままのために、協力してくれて」

「ううん、私こそありがとう。……私、自分のお母さんってほとんど記憶にないから、今日は本当にうれしかった」

そして二人は向かい合い、そっとキスを交わした。その後はじっと寄り添い合うだけだったが、言葉を発しなくても心が十分通じ合っていた。

そのうちに、郁江が風呂から上がった物音が聞こえてきた。

「あ、早いね」直美が風呂の方を見てつぶやいた。

「ああ、そういえば、昔から風呂短かったっけな」賢が懐かしんで言った。

「先にいただきました～」風呂上がりの郁江がリビングに戻ってきた。

「は～い、じゃあ、次私が入りま～す」

直美が入れ違いに風呂に向かった。親子だけの時間を作ってくれたのだろう。

と、郁江は、直美が去った方向に目をやった後、賢にそっと近付いてきて、声を落とした。

「賢、お風呂に入ってる間、考えてたんだけどね……」

「うん」

真剣な顔でうなずいた賢に、郁江は、もじもじしながら切り出した。

「やっぱり、せっかくだから……五十万ぐらい、もらっていいかな?」


翌朝。

「康輝く~ん、いないいないいない、ばあ!」

「きゃははは」

「いないいない、ばあ!」

「きゃははあっ」

一泊した郁江が、康輝との束の間のふれあいを楽しんでいた。起き抜けの康輝が初めて郁江を見た時、泣き出してしまうかもしれないと賢は心配していたが、「康輝く~ん、おばあちゃんだよ~」と手を振る郁江を、康輝はしばらくまじまじと見つめた後、にっこりと笑顔を浮かべた。血がつながっていることを本能的に理解したのかもしれないな、と賢は思った。

その後、郁江が自分を指差して「おばあちゃん、おばあちゃん」と何度も言ってみせると、康輝は「ばあちゃん」と呼べるようになった。

「あらすごい、言えたね~、パチパチパチ」

郁江が拍手してやると、康輝もうれしそうに拍手の真似をする。——もっとも、康輝が成長してしまえば、このひとときの記憶も残らないだろう。もしかしたら、これが最後の祖母とのふれあいになってしまうのかもしれない。そう考えると、賢の鼻の奥がつんとした。

その後、朝食をとり、康輝のトイレを済ませたところで「じゃ、お出かけしようね」と、康輝をチャイルドシートに乗せ、四人で車で出発した。後部座席の隣に座った郁江にかまってもらって、康輝は終始ご機嫌だった。

「くうま、くうま」

康輝が、隣の車線を走る車を指差して声を上げる。郁江が隣で笑いかけた。

「ねえ、車だねえ」

しばらくして、再び康輝が、窓の外を指差した。

「こうき、こうき」

「うん、康輝くんだねえ」

「いや……今のはたぶん『飛行機』だと思う。ほら、今あそこ飛んでるから」

賢が、チャイルドシートを挟んで反対側から、窓の外の空を指差す。

「ああ、本当だ。飛行機って言ってたの、康輝くん」

郁江が語りかけると、康輝がまた「こうき！」と大きな声で言いながら、空を指差した。

「すごいねえ、おしゃべり上手ねえ、康輝くん」

郁江が微笑んで、康輝の頭を撫でる。その様子を見ながら賢が言った。

「たしかに、ここ一、二ヶ月で一気に喋るようになったな」

「でも、二語文はまだだよね。単語一つだけだね」直美が運転席から返す。

その後、康輝はご機嫌なまま、ぐずることもなく徐々にうとうとし始め、寝入ったところで、車は東金市に入った。そして、大菅家から少し離れた、人けのない路上で停まる。

「じゃ、十五年後に会いましょう。その時私は七十五だね。それまで元気に生きるっていう、いい目標ができたわ」

郁江がシートベルトを外してから、気丈に微笑んだ。

「あ、最後に、みんなでそこに並んで写真撮りませんか？」

直美が、車の外を指して提案したが、郁江は外を見渡しながら言った。

「いや、でも……それは危ないでしょう」

「あ、そっか……」

万が一のことを考え、車から降りる郁江の姿を誰にも見られないうちに別れた方がいいだろうと、事前に決めていたのだった。

だが、直美はなおも提案した。

「じゃ、車の中でいいんで、康輝とお義母さんで一枚撮らせてください」

「大丈夫？　写真を誰かに見られてバレたりしない？」郁江が用心深く確認する。

「誰にも見せなければ大丈夫だよ」賢はそう言った後、チャイルドシートに視線を落として気付いた。「あ、ちょうどいい。康輝起きてたね」

見ると、康輝はぱっちりと目を開けて、大人たちのやりとりを聞いていた。

「あら、おっきしてたの康輝くん」

郁江が笑って顔を近づけると、康輝もにこっと笑顔を返した。幸い、寝起きでもご機嫌だ。

「じゃ、撮りますね。ほら、康輝こっち向いて～」

すぐに直美が、運転席からスマホを構えた。郁江は、康輝に顔を近づけたまま、直美の構えるスマホに笑顔を向けた。

「はい、チーズ」

直美が撮影した後、「うん、よく撮れました」と画面を郁江と賢に見せた。祖母と赤ちゃんが揃って笑顔を見せた、お手本のような写真だった。

郁江は、その写真を目に焼き付けるように、十秒近く見つめた後、決心した様子で言った。

「それじゃ行くね。賢、元気でね」

「うん……母さんも、どうか元気で」

賢は涙をこらえてうなずいた。郁江は続いて、直美に向き直って頭を下げた。

「直美さん、賢をよろしくお願いします」

「はい……」

直美も、泣き出しそうな表情でうなずくのが精一杯だった。

「康輝くん、バイバ～イ」

郁江が康輝に手を振ると、康輝も笑顔で手を振り返した。それを見て、満足げにうなずいた郁江は、窓の外を見てからドアに手をかけた。

「よし、誰も見てないな。それじゃあね」

そして、ドアを開けようとした時。――康輝がはっきりと言った。

「ばあちゃん！」

郁江が、チャイルドシートの康輝を振り向いた。今まで気丈に振る舞っていた郁江の目に、一気に涙が溢れていた。

「康輝くん……十五年後に会おうね」

郁江は、最後にもう一度康輝に「バイバイ」と手を振った後、振り向かずにドアを開け、「それじゃ！」と言い残して外に出た。そして、早足で家の方向へと歩いて行った。

直美が、目を真っ赤にして鼻をすすりながらも、すぐにエンジンをかけて車を出発させた。ここで名残惜しさのあまり郁江に声をかけたりしてしまうことが、一番危険なのだ。その様子を誰かに目撃されることで、どんな不都合が起きてしまうかも分からない。あっけない別れになってしまったが、時間をかけるわけにもいかなかった。

その時、チャイルドシートに座る康輝が、ぽつりと言った。

「ばあちゃんいっちゃった」

数秒の沈黙の後、運転席で直美が言った。

「二語文、出たね」

そこで、賢の視界は、ぐにゃりと歪んで、すぐに何も見えなくなった。

「パパ、パパ……うぇえ〜ん」

チャイルドシートから、今まで見たことのない父親の表情を見上げて、不安を感じたのだろう。康輝も泣き出してしまった。

12

「ねえお母さん、これ康輝でしょ？」

康輝が、直美のスマホの待ち受け画面を指差して言った。直美が、にっこりと笑って答える。

「そうだよ、赤ちゃんの頃の康輝だよ」

「じゃあさ……このおばちゃんは誰？」

康輝がまたスマホを指差した。――赤ちゃんの頃の康輝が、チャイルドシートに座って笑顔を見せる写真。その隣には、郁江が写っている。

「ああ、覚えてないかあ。もう三年以上も前だもんな」賢がしみじみと言った。

康輝は、直美のスマホの待ち受け画面を何度も目にしたことがあるはずだが、この質問をしてきたのは初めてだった。もしかすると、今までずっと気になっていたのかもしれない。

直美が「大丈夫だよね」と、小声で賢にささやいてきた。賢は、少し考えた後でうなずく。

そこで、直美は康輝に告げた。

「あのね、この人は、康輝のおばあちゃんだよ」

「おばあちゃん？　康輝におばあちゃんっていたんだ！」康輝は目を輝かせた。「じゃあさ、康輝もマー君とかリンちゃんみたいに、おばあちゃんち行っていい？」

「いや、それは……」

賢はしばし言いよどんだ後、言葉を選びながら告げた。

「残念だけど、康輝のおばあちゃんは、今はちょっと会えないんだ。遠くに行っててね」

「やだ～、おばあちゃんち行きたい～」

康輝がぐずる。直美と賢は、なだめるように言った。

「でも、康輝がもうちょっと大きくなったら、行けるようになるからね」

「そうだ、高校生になったら行けるようになるぞ」

「こうこうせい？」康輝が聞き返す。

「うん、あと十年ちょっとで高校生だからな」

賢の説明を、まだ五年ほどしか生きていない康輝が理解できたとは思えなかったが、長い年月だということは認識したようで、また泣き顔になってしまった。

「康輝はすぐ行きたいの、おばあちゃんち〜」

「しょうがないの、行けないもんは行けないの」賢が突っぱねる。

「や〜だ〜」康輝がぐずり出す。

もう少し我慢ができる子だと思っていたのに、これも赤ちゃん返りってやつかな――。賢はそう思ってため息をついた。

と、そこで、直美が大きなお腹を押さえて言った。

「あ、赤ちゃん動いた」

すると、康輝がぐずるのをぴたっとやめた。直美の大きなお腹は、康輝の赤ちゃん返りの原因でもあるのだが、康輝の機嫌をとる魔法のアイテムにもなっている。

「ほら、お兄ちゃん早く会いたいよ〜って言ってるよ」

直美が康輝に語りかけると、康輝はぱっと笑顔になって直美のお腹に頬をくっつけた。

「動いてるの分かるかな？」直美が康輝に問いかける。

「う〜ん……分かんない」

康輝はしばらく直美のお腹に頬をつけていたが、突然ぴょんと立ち上がり、「おしっこ行ってくる」と廊下に出て行った。

「お腹の子が動いたって言ってごまかせるのも、あとちょっとだね」

「そうだな」

直美と賢は、困った顔で笑い合った。

「はい、パンダ」

直美が、お絵かき帳にパンダの絵を描いて見せた。

「おお、上手だなあ」

賢は感心しながら、直美のパンダの絵の隣に、次の絵を描く。

「はい、ダチョウ」

すると、賢が描いた絵を見て、康輝が声を上げる。

「わあ、お父さん絵下手くそ〜」

「難しかったんだよ、ダチョウは」賢が言い訳する。

「じゃ、ダチョウじゃなくてダックスフントとかにすればよかったじゃん」

「人の文句はいいから、康輝も描いてみろよ。ダチョウの『ウ』だぞ」

康輝は、賢が描いたダチョウの隣に絵を描いていく。

「はい、ウマ」

出来上がった絵を見て、直美が「うん、上手」と微笑む。だが、賢が意地悪く言った。

「そうか〜？　お母さん甘やかしすぎじゃないか？　馬だったら、首の後ろにたてがみがあった方がいいだろ。これじゃロバとかアルパカにも見えちゃうもん」

「お父さんに言われたくないね〜」

「なんだと〜」

と、父子がふざけて言い合っている間に、直美がさらさらと次の絵を描いている。

「はい、馬の『マ』だから、マシンガン」

「おお、ずいぶん物騒な絵だけど……しかし上手いなあ。手本なしで描いたとは思えないや」

直美の絵を見て、賢がまた感心した。すると、ベッドの上の直美が誇らしげに言った。

「こう見えても私、昔は本気で漫画家目指してたんだもん」

「漫画家って何？」康輝が質問した。

「漫画家っていうのは、漫画を描く人のこと」直美が答える。

「じゃあ、サッカーする人は、サッカー家？」また康輝が尋ねる。

「ああ、サッカーをする人は、サッカー選手っていうの。サッカーとか野球とか、スポーツをする人は選手って付くの」

「でも、柔道とか空手の場合は、柔道家、空手家っていうな」賢が口を挟む。

「あ、そうか。日本のスポーツは、『なになに家』っていうのかな。……あ、でも相撲は力士っていうのか」直美がつぶやく。

「お父さんみたいに本を書いてる人は、本選手？」

「アハハ、本選手とは言わないな。作家とか、小説家っていうんだ」賢が答える。

「しょうせつ……しょうせつと本は何がちがうの？」

「えっと、本の中にも、絵本とか図鑑とか色々あって、小説っていうのは、その中のジャンルの一つだな」

「ジャンル？」

「ほらほら、お父さん説明が下手なんだから。なんで余計難しい単語を挟んじゃうの？」

直美に言われて、賢は「アハハ、ごめん」と謝る。

一方、康輝は、さっき質問したことへの関心はもう失せてしまったのか、賢を促した。

「あ、お絵かきしりとり、次お父さんの番だよ」

「えっと、マシンガンだから……」

と、お絵かき帳を手にしたところで、賢はようやく気付いた。

「あれっ、『ン』付いてるじゃん」

「あ〜、お母さんの負けだ〜」康輝が直美を指差して笑った。

「いけない、絵に集中しちゃって、しりとりだって忘れてた」直美が笑って頭をかいた。

と、その時、咲希《さき》が「んえ〜っ」と、か細い泣き声を上げた。――ここは産後の病室。

康輝の妹の咲希は、傍らのベビーベッドで寝ていたのだった。

賢は、泣き出した咲希の頭を支えて抱っこした。横抱きのままゆっくり左右に揺らしてやると、しばらくして咲希は泣きやんで、また眠り始めた。

「咲希もお絵かき上手になるかな?」

再びベビーベッドに寝かされた咲希を見て、康輝が言った。

「康輝が教えてあげてね」直美が微笑みかける。

「お母さんが教えた方が上手になるよ」

母子の会話を聞いて、賢は感慨を覚える。――なんと穏やかな会話だろう。なんと平和な空間だろう。咲希が無事に生まれ、無痛分娩後の直美も体調は良好で、康輝と楽しく戯れている。幸せ以外の何物でもない光景だ。

こんなところにいると、自分が指名手配犯だということを忘れそうになる。俺は人を一人死なせているのに、こんなに幸せになっていいのだろうか。――賢はふと思ったが、「お父さん、なんで怖い顔してるの?」と康輝に言われて、「何でもないよ」とすぐに笑顔を作った。

13

「この人だ~れ?」

康輝が自分の顔を指差すと、咲希が答える。

「にーたん」

「当たり~。じゃあこの人は?」

康輝が、今度は直美を指差すと、咲希はすぐに答えた。

「かーたん」

「そうだね〜。パチパチパチ」

直美が笑顔で拍手をしてみせる。咲希もそれを真似して、うれしそうに拍手する。

「じゃあこの人は？」

康輝が賢を指す。すると咲希は、少し間を置いてから答える。

「……かーたん」

「アハハ、またお父さんだけ覚えられてない」康輝が笑った。

「くそ〜、またか！」賢が大げさに悔しがってみせる。

もうすぐ二歳になる咲希は、「とーたん」「かーたん」「にーたん」と、家族の呼び名を口にするようにはなったのだが、際立って「とーたん」の正答率が低いのだ。

と、そこで咲希が、大きなあくびをした。歯磨きも済ませ、もういつ寝てもいい時間だ。

「あら咲希ちゃん、おねむかな？　そろそろ寝よっか」

直美が言った。すると康輝が意気揚々と立ち上がる。

「よし、お兄ちゃんが絵本読んでやるぞ」

直美が咲希を抱き上げて寝室に移動すると、康輝は本棚から絵本を五冊ほど持って来て、布団の上の咲希に「どれがいい？」と聞く。すると咲希が『いっすんぼうし』を指差す。

「またこれか〜」

康輝はそう言いながらも、うれしそうにページを開いて音読し始める。最初は普通に読んでいたが、しばらくしてニヤニヤしながら、アドリブを入れ始めた。

「おじいさんとおばあさんの家に生まれた一寸法師は、とっても小さい体でした。どれぐらい小さいかというと……咲希ちゃんのお耳の中に入れるぐらい小さいです」

そう言って、康輝が咲希の耳をちょんちょんと触ると、咲希が「キャハハハ」と大喜びする。

「咲希ちゃんの耳くそを丸めたボールで、サッカーをして遊ぶぐらい小さいです」

また康輝が咲希の耳をつつくと、咲希が「んきゃあっ」と笑う。

康輝は毎回、絵本の内容を即興で変えて咲希に読んでやっている。咲希の最近のお気に入りは『いっすんぼうし』で、この前も、一寸法師の小ささを説明する同じ箇所で「咲希ちゃんの髪の毛でターザンごっこができるほど小さいです」と言いながら康輝に髪をいじられ、大喜びしていた。咲希はまだストーリーは理解できていないだろうが、ページをめくるごとに現れる絵と、兄とじゃれ合うことだけで十分楽しいようだ。元はといえば、賢が咲希に絵本を読んでいる時に即興でふざけていたら、それを見ていた康輝も真似をするようになったのだ。

そして、いつも咲希は序盤で笑い疲れて、ラストの前に寝てしまう。この日も、一寸法師が鬼と戦う前に咲希の目がとろんとしてきて、打ち出の小槌で大きくなる頃にはもう眠っていた。

「咲希ちゃん寝たよ」

康輝が、寝息を立て始めた妹を見て、そっと両親を振り返って報告する。

「ありがとう康輝～、ご苦労様」

直美が頭を撫でて褒めてやる。康輝は誇らしげな顔だ。

それにしても、六歳にして文学に創作を加え、即興で楽しませることができるなんて、親馬鹿抜きですごい才能だと賢は思っている。康輝は、四月に入学した小学校の連絡帳にも「音読がとても上手です」とか「お友達に本を読んであげて人気者です」などと書かれていたのだ。もしかすると学校でも同じ遊びをしているのかもしれない。文学に親しみ、創意工夫に溢れ、将来は作家になるのではないかとすら思えてくる。

「じゃ、ご褒美に康輝にも絵本読んであげようか」

直美が言ったが、康輝は大人びた口調で返した。

「おれはもう自分で読めるも～ん」

「え～、寂しいなあ。じゃあお母さん、一人でウォーリー探そう」

直美が本棚から『ウォーリーをさがせ！』の絵本を取り出す。それを見て康輝は「おれも探すっ」と、すぐ直美に駆け寄った。

「お父さんもやろう」

康輝が振り向いて呼びかけた。賢は「うん」と笑顔でうなずきながら、感慨に浸っていた。

ああ、なんて幸せなのだろう——。

もちろん賢は、自分が指名手配犯であることを、片時も忘れたことはなかった。些細な油断からこの幸せが崩れる恐れがあるのだと、頭では分かっていたのだが、そうはいっても実際には崩れないのではないかという気がしていた。もはや賢の顔は手配写真とは全然違うので、一般人に正体を見抜かれるとは思えない。警察官に職務質問でもされたら危ないかもしれないが、東京と違って田舎では職務質問に遭うこともまずない。逃亡開始からもう十年近く経つが、決定的な危機など一度も訪れたことはなかった。何年か前まではなるべく外出を控えていたが、今ではよほど人が集まる観光地でもない限り、普通に外出もするようになっていた。

そんな平穏な日々がずっと続いて、無事に時効成立を迎えられるのではないかと思っていたのだ。突如として危機が訪れることなんて、予想もしていなかったのだ——。

その日は、康輝が小学校に入って初めての授業参観だった。咲希が風邪気味だったこともあり、直美は咲希と一緒に留守番し、賢が一人で授業参観に行くことになった。

一年一組の教室に入ると、「かぞくのさくぶん」と黒板に大きく書かれていた。

「では、今日はみんなで、家族のことを書いた作文を読みましょう」

担任の大内《おおうち》という若い女性教師が言うと、一学年一クラスのみの、三十人弱の児童たちは、元気よく「は〜い」と返事をした。

「じゃあまずは、秋山《あきやま》君からお願いします」

大内の指示で、子供たちが出席番号順に作文を読んでいく。最初の秋山という男の子は父親のこと、次の石井《いしい》という女の子は母親とペットの犬のこと……と、いずれも原稿用紙一枚程度の簡単な作文だ。まだ全員がやっと平仮名を書けるようになった程度だし、親がどんな仕事をしているかなんて分からない年頃なので、お父さんとゲームをして遊ぶのが楽しいとか、お母さんと買い物するのが楽しいとか、だいたいそんな内容だった。そして、きっと康輝も、他の子より多少文章はうまいかもしれないが、その程度の内容の作文を書いたのだろうと、賢は思っていた。

ほどなくして、出席番号五番の康輝の番になった。

「ぼくのかぞく　きりはたこうき」

康輝は、起立してタイトルと名前を言った後、大きな声ではっきりと作文を読み始めた。

「ぼくのおとうさんは、さっかです」

——出だしの一文を聞いて、賢は頭を殴られたような衝撃を受けた。

「おとうさんは、まいにち、いえでしょうせつをかいています。おかあさんは、とてもりょうりがじょうずです。おとうさんは、しょうせつでつかれていても、おかあさんの

いもうとのさきは、2さいです。ぼくがねるまえにえほんをよんであげると、とてもよろこびます。ぼくも、ほいくえんのときは、おとうさんにえほんをよんでもらってねていました。おとうさんは、ほんをかくひとなので、えほんをよむのもとてもじょうずです。ぼくも、しょうらいは、おとうさんみたいな、うれっこのさっかになりたいです」

読み終わった頃には、教室全体がざわついていた。「え、お父さん?」のようなささやきが、ほうぼうから聞こえる。賢はただ茫然と立ち尽くすしかなかった。

なぜ今までこのような危険性を考慮していなかったのか。一言でいえば油断していた。外部の人間に対する警戒心は常に心の片隅に持っていたが、まさか愛する我が子によって家族の機密情報が暴露されるとは思っていなかったのだ。それに康輝は今まで、親の職業に関して具体的な質問をしてくることもあまりなかったし、職業という概念もまだちゃんと分かっていないだろうと思っていた。賢は己の危機管理の甘さを猛烈に後悔したが、もはや後の祭りだった。

保護者たちの異様なざわめきを聞いて、ようやく担任教師の大内が「あっ」と声を上げた。

「康輝君……小説を書いてるのは、お父さんじゃなくてお母さんの間違いだよね?」

だが康輝は、きょとんとした顔で、「ううん」と首を横に振った。

「あ……アハハハハ」

賢がたまらず、教室の後ろから笑い声を上げた。

「いや、あの、こういう面白い作り話をするんですよ康輝は。さすが、母譲りですよね」

声が震えているのは自分でも分かっていたが、必死に弁解するしかなかった。

「本当にね、うちでもね、最近こういう、シュールなボケというかね、そういうのを言うんですよ……。たとえば、お風呂入るのに、トイレに行くって言ったりね」

「言ってないよ～」康輝が振り向いて反論する。

「ああ、それは言ってなかったっけか。まあでも、お母さんとお父さんを逆に言うみたいなね、そういう、その……まあ、母譲りのユーモア精神なんですかね。アハハハ！」

賢はますます焦りながらも、必死に笑ってごまかした。大内も、周囲の親たちも、困ったような笑みを浮かべている。

「ああごめんなさい、親が喋りすぎました。どうぞ先生、続けてください」

賢が言うと、教室全体に少し安心したような笑い声が起きた。大内は「はい、分かりました。じゃあ次は斉藤《さいとう》さん」と笑顔で切り替えて、その後の授業参観を進めていった。

だが、当然ながらその後の内容は、賢の頭にまったく入ってこなかった。急上昇した心拍数も、吹き出す冷や汗もいっこうに収まらず、横に並ぶ保護者たちがちらちら向けてくる視線も感じずにはいられなかった。たまらず賢は、トイレに行くふりをして教室を抜け出し、それっきり三、四年生の教室がある二階に上がって、廊下の隅っこで時間をつぶした。

授業終了のチャイムが鳴り、賢は再び一階に下りた。すると、廊下で大内と鉢合わせした。大内は、賢に頭を下げて言った。

「桐畑さん、今日は本当にすみませんでした。事前にみんなの作文はチェックしてたんですが、お母さんと書くべきところをお父さんと書いていたのを、私うっかり見落としてて……」

「ああ、いえいえ、いいんですよ」

賢は笑いながら頭をかく。だが大内は、慎重な口ぶりで続けた。

「もしかしたら康輝君は、お友達の家ではお父さんが主に働いているのに、自分の家はそうではないことに違和感を持って、あんな作文を書いてしまったのかもしれません。それに、私の中にも、どこか偏見があったのかもしれません。私自身、父がサラリーマンで母が専業主婦という家庭で育ったものですから、その固定観念に縛られて、桐畑さんの奥様の御本も拝読したことがあるのに、ついうっかり、康輝君のあのような書き間違いを見逃してしまって……。これからの時代は、夫婦のあり方は多様で当然ですし、色々な家族の形があるのだということを教えるのも学校の役目です。なのに、私としたことが……」

大内は、康輝の作文にはジェンダー的なものが絡んでいて、自分にも至らない面があったのだと反省しているようで、言葉を選びながら懸命に謝罪していた。でも、それはとんだ勘違いなのだ。単に康輝は、真実を書いてしまっただけなのだ。

「いえいえ、いいんです、本当にいいんですよ。アハハハ」

賢は、とにかく笑ってごまかすしかなかった。


「康輝、本当のことを言ったらダメなんだよ！」

家に帰ってすぐ、賢は康輝を叱りつけた。だが当然、康輝は不満げに言い返す。

「なんで？　保育園でも学校でも、嘘つかないで本当のことを言いましょうって言われたよ」

「いや、それはそうなんだけど……とにかく、うちの外では、お母さんが小説家だって言わなきゃだめなの！」

「なんで～？　分かんないよお、お母さ～ん」

康輝が直美に助けを求めるが、直美も困った顔で言う。

「康輝、お願い、分かってちょうだい」

「んぎゃあああっ」

ただならぬ雰囲気を察したのか、咲希が泣き出してしまい、慌てて直美が抱っこする。

「とにかく、お父さんとお母さんの仕事の話は外でするな！　絶対だぞ！」

賢が声を荒らげるが、康輝はますますしつこく聞き返す。

「なんで、なんで～？」

「なんでもダメなんだよ！」

「分かんないよお、うええ～ん」

とうとう康輝も泣き出してしまった。直美がさすがに咎める。

「お父さん、そこまで怒らなくてもいいでしょ」

「大事な問題だろ！　うちにとっては死活問題なんだ」

賢は、泣いている康輝を上から睨みつけながら念を押した。

「康輝、これからは、お父さんとお母さんの仕事の話は外でするな。言っていいのは『お母さんが小説を書いてる』ってことだけだ。それ以外は絶対何も言うな！　分かったな！」

「ううっ、うぐっ……分かった」

べそをかきながらうなずく康輝に、理不尽な仕打ちをしているという自覚はあったが、二度とあんなことが起きたらいけないので、賢も必死だった。

だが、翌週のある日。賢は仕事中に、思わず大声を上げた。

「ああっ、これはやばい！」

「えっ、どうしたの？」

ちょうど二階を掃除していた直美が、仕事部屋に入ってきた。賢は、目の前のパソコン画面を泣き顔で指し示した。

「これ、『桐畑直美』で検索してたら、ツイッターの書き込みの中から見つけちゃったんだけど……あの授業参観の三日後に、こんなことが書かれてるんだ」

そのツイートを見て、直美の顔も一気に険しくなった。

「友達の子供が、作家の桐畑直美の子供と同級生なんだけど、なんか桐畑直美ゴーストライター説流れてるっぽい」

どうやら、康輝の同級生の親の友人によるツイートのようだ。もちろんその人物は本名ではなく、アニメのキャラクターをもじったようなハンドルネームを使っていた。

しかし、直美はすぐに笑顔を作って、励ますように言った。

「大丈夫だよ。こんなの真に受ける人いないよ。それにこの人、フォロワーはたったの七人だし」

「でも、すでにちょっと噂は広まってるってことだよな……。はあ、これはマジでやばいよ」

「もう、しっかりしてよお父さん……」

直美が、ため息をついた賢の背中をさすったが、その顔も少し弱気になっていた。

――それから数日後。事態はさらに悪化していた。

「やばい！　あのツイートに返信が来て、話題が盛り上がっちゃってるよ」

泣き顔で訴えた賢に連れられ、直美がパソコンの前にやってくる。数日前のあのツイートに三件のリプライがついていた。

「主夫やってる桐畑の夫が実はゴーストライターらしいね」

「何者だよ、その夫」

「不祥事で干されて消えた作家とかだったりしてｗ」

賢は、そのやりとりを直美に見せてから頭を抱えた。

「まずいよ、これじゃばれるのも時間の問題だよ。特に最後の『不祥事で干されて消えた作家とかだったりしてｗ』って書いた奴なんて、いつ俺の正体に気付いてもおかしくないよ」

「いや、でも……この最後の返信、もう三日も前でしょ。それにリツイートだって一件もされてないし。ってことは、これ以上ここから噂が広まっていくことはないんじゃないの？」

「だけど、もう噂の種は蒔《ま》かれちゃってるんだよ。ツイッターで発信した人間はこれだけかもしれないけど、あの教室にいた保護者全員が、桐畑直美は実は夫がゴーストライターなんだっていう説を、信じてもおかしくない体験をしてるんだから……。いや、説っていうか、それが真実なんだもんな。もう取り返しがつかないよ」

「大丈夫だって、もう収まるよ……」

直美はまた、賢の背中をさすって励ました。

だが、事態は確実に悪化の一途をたどっていた。その翌日の昼下がり。スーパーに買い物に行った直美が、帰ってくるなり青い顔で賢に告げた。

「顔見知りの店員さんに言われちゃった。『なんか最近、桐畑さんは旦那がゴーストライターだって噂してる人がいるよ。ひどいねえ』って」

「マジか……」賢は頭を抱えた。

「その人はデマだと思ってたみたいだけど、私が笑いながら『どんな人が言ってたの?』って聞いたら、昨日と今日、別々の人に聞いたって言ってたの」

「ってことは、もう噂はかなり広まってるってことか……」賢が呻いた。「ああ、これはマジでやばいな。終わりの始まりかもしれないな」

「終わりって……やめてよ」

直美がぎこちない笑顔を作って返したが、もう今までのように賢を励ますこともなかった。すると賢は、深くため息をついてから言った。

「出版社の人には正直に言った方がいいかな。……いや、いっそのこと、俺が警察に出頭して、一気にけりを付けた方がいいかもしれない」

「いや、ちょっと、早まらないでよ!」直美が慌てて止めた。「賢がゴーストライターだって噂が広まったからって、賢の正体が警察にばれることにつながるわけじゃないでしょ。なにも自首することはないよ」

「ああ……そうか、そうだよな。ごめん、俺ちょっとおかしくなってるよな」

賢はそう言って、いったんは落ち着こうとした。

だが、それから一時間もしないうちに、またパソコンの前で悲鳴を上げた。

「ああっ、また増えてる！」

賢は、昼食を食べてから執筆に取りかかろうとしたのだが、気になってつい、「桐畑直美　ゴーストライター」でネット検索してしまった。すると、思っていた以上に多くの書き込みがヒットした。ツイッターから始まり、いくつもの匿名掲示板、そして個人のブログにまで広がっていたのだった。

中には、「桐畑直美ゴーストライター説流れてるっぽいけど、若い女性作家の成功に嫉妬する負け組どもの妄想でしょ」といった、噂を否定する書き込みもあったが、大半は真に受けているトーンだった。何より厄介なのが、その根拠まで記してある書き込みだった。

「桐畑家の小学生の息子が、授業参観で家族の作文読んだ時、家でお父さんが小説書いてお母さんが家事してるってバラしちゃったらしいｗｗｗ　地元じゃかなり噂になってる」

やはり、あの授業参観で決定的瞬間を目撃してしまった保護者から、噂が広がっているのだ。いや、噂ではない。紛れもない事実が――。

「もうっ、そんなの見てもどうにもならないんだから、見るの禁止！」

悲鳴を聞いてやってきた直美が、パソコン画面を見て怒った。賢は泣き顔で謝る。

「ごめん、そうだよな。見たって不安になるだけだもんな……」

賢は自分に言い聞かせて、なんとか気を逸《そ》らそうと心がけた。しかし、当然ながら、執筆にはまったく身が入らなかった。

そして、その翌日。康輝が学校から帰るなり、賢と直美が凍りつく質問を投げかけてきた。

「あのさあ、ゴーストライターって何？」

「………………！」

賢は何も答えられず、絶句するしかなかった。直美が、隣で声を震わせながら聞き返した。

「それは……誰に言われたの？」

「五年生か六年生の、知らないお兄ちゃん。お前のお父さんがゴーストライターって本当かって聞かれた」

「何て答えたの？」

「お父さんとお母さんの仕事の話は外でするなって、前にお父さんに怒られたからね、『知らない』って言ってすぐ逃げた」

「そっか……うん、それでよかったよ」直美は笑顔を作ってうなずいた。

「ふうん……」

康輝は、釈然としない表情でうなずいたが、すぐに切り替えた様子で「虫とってくる」と言って出かけていった。康輝は最近、近くの原っぱで虫をキャッチアンドリリースして遊ぶことにはまっている。たくましい田舎の男の子に育っているのだ。

だが、そんな愛すべき息子と、もう暮らせなくなってしまうのかもしれない。賢は目を閉じ、深くため息をついてから、つぶやくように言った。

「何も答えないで逃げたんじゃ、むしろ余計に怪しまれたかもな」

「うん……」直美もつらそうにうなずいた。

「お前のお父さんがゴーストライターって本当か、なんて子供が言い出すってことは、やっぱり親の間では相当広まってるんだな」

「いや、でも、いつか収まるって……」

直美が慰めたが、賢はそれもろくに聞かず、仕事部屋に行ってパソコンの前に座った。そしてまた、「桐畑直美　ゴーストライター」で検索してしまった。

「ねえ、本当にそれやめて！　不安になるだけなんだから」

後ろから様子を見にきた直美が怒った。

だが、その直後——賢は「わあっ！」と声を上げ、パソコンの画面を指差した。

それは、小説について好き勝手に語り合うネット掲示板の中の書き込みだった。桐畑直美の夫がゴーストライターだという説が流れている、という話題の中で、ついに最も恐れるべき書き込みを見つけてしまった。

「そのゴーストライターの夫って、何年も前に三葉社の編集者を殺した大菅賢だったりしてwww」

「あいつって逮捕されてないんだっけ？」

「九十九里浜で入水自殺した説も流れたけど、死体も上がってないし、実はまだ生きてて逃走中かも」

「じゃマジでありえるかもなｗｗｗ」

それを見て、直美も息を呑んで固まった。

「これは……もう、無理だ」

賢はがっくりと肩を落とした。そして、直美に向かってぽつりと言った。

「俺が一人で自首するよ」

泣きそうな顔で見つめる直美に、賢はここ数日密かに考えていたことを告げる。

「いいか、まず君は、昔の俺の、大菅賢の本を全部捨てるんだ。それで俺が自首した後、警察に話を聞かれても、大菅賢なんて知らなかった、そういえばずいぶん前にニュースで見た気がするけど、出会った時には顔が変わってたから気付かなかったって説明するんだ。君は十年前、たまたま俺と知り合って、男女の関係になって家に住まわせていた。君が過去のつらい体験を俺に話したところ、俺はそれを小説にして、君の名前で縦溝清史ミステリー大賞に応募して、大賞を獲ってしまった。君は、俺に指示されるまま、まずいとは思いながらも表に出るようになった。――こう説明すれば、ゴーストライターがいたことについては批判されるだろうけど、犯罪者だと知りながら俺を匿った罪には問われないはずだから……」

「早まったらだめだよ！　まだ分かんないじゃん」

直美は顔を歪めて、賢の両肩を揺さぶった。そして、パソコンの画面を指し示して訴えた。

「ほら、これだって、当てずっぽうで言ったらたまたま当たっただけじゃん。ここから話題が広がってるわけでもないし。だから、まだ自首することはないよ。自首したら百パーセント捕まっちゃうんだよ」

「でも、このままじゃいずれ……」

と賢が言いかけたところで、さっきまでうたた寝していた咲希の「んぎゃああっ」という泣き声が、一階から聞こえた。直美はため息をついた後、「どしたの咲希～」と、どこか現実逃避するような明るい声を出して、咲希をあやしに行った。

賢は、仕事部屋の床に寝転がり、両手で顔を覆った。涙が溢れてきた。もう家族との幸せな日々は終わりだ。やはり、人殺しが家庭を築き、仕事でも成功して幸せに暮らすなんて、許されないことだったのだ。そんな許されざる幸福が、とうとう崩壊する時がきたのだ。――賢は無念さに歯を食いしばり、嗚咽をこらえた。

ところが、それからほんの十分ほど後のことだった。

仕事部屋のドアがノックされた。賢が立ち上がってドアを開けると、直美がニヤニヤ笑っていた。その左手には、大きな紙袋が下がっている。

「なに笑ってんだよ……」

賢が呆れて言った。だが、直美は笑みをたたえたまま返した。

「マジでいいこと思い付いたかもしれない」

「いいこと……？」

「このピンチを、一発で乗り切るアイディア。これがうまくいけば、ゴーストライター説も、賢の正体がばれちゃう可能性も、一発でつぶせると思うの」

「えっ？」賢は半信半疑で聞き返した。「いや……そんなこと、できるか？」

「いちかばちかだけど、やってみる価値はあると思う」

直美は自信たっぷりの表情でうなずいた。そして、左手の紙袋を掲げた。

「この道具、捨てないで持っててよかった」

14

「どうですか？」

直美が、俊英社《しゅんえいしゃ》の担当編集者である古川《ふるかわ》に、おそるおそる尋ねた。すると古川は、原稿から顔を上げ、髭をたくわえた口元をほころばせた。

「いやあ、たしかに面白いですよ」

俊英社の文芸誌『小説俊英』では現在、桐畑直美のミステリー小説が連載されている。連載は残りあと二回で、実際に執筆している賢はもう結末まで書き終えているのだが、直美はその打ち合わせという名目で久々に上京し、担当編集者の古川と会っていた。

もっとも、古川が今読んでいるのは、小説の原稿ではない。

「本当にすみません。本来なら、本人も一緒に連れてくるべきだったんですけど、まだ子供が小さくて出てこれなくて。――ただ、できたらぜひ、これを俊英社さんでお願いしたいんです。今連載してるっていうのももちろんありますけど、俊英社さんといえば、天下の『少年ダッシュ』もありますし」

直美がおずおずと言うと、古川は笑いながら手を振った。

「アハハ……さすがにダッシュはね、僕も部署が違うんであれなんですけど」

「あ、やっぱりそうですか……」

直美は、この一世一代の提案を、やっぱり断られてしまうかと覚悟した。

だが、古川は意外な言葉を続けた。

「ただ、実はですね、こちらとしても、渡りに船という状況でして。……というのも、長谷川先生が先週、病気で入院されて、うちで予定していた原稿が落ちちゃいまして、ページに空きが出ちゃってたんですよ」

「あ、そうなんですか」

長谷川昌吉《しょうきち》という八十歳過ぎの大御所作家の体調が、このところ思わしくないという話は、直美も伝え聞いていた。

「ちょうどそんな時でしたし、桐畑さんの連載と合わせて、これを載せたら面白くなると思いますし、ぜひとも前向きに検討させていただきます」

古川の言葉に、直美は笑顔になって頭を下げた。

「本当ですか? ありがとうございます!」

「いえいえ、こちらこそ助かりましたよ」

古川も恐縮した様子で頭を下げてから、おもむろに言った。

「それにしても……これを読んだ今だから言えますけど、実は桐畑さんの旦那さんがゴーストライターだとかいう噂は、うちの社内でもちょっと話題になってたんですよ」

「あ、やっぱりそうだったんですか」

直美は、なんとか顔がこわばらないようにあいづちを打った。一方、古川は原稿に目をやって、笑顔で言った。

「まさかその原因が、旦那さんが漫画を描いてたことだったとはなあ」


翌月、『小説俊英』に、一篇の漫画が掲載された。

『カミさんはミステリー作家 桐畑健一《けんいち》』

その漫画は、桐畑直美の夫である健一の視点で、家族の日常が面白おかしくつづられた物語だった。主な登場人物は、主人公の「ボク」、その妻で売れっ子ミステリー作家の「カミさん」、小学一年生の息子の「ボーヤ」、二歳の娘の「オジョー」の四人だ。

ただし、もちろん実際に漫画を描いたのは直美だし、実際にミステリー小説を執筆しているのは賢だし、健一というのは賢の偽名だ。直美は、桐畑家の普段の生活を「家事を主に担っている夫の健一」の視点から、夫婦の立場を全く逆にして描いたのだった。

その中には『無痛分娩であたふた』と題した、カミさんの初産の際に無痛分娩なのにボクばっかり大騒ぎして医者や助産師に呆れられた話や、『ずらせばよかった建て替え』という、初産と家の建て替えを同じタイミングにしたせいで苦労した話など、実際の出来事を少々誇張して描いたエピソードがいくつも収録されていた。

そして、最後に描かれたのは、『授業参観で大事件』というエピソードだった。

その内容はこうだ。——主人公のボクは、カミさんの創作に触発され、家事の合間に漫画を描くようになった。すると、その様子を見たボーヤが、小学校一年生の初めての授業参観で「ぼくのお父さんは小説家です」という作文を読んでしまった。そのせいで「実は桐畑直美は夫がゴーストライターらしい」という噂が流れ、ネット上にまで広がってしまった。

そのエピソードの最後には、こんな説明が加えられた。

「カミさんは書斎にこもって仕事してるけど、ボクはリビングで描いてて、ボーヤはボクが机に向かう姿を頻繁に見てたから、もうボクがプロとして描いてるんだと思っちゃったようです。ちなみにボーヤは『小説』という言葉を、漫画のかっこいい呼び方だと思ってたらしいです」

——このエピソードを世に出すことによって、桐畑直美ゴーストライター疑惑を払拭《ふっしょく》するのが、直美が漫画を描いた真の目的だったのだ。

そして、そのもくろみは見事に成功した。

「桐畑直美ゴーストライター説の真相が判明」「桐畑直美ゴースト騒動の原因になった夫の漫画、近日発売」——そんな記事が、あっという間にネットニュースを席巻《せっけん》した。それらの記事のコメント欄には「そういうことだったんかい！」とか「ゴースト説マジで信じて損したわ」といった書き込みが相次いだ。中には「桐畑直美ゴーストライター説自体、俊英社が漫画の宣伝のためにわざと流したんじゃないの？」と、矛先を俊英社に向けたネットユーザーもいたが、そういった疑惑が盛り上がるほど、賢と直美の本当の秘密は覆い隠されていった。

念のため、賢は「桐畑健一　大菅賢」と検索して、真相に気付いているネットユーザーがどこかにいないか何度も探ってみたが、どうやら一人もいないようだった。「桐畑直美ゴーストライター説は俊英社が流した説」が流れたことで、底意地の悪いネットユーザーが、こぞってそちらに食いついてくれたことも幸いしたようだった。

『カミさんはミステリー作家』は、当初は読み切りで掲載される予定だったが、話題性もあって俊英社から単行本化を依頼され、なんとか薄い漫画本一冊分の分量に達したところで、桐畑健一のデビュー作として発売された。すると、価格が安かったことも手伝ってか、前月に発売されていた桐畑直美の新作小説『終わらぬ悪夢』の売り上げ部数を抜き去り、デビュー作にして二十万部を売り上げるスマッシュヒットになってしまった。

こうして賢と直美は、「賢が直美のゴーストライターとして小説を書き、直美が賢のゴーストライターとして漫画を描く」という、おそらく史上初の「相互ゴーストライター体制」で、夫婦ともに売れっ子になってしまったのだった。災い転じて福となすとはまさにこのことで、一時は警察に出頭することまで考えた大ピンチが転じて、千万単位の収入をもたらし、めでたく事態は一件落着——とはいかなかった。

賢にとっては、一難去ってまた一難という状況が待っていたのだった。

「夫婦で対談って……なんで断らなかったんだよ」

賢が口を尖らせて不満を述べたが、直美に言い返される。

「だって、我が家を救ってくれた『小説俊英』に頼まれたんだよ。さすがに断れないでしょ」

この日、桐畑夫妻は、夫婦での誌上対談企画の取材を受けることになっていた。もっとも、そのオファーは直美が独断で受けてしまっていた。

「だからって、わざわざ家に記者を上げなくても……」賢がなおも文句を言う。

「でも、保育園と小学校が終わる前に、東京で取材を受けて帰ってくるのは時間的に厳しいし、この辺に雑誌の対談に使えるようなオシャレなカフェとかもないし、子連れで行って康輝がまたボロ出したらおしまいだから、平日の昼間に家に来てもらうしかないじゃん」

直美が理路整然と言い返す。賢は「う〜ん……」と唸って黙り込むしかなかった。

「とにかく、賢はなるべく喋らないでね。人見知りで照れ屋だから顔出しNGっていう設定で、この覆面かぶるんだから」

直美が、事前に用意した覆面を手に言った。――対談中に写真を撮ると聞いていたので、賢は覆面をかぶるしかないと決めていた。手配写真からは顔が変わっているとはいえ、さすがに全国で発売される雑誌に顔が載ってしまうのは危険だと判断したのだ。

だが、その覆面を見て、賢がまた文句を言った。

「にしてもさあ、もっとちゃんとした覆面なかったの？　プロレスラーがかぶるような」

それは、紙袋に目と口の小さな穴を開けただけの、子供がふざけて作るような、最も低コストなタイプの覆面だった。

しかし、すぐに直美が理由を説明する。

「プロレスみたいな覆面だと、目とか口とか、顔のパーツがはっきり見えちゃうでしょ。紙袋の覆面の方が、外から顔のパーツが見えないから、あえて紙袋にしたんだよ」

「ああ、なるほど、そうか……」

直美が自分よりよっぽど考え抜いているのだと知って、賢はそれ以上文句を言えなかった。

「あとはとにかく、ボロを出さないこと。私がミステリー作家で、賢が漫画家っていう設定を絶対守るんだよ。小説は全部私が書いてることになってるんだから、賢が詳しく答えていいのは漫画のことだけだからね。うっかり小説の詳しい話とかしないでよ。私は外で作家のふりするのにも慣れてるけど、賢はその経験も少ないんだから、気をつけてね」

「分かってるよ」

もちろん、賢も直美も、お互いの作品をきちんと読んでいる。対外的にはそれが自分の作品だということになっているのだから、何を聞かれても対応できるように万全を期していた。

二人で心の準備を整えたところで、外から車のエンジン音が聞こえてきた。約束した時間通りに取材陣が到着したようだ。やがてドアチャイムが鳴り、直美が玄関のドアを開ける。

「どうもはじめまして、小説俊英の田村《たむら》と申します」

「カメラマンの小倉《おぐら》です、本日はよろしくお願い致します」

ともに四十代ぐらいの男性の記者とカメラマンが、挨拶しながら名刺を渡してきた。直美が「こちらこそよろしくお願いします」と挨拶する。賢もその隣で会釈をする。

その後、田村と小倉が「いやあ、立派なお宅ですね〜」などとお世辞を述べながら家に上がり、しばらく世間話をしたところで、直美が切り出した。

「あ、そうだ。一応、夫は顔出しNGということで、取材が始まったら、あれをかぶらせていただきたいんですけど、よろしいですか?」

直美が指し示した先で、賢はすでに紙袋の覆面を手にしている。

「ああ、はい、了解しました」田村はあっさり承諾してくれた。

「夫は口下手だし、こういう取材を受けるのも初めてなので、うまく受け答えできるか分かりませんけど、どうかよろしくお願いします」

直美がそう言った後ろで、紙袋をかぶりかけた賢が、慌てて頭を下げる。すでに「人見知りで口下手な男」を演じるモードに入っている。

その後、リビングのテーブルに移動し、小倉のカメラの準備と、田村のメモとボイスレコーダーの準備が整ったところで、いよいよ取材が始まる。

「では、よろしくお願いします。まずは、直美さんの『終わらぬ悪夢』と、健一さんの『カミさんはミステリー作家』、ともに大ヒットということで、おめでとうございます」

「いやいや、私の方は大ヒットとは言えませんよ。それより夫のデビュー作が、私の小説より売れちゃうんだから、参っちゃいました」直美が笑って答えた。

「いや……ビギナーズラックです」

賢は、紙袋をかぶって声をこもらせながら頭を下げる。

「どちらも読ませていただきましたが、本当に面白かったですよ～」

その後、田村からは作品の内容についての質問が続いた。予想通りの展開だったので、直美も賢も滞りなく答えた。

だが、しばらくして田村が話題を変えた。

「ところで、お二人のなれそめについてお聞きしたいのですが、そもそもお二人はどういった出会いだったんですか？」

賢は、紙袋の中で顔をこわばらせた。夫婦それぞれの創作ペースとか家事の分担とか、現在の生活に関する質問を想定して、直美と答え方の打ち合わせもしていたが、過去のなれそめのような質問は、うっかりノーマークになってしまっていたのだ。

だが、焦る賢を尻目に、直美が落ち着いた様子で語り出した。

「実は……今まであんまり外では話してなかったんですけど、私が父の事故死の後、警察の取り調べを受けたりして、人生に絶望して、橋から身を投げようとしてた時に、彼と出会ったんです。私が橋の下を覗き込んでた時、偶然通りかかった彼が『どうしました？』って声をかけてくれて……彼がいなかったら、私は本当に死んでたかもしれないんです」

想定外の質問に対しても、事実を下敷きにして答える。直美は長年こんなことを続けているので、もう慣れたものなのだろう。賢は隣で感心した。

「へえ、そんなことがあったんですか。まるでドラマみたいな出会いですねえ」

田村も驚いた様子であいづちを打った。

「あ、ちなみにその橋っていうのは、もしかして、あそこの北浦っていう湖に架かってる……」

「ええ、そうです。あの長い橋です」直美がうなずく。

「そうですか。僕らも来る時に通りましたけど、そんな大変な場所だったんですねえ」

田村は大きくうなずいた後、また直美に尋ねた。

「あ、ところで直美さんは、この辺の出身なんですよね？」

「ええ。この辺の、というか、まさにこの家でずっと育ちました。うちの長男が生まれた時に一度建て替えたんですけど、その前からここに建っていた家で、ずっと暮らしてきたんで」

「なるほど。……あ、じゃあ、健一さんもこの辺の出身なんですか？」

「あっ、いや、僕は……」

と答えかけて、賢は迷った。茨城出身だと嘘をついたらバレる危険があると思って、とっさに否定してしまったが、じゃあどこ出身だと答えればいいか。そこまでは考えていなかった。でも、千葉出身だって正直に答えるのはやめた方がいいよな、大菅賢からはできるだけ遠ざけたいもんな。——と、頭をフル回転させて考えながらも、あまり時間をかけてしまうとそれはそれで怪しまれるかと思い、二秒少々でとっさに答えた。

「僕は……東京なんですよ」

とりあえず、無難な答えとして、最も人口が多い首都を答えておいた。ところが——。

「へえ、東京のどの辺ですか？」田村が尋ねてきた。

くそっ、食いついてくるなよ——賢は紙袋の中で顔をしかめた。長く暮らしていたのは吉祥寺と阿佐ヶ谷、つまり武蔵野市と杉並区だ。ただ、やはり大菅賢にゆかりがある土地とは遠ざけたい。かといって、全然知らない地域を挙げてもボロが出るかもしれないし……。

「中野です」

賢は結局、少しでも土地勘のある場所を選んだ結果、かつての劇団仲間と昔の彼女が住んでいて、比較的足を運ぶことが多かった中野区を挙げた。だが、杉並区の隣なので、あまりカムフラージュにもなっていないことに気付く。

しかも、そこで思わぬ不運が起こった。

「えっ、本当ですか？　いやあ、奇遇ですねえ。実は僕も、中野で生まれ育ったんですよ〜」

田村のうれしそうな反応を見て、賢は即座に後悔した。——くそっ、失敗した。こんなことなら杉並って答えた方がまだよかった。いや、そもそも茨城出身ってことでも別によかったんだ。あ〜、十秒でいいから時間を戻したい。

「あ、健一さん、中学どこでしたか？　僕、十一中なんです」

前のめりに聞いてくる田村に、賢は焦る。——うわあ、食いつかれてるよ。でもしょうがないよな。地元が一緒って分かったら「中学どこ？」みたいな話になっちゃうよな。ていうか「十一中」って、数字が付いてる中学がそんなにあるのか。さすが東京だな、なんて感心してもしょうがない。ただ、十一まであると分かったのは幸運だった。とりあえず、十一未満の数字を適当に付ければ、実在する中学校になるのだ。

「僕は……六中です」賢は適当に答えた。

すると田村は、いっそう前のめりになって言った。

「えっ、本当ですか？　学区すぐ隣じゃないですか！　じゃあ近所だったんだ」

マジかよっ、六中と十一中が隣なのかよっ。——当然そんなことは知らなかった賢はますます焦る。だがそこで、田村が残念そうに言った。

「でも、今はどっちの学校もなくなっちゃったんですよねえ」

「ああ……ええ」

賢はうなずいたが、もちろんそんな事情も一切知らない。

「廃校になっちゃったんですか？」

直美が尋ねた。賢が聞くわけにはいかない質問だったので、正直助かった。

「そうなんですよ、少子化で統廃合になっちゃって」

田村が答えた。よし、これでこの話題は終わりだな……と賢は安心しかけたが、さらに田村が水を向けてきた。

「あれ、そういえば何でしたっけ？　六中と十一中が合併した、新しい中学校の名前。ええっと……」

俺に分かるわけないだろっ——賢は心の中で叫びながらも、「何でしたっけね」なんて一緒に考えているふりをする。

「ああ、緑山《みどりやま》中学校だ」

「ああ、そうでした」賢はうなずいた。

ところが、直後に田村が首をひねった。

「ん？　緑山？　なんか違うよな」

おい、なに自分で勝手に間違えてんだよ！　賛同した俺も変な感じになっちゃっただろ！

「ああ、思い出した。緑野《みどりの》中学校だ」

「………」

もううかつに賛同できない。賢は無視した。

「緑山はＴＢＳのスタジオですね。この前取材で行ったから、ごっちゃになっちゃいました」

田村は頭をかきながら笑った。知らねえよ、と賢は心の中で返す。

「でも、もしかしたら僕と健一さん、小さい頃に会ってるかもしれませんよね。平和の森公園とかで遊びました？」

「いや……あんまり遊ばなかったかなあ」

賢は、これ以上話題が広がらないように、消極的な答え方に努めた。とにかく中野区の話題を終わらせてほしいのだが、田村は共通の話題を見つけてテンションが上がってしまったらしく、まだ終わらせる気はないようだった。

「あ、健一さんっておいくつですか？」

「ああ、四十一です」

「じゃあ僕の二つ下ですね。あと、小学校はどこでしたか？」

「えっと、小学校は……三小、です」

「え、三小？　中野区に三小なんて無いですよね？」

田村が素《す》っ頓狂《とんきよう》な声を上げた。

「桃園《ももぞの》二小はあったけど、三が付いた小学校なんてありましたっけ？　六中の学区だとたしか、野方《のがた》小とか沼袋《ぬまぶくろ》小とかだったと思うんだけど……僕の記憶違いかな」

賢は紙袋の中で泣き顔になっていた。――おい、嘘だろ、中学校は十一まであるのに、小学校は三も無いの？　どういうネーミングセンスなんだよ中野区！

「いや、あの、えっと……」

と、賢がなんとか言い訳を探していた時だった。

「あの、夫は、小学校を卒業してから引っ越したんです。そうだったよね？」

直美が、隣で助け船を出してくれた。

「あ……はい、そうなんです。多摩《たま》の方から、越してきまして」

「あ、なるほど、そういうことでしたか」田村は納得したようにうなずいた。

ふう、どうにか助かった。賢は直美に感謝して、紙袋の中から目くばせする。一方、直美は、賢を手で示しながら言った。

「あの、最初にも言いましたけど、夫は人見知りで、うまく喋れないことがあるんです。

ごめんなさいね」

賢もその隣で「すいません」と頭を下げた。

「いえいえ、とんでもないです」

田村が恐縮した様子で首を振る。すると直美が苦笑しながら切り出した。

「というか、私、中野区の話全然分からないんで、そろそろ話題戻しません？」

「ああ、失礼しました。えっと、ご夫婦のなれそめは聞いたので、じゃあ続いては、夫婦の間に何かルールとかがあれば……」

と、ようやく田村の話題が変わって、なんとかピンチを切り抜けた。

――だが、その後も賢は、細かいミスを連発した。

まず、「お二人はそれぞれ、どれぐらいの時間を執筆に充ててるんですか？」と田村に尋ねられた時だった。直美は、事前に夫婦で打ち合わせた通りに答えた。

「私は、朝から晩まで執筆ですね。家事は夫がだいたいやってくれて、夫はその合間に漫画を描いてる感じです」

「そうですね。僕は家事をしながら、時間が空いたらパソコンに向かってます」

賢も、直美にならって無難な答えをしたつもりだった。

ところが、妙な間が空いた後、田村が「え、パソコンに……」と、怪訝な顔をした。

そこで、すかさず直美が訂正した。

「ああ、調べ物をする時とかは、パソコンに向かってるよね。でも、漫画を描く時は手のだ。

描きだよね」

そう言われて、賢はやっとミスを自覚した。

「ああ……そうです。すいません、言葉足らずで」

賢は、本当はパソコンで小説の執筆をしているが、桐畑健一は手描きの漫画家なので、自らの仕事について述べる時に「パソコンに向かってます」と言うのはおかしかったの

さらに、それからしばらく経って、田村がこんな質問をした。

「作品を書く時に、どの段階が楽しいとか、逆にどこがつらいとかありますか？」

「私は、ざっと下書きを考えてるぐらいの時が、一番楽しいですかね。いざ本格的に書き始めると、トリックとかでうまくいかないことも出てきて、苦労しちゃうことも多いんですけど」

まずは直美が無難に答えた。続いて田村が、賢に尋ねてきた。

「健一さんも、ネームを考える段階の方が楽しいですか？」

そこで賢は、こう返してしまった。

「いや、僕の場合、名前を考えるのは別に楽しくなかったですね。子供たちの本名を出すわけにはいかなかったし……」

だから作中で息子は「ボーヤ」、娘は「オジョー」っていう名前にしたんですよ――と、賢が続けようとした時だった。

田村が「いや、あのお……」と、困惑気味の顔になった。すかさず、直美が隣で指摘した。

「いや、『ネーム』っていうのは、漫画の下描きのことだよ」

ぽかんとして固まった賢に対して、直美が丁寧に説明する。

「今『ネームを考える方が楽しいですか』って田村さんに聞かれて、そのまま直訳して、登場人物の名前を考えるのが楽しいかって聞かれたと思っちゃったんでしょ？」

「ああ、うん……」

賢はうなずいた。まさに図星だった。

そこで直美が、賢を指し示しながら、笑顔でフォローを入れた。

「ほら、この人、漫画の基礎から勉強したわけじゃなくて、我流でやってるんで、専門用語はよく知らないんですよ。私は『ネーム』っていうのが漫画の下描きのことだって、たまたま知ってたんですけどね。——でもまあ、人のこと言えませんけどね。私もデビュー直後、『叙述トリック』って言葉の意味を知らなくて、編集者さんにびっくりされたことがありますから」

「へえ、そうなんですか〜」田村がうなずく。

「意外と、デビュー直後の新人って、業界で当たり前に使われてる用語を知らないもんなんですよ」

直美が隣でフォローするのを聞きながら、賢はまた紙袋の中で冷や汗をたっぷりかいていた。その後はもうボロを出さないように、ほとんど何も喋らないまま取材を終えた。

――後日、『小説俊英』の見本が送られてきた。

桐畑夫妻の対談記事を見てみると、冒頭で直美が「夫は極度の人見知りで、人前だとうまく喋れないことがあるんです」と言ってから、ほとんど直美だけが喋っていたことになっていた。賢は、直美の言葉に続いて「そうですね」などとあいづちを打つ程度で、まともな会話をする場面はほぼ出てこなかった。もちろん、中野区出身ということでインタビュアーの田村が盛り上がった部分や、賢が何度かボロを出してしまった部分も、一切使われていなかった。

「俺、全然喋ってないことになってるな」

「まあ、結果的に助かったでしょ」直美が笑った。

思い返せば、デビュー直後は、直美が取材を受ける前に賢がレクチャーをしていたのに、今では直美の方がはるかに多くの場数を踏んでいて、完全に立場が逆転してしまったのだった。

その年の暮れ、賢は「桐畑健一」として、ときわ市に正式に住民登録した。

それまで賢は、住民登録もせず、桐畑直美の内縁の夫で無収入の男として生活していたが、『カミさんはミステリー作家』のヒットで高額の所得が発生した以上、納税しないわけにはいかないし、ときわ市としても課税しないわけにはいかない。ただ、当然ながら大菅賢の住民票を東京都杉並区から移してくるわけにはいかないので、今まで桐畑健一は無戸籍だったという嘘で通した。実際に、母親が夫の暴力から逃げ、何年も離婚に応じてもらえない間に別の男性との間に生まれた子などのケースで、大人になっても無戸籍状態になっている人はいるらしい。本当にそのような形で苦しんでいる人がいる中で、その事例を利用するのは心苦しかったが、正式に住民票を移せないことの言い訳は他に思い付かなかったので、やむをえなかった。

一方、賢が桐畑直美として書く小説の売り上げは、頭打ちになっていた。最新作はとうとう、デビュー以来初めての、初版止まりになってしまった。桐畑健一名義の『カミさんはミステリー作家』は売れているため、たまに外出すると「旦那さんも本が売れてよかったですね」などと声をかけられることもあったのだが、実際に自分が書いている本の売り上げは下がっているというのは、なんとも複雑な気分だった。

ただ、そんな中で賢は、画期的なアイディアを思い付いた。ある日、賢は直美に提案した。

「実は、やってみたい企画があるんだ」

「企画?」

「ああ。これは、小説家と漫画家が組まないと実現できないアイディアなんだ。小説家同士、漫画家同士の夫婦っていうのは何組もいるけど、小説家と漫画家の夫婦ってほとんどいないから、チャンスだと思うんだよ」

「へえ、面白そうじゃん」

直美が興味を示したところで、賢がそのアイディアの概要を説明する。

「ストーリーは、簡単に言うと、漫画家が殺されちゃう話なんだけど、その被害者が途中まで描いてた漫画が、事件解決への重要な鍵になるんだ……」

物語の肝になる部分は、すでに賢の頭の中で完成していた。殺人事件の概要や、それぞれの登場人物や被害者が抱える背景、殺人現場となった被害者の自宅の構造など——ひと通り説明し終えた後、賢は、あらかじめノートに描いておいた絵を使って説明した。

「それで、俺の下手な絵で悪いんだけど、被害者の机の上に残されてた漫画の原稿の、最後の数ページが、こういうコマ割りで、こんな感じで展開されるんだよ」

「うんうん」直美はうなずいた後で笑った。「ていうか、賢マジで絵下手だよね」

「それは今いいだろ」賢が苦笑しつつ、自作の下手な漫画を使って説明を続ける。「で、これは一見すると、普通の漫画のワンシーンのようなんだけど、このページをこうして、こっちをこうやってこうすると、元の絵とは全然違う……こんな絵に見えるようになるんだ」

「あ、すごい！」直美が歓声を上げる。

「つまりこの絵は、一見ごく普通の漫画のようで、実は犯人を示す重要な手がかりが隠されていたわけだ。で、この絵と、さっき説明した被害者宅の構造、それに被害者の死因と、周囲の人間との関係をあわせて考えると……」

賢は、直美の反応に好感触を得ながら、物語のクライマックスの説明をする。

「……というわけで、犯人はこいつでした、っていう結末になるんだ」

賢の説明を聞き終えた直美は、小刻みに震えていた。

「ちょっと、マジ鳥肌立ってるんだけど！　これってものすごいアイディアなんじゃないの？　こんな小説、今までなかったよね？」

「ああ、たぶん史上初だと思う」賢は自信たっぷりにうなずいた。「このトリックは、ミステリー小説でもミステリー漫画でも表現できない。小説の中に漫画が挿入されてる形でしか、読者に伝えられないからな」

「たしかにその通りだよね。小説と漫画が一体になってないと、絶対に無理だもんね」

「だから、これを描けるのは、俺たち夫婦だけのはずだ」

賢は力強くうなずいた。そこで直美が、ふと思い出したように言った。

「あっ、そういえば、ちょうど来週、角倉書店の川中さんと打ち合わせがあるんだ！」

「よし、じゃあ、このアイディアを手土産にして行ってくれ」賢はにやりと笑った。


「すごい！　このアイディア、本当にすごいですよ！」

直美のデビュー以来、長らく担当を務め、今や盟友ともいえる角倉書店の編集者の川中は、直美から新作のアイディアを聞いて、興奮を隠しきれない様子だった。

「いや〜、これは本当に革命的です！　推理小説の中に漫画が組み込まれてることだけでも、かなり珍しいですけど、まさか最後に、漫画のこれがこうなってこうなるなんて、本当にすごい作品になりますよ！　やっぱり、近くに漫画を描いてくれる人がいないと、このアイディアは実現できませんから、桐畑さんにしか書けない作品ですよね」

「まあ、書いてみたら、案外思ってたようにはいかないかもしれませんけど……」

自分で小説を書くわけではないが、あまり期待が過熱してもいけないかと思い、直美は一応保険をかけておいた。だが、それでも川中は、自信満々の口調で言った。

「大丈夫です。ここまでばっちりアイディアが固まってれば、間違いなくうまくいきますよ。ぜひよろしくお願いします！」

――その後、ミステリー小説に漫画が内包された画期的な作品『作者急逝《きゅうせい》』が完成するまで、三ヶ月とかからなかった。

「いや〜、『作者急逝』全部読みましたけど、これ本当にすごいですよ！」

完成した原稿を送った数日後、直美に電話をかけてきた川中は、興奮冷めやらぬ様子だった。

「タイトルも、連載中の漫画家が急死しちゃうっていうストーリーに合ってて、インパクトがありますし、もちろんそれ以上に中身が素晴らしいですからね。これは桐畑さん夫婦にしか書けなかった奇跡の作品ですよ。何より、まさか最後に、これがこうなってこうなるなんて！」

「私も、最後にこれがこうなってこうなったら、きっと傑作になるだろうなって思い付いて、そこから構想を練って、夫に漫画を描いてもらったんです」直美が得意になって応じる。

「いやあ、本当に大傑作ですよ！　それにしても、まさかこれがこうなってこうなるとはな～」

――その後、校正でも大きな直しはなく、『作者急逝』は大々的に宣伝され、書き下ろしの単行本として発売された。賢は発売前に「自信はあるけど、画期的すぎて世の中に受け入れられないってことはあるかもな」と漏らしていたが、発売後一週間も経たないうちに、川中から直美に電話がかかってきた。

「ものすごい反響です！　あっという間に増刷が決まりました！」

『作者急逝』は、発売一ヶ月足らずで十万部を超えた。こうなると「売れている本が売れる」という傾向が年々強まっている時代にあって、売り上げはどんどん加速し、発売三ヶ月で五十万部を突破した。従来の小説の枠を超えてしまっていることもあってか、各出版社が主催する主要な文学賞にはノミネートされなかったが、全国の書店員が選ぶ『本屋さん大賞』の候補にはノミネートされた。

その間に、川中から「ぜひ続編をお願いします」と直美に強い要請があった。直美がそれを賢に伝えると、賢は一ヶ月足らずで第二弾の筋書きを考え、直美に説明した。

「今度は、一見何のつながりもない二人の漫画家が殺される、連続殺人でいこうと思うんだ。で、少女漫画とスポーツ漫画を、前半と後半で、五ページぐらいずつ描いてほしい。それで、前回と同じ手は当然もう使えないから、今回は、まずこんな感じの少女漫画のコマに秘密が隠されてることにして、次はこんな感じのスポーツ漫画を……」

賢は、謎解きの鍵になる部分については特に詳細に説明した。

全て聞き終えたところで、直美は大きくうなずいた。

「なるほどね。今回は二つ漫画がある分、謎解きが組み合わさってるんだね。それで最後は、ここがこうなるんだ！　たしかに、これなら前回のを読んでる人でもまた楽しめるね。あとは私がベストな絵を描ければ、前回以上の傑作になるかもしれないね」

こうして、とんとん拍子で『作者急逝Ⅱ』が完成した。正直、前作に続いて漫画家ばかりが殺されるというストーリーは若干無理があったが、それでも発売されるや売り上げはぐんぐん伸び、あっという間に二作累計で百万部に達した。桐畑直美作品では、デビュー作の『六畳の地獄』以来の、久々の大ヒットだった。

そんな中、本屋さん大賞の発表前日、川中から電話がかかってきた。

「桐畑さん、おめでとうございます！　本屋さん大賞、ぶっちぎりの票数で受賞しました！」

「本当ですか⁉　まさか獲れるとは思ってませんでした！」

なんて直美は言ったが、実際は「マジで獲れるかもね」と、前から賢と話していた。大賞を予想する雑誌やネットの記事では「これは出版史に残る画期的作品だから、ぜひ本屋さん大賞を獲ってほしい」というような、『作者急逝』を推す意見が飛び抜けて多かったのだ。

「それでは明日、お昼の十二時頃に、授賞式が開かれる平成記念館にお願いします。積もる話はそこで……。ああ、私本当に泣きそうです」

その後、感激で声を詰まらせた川中から、授賞式に関する連絡事項などを伝えられ、

「それじゃ、また明日」と直美が電話を切ったところで、康輝が話しかけてきた。

「どうしたの？」

どうやら康輝も、普段の電話とは様子が違うことを察したようだった。

「お父さんとお母さんね、本屋さん大賞っていうのを獲ったんだ」

直美は満面の笑みで言って、康輝を抱きしめた。

「やったよ〜、これ、すごい賞なんだよ〜」

「へえ、おめでとう……ちょっと、苦しいよ」

康輝は苦笑いしながらも祝福してくれた。すると、ぬいぐるみで一人遊びをしていた咲希も、何かハッピーなことがあったことは察したようで、歩いて近付いてきた。

「咲希もバンザ〜イ、バンザ〜イ」

「ばんじゃ〜い、ばんじゃ〜い」

直美に合わせて、咲希もにこにこ笑って万歳する。

こうして、最も有名な文学賞の一つである、本屋さん大賞を受賞した桐畑夫妻は、各メディアで取り上げられ、一躍時の人となった。もちろん公の場に出るのは直美だけで、

賢の顔が表に出ないよう徹底するのには神経を使ったが、直美のデビューの時、私生活の悲劇性が話題になったのとは違い、今回は作品自体が純粋に評価されたので、それは喜ばしいことだった。

『作者急逝』シリーズを、賢と直美はそれからさらに二作書いた。第三弾では漫画家が五人も連続で殺され、第四弾は仲間同士で温泉旅行に来た漫画家たちが次々と殺されるストーリーで『温泉旅情篇』というサブタイトルをつけてみたが、さすがにマンネリ化は否めなかった。とはいえ、それでも売り上げは伸び、もはや社会現象といえる大ヒットシリーズとなった。

ほどなくして『作者急逝』は映画化され、それに伴ってさらに原作本も売れ、文庫版も含め累計三百万部を超えるヒットを記録した。そうなると『六畳の地獄』や『育児探偵』といった過去の作品も売れていき、税金を差し引いても億を優に超える収入が転がり込んできた。売り上げが伸び続けていることを考えると、おそらくまだまだ入ってくるだろうと思われた。

四月上旬の、ある日の午後。直美が預金通帳を見ながらつぶやいた。

「ぶっちゃけ、もう全然仕事しなくても、一生暮らしていけるよね」

賢が、横から通帳を覗き込み、その金額を見てからしみじみと言った。

「たしかに、よっぽどの贅沢をするか、すごいインフレでも起こらない限り大丈夫だな。

それにしても、人生って分かんないもんだな……。俺たちって出会う直前まで、死ぬ気満々だったんだもんな」

「賢は最初私と会った時『死ぬ気になれば何だってできる』って言ってたけど、まさかここまでできちゃうとはね」

「ああ、そんなこと言ったっけか……」

そこに、「ただいま〜」と康輝が帰ってきた。

「新しい担任の先生にさあ、この本にサインもらって来てって言われた」

三年生に上がったばかりの康輝が、『作者急逝』を差し出してきた。

「ああ……そうか」

教師にサインを頼まれるのは初めてだった。正直、できればこういうミーハーな真似はやめてほしいが、これから康輝を一年間受け持ってもらう立場上、無下に断るわけにもいかない。結局、直美がサインペンを取ってきて、二人でサインをしてやった。

「お父さんとお母さんってさあ、えらいの？」

康輝が尋ねてきたので、直美が答える。

「えらいっていうか……たしかに有名ではあるの。でも、有名なお仕事がえらいっていうわけじゃないんだよ。有名じゃないけど大切なお仕事の方が、世の中にはいっぱいあるんだよ」

「でも、お金はたくさんもらってるの？」

「うん、まあ……」

さっきまで通帳を見てにやついていた直美と賢は、苦笑して顔を見合わせた。

「たしかに、たくさんもらってる方だな。ただ、そのことは外で言っちゃダメだぞ。自分の家がお金持ちだって自慢するのは、格好悪いことなんだ」賢が忠告する。

「分かるよ。スネ夫って格好悪いもんね」

康輝はうなずいた後、「じゃあさ……」と、しばらく間を空けてから、また質問した。

「お父さんが漫画家で、お母さんが小説家って、なんで本当とは逆のこと言ってるの？」

「えっ……」

直美が言葉に詰まった。一方、賢は慌てて釈明する。

「いやいや、逆じゃないよ。俺が漫画家で、お母さんが小説家なんだ。ほら、康輝は一年生の時、俺が小説家だって作文に間違って書いちゃったことがあったから、それが原因で逆だって勘違いしてるんじゃ……」

「でも、お父さんがパソコンでパチパチ打ってて、お母さんが紙に絵描いてるじゃん」

康輝がぼそっと放った言葉に、今度は賢も絶句する。

「仕事部屋の中、見ちゃったの？」直美がおそるおそる尋ねる。

「ごめんなさい。ちょっと前に、ドアが開いてたから」康輝がうなだれた。

「いや、あの……お母さんが絵を描いてたのは、たまたま手伝ってもらってて……」

賢が再びごまかそうとしたが、康輝がぼそっと言い返す。

「お父さん、絵下手じゃん。それに、漫画の絵はお母さんの絵だって、見ればすぐ分かるし」

「ん、いや、あのね、それは……」

賢は、それでもなんとか言い逃れを試みたが、直美が隣で「もう無理でしょ」とつぶやいた。

思えば、康輝が一年生の時の授業参観で「お父さんは小説家です」と作文を読んでしまい、それをごまかすために直美が漫画家デビューした後、康輝には「実はお父さんは漫画を描いてたんだよ」と説明し、うまく言いくるめたつもりになっていたのだ。だが、それから約二年で康輝は成長し、知恵もついているのだ。賢と直美が、二年前の嘘で康輝をだまし続けられると高をくくっていたのは、完全な油断だった。

そこで康輝が、顔をつらそうに歪めて訴えた。

「学校で、お母さんの小説のこととか聞かれる時、本当はお母さんは書いてないって分かってるのにさあ。言っちゃいけないってお父さんに怒られたから、嘘ついたり、適当に話したりしてるんだけど……。なんかもう、嫌なの。友達とか先生とかに嘘つくのが嫌なの」

康輝の目に、涙がじわっと溢れた。そこで直美が、しゃがみ込んで康輝を抱きしめた。

「ごめんね。康輝ごめんね。……つらかったよね、ごめんね」

直美も、康輝の背中をさすりながら涙ぐんでいた。さらに、賢も言葉をかけた。

「あの、ごめんな康輝、うまく説明するのは難しいんだけど……」

賢は葛藤《かっとう》した。嘘をつくことに苦痛を感じている息子に、新たな嘘を吹き込んでいいのか。だが、全てを隠さず話すには、編集者を死なせて逃亡したことから説明しなくてはならない。さすがにそこまでは話せない。——即座にそう判断し、やむなく良心を捨てる決断をした。

「簡単に言うと、逆にした方が売れるんだよ」

賢は、涙目の康輝をしっかりと見つめ、口から出まかせを教えた。

「お父さんが書いてるのは、ミステリー小説なんだけど、これを書いてるのは男の人の方が多いんだ。で、お母さんが描いてるのは、日常のことを描く、エッセイ漫画っていうんだけど、これを描いてるのは女の人の方が多いんだ。でも、他の人と同じことをしても売れるのは大変で、やっぱり他の人とは違う個性が欲しいんだ。——だからうちは、お父さんが漫画、お母さんが小説を書いてるっていうことにしたんだ。その方が珍しいから売れるんだよ」

「そうそう、私たちはちょっとだけ、ズルをしてるの」

直美が、康輝の両肩を抱きながら話を合わせた。

「でも、このズルによって、誰かを不幸にしてるわけじゃないの。ただ、やっぱりズルはズルだから、このことは外では言わないでね」

「もし言ったら、お父さんもお母さんも仕事ができなくなって、お金がなくなっちゃうからな。そうなると、この家も売って、康輝も転校するしかなくなって、ご飯も食べられなくなるかもしれないから、絶対によそでは……」

「ちょっと、そこまで脅さなくていいじゃん」

直美が苦笑しながら賢をたしなめた後、康輝に向き直る。

「そこまでじゃないけど、とにかく言わないでね」

「じゃあさ……咲希にも言っちゃだめ？」

康輝が、赤くなった目をこすりながら尋ねた。直美が、少し考えてから答える。

「まだ言わない方がいいけど、何年か経って咲希が大きくなって、もしこのことに気付いたみたいだったら教えてあげよう。お兄ちゃんが教えてあげた方が、咲希は分かると思うからね」

康輝は「うん！」とうれしそうにうなずいた。――咲希が本格的に言葉を話せるようになり、意思疎通ができるようになってから、康輝は「お兄ちゃんが咲希に何かをしてあげる」という役割を与えられることがうれしくて仕方ないのだ。

と、そこに、保育園で遊び疲れてうたた寝していた咲希が、起きてきて顔を出した。

「咲希ちゃんのお話？」

「あら、聞こえてた……」直美が苦笑いする。

「咲希、お父さんとお母さんが逆の仕事をしてるってことは、誰にも言っちゃダメなんだぞ」

康輝が咲希に言い聞かせたが「あ、違う、まだそれを言うのもダメなんだ」と頭をかいた。それを見て賢は「おいおい……」と呆れて笑った。

とはいえ、咲希はきょとんとしている。さすがに寝ぼけた幼児に理解できる内容ではない。

「咲希ちゃんにはまだ難しいよね～」

直美が咲希に笑いかけた。すると、咲希が頬を膨らませる。

「むじゅかしくない！」

「あ、咲希、ほっぺがぷくっとして、アンパンマンみたいだぞ」

康輝が咲希を茶化して、床に置いてあったアンパンマンのぬいぐるみを手に取った。

「偽者のアンパンマンだ！　アンパ～ンチ！」

すぐに咲希が「キャハハ」と笑って、康輝とじゃれ合って遊び始めた。

夜になり、咲希も康輝も寝静まった後、直美と賢が話し合った。

「とりあえず、仕事部屋には鍵をかけよう」

賢が言った。直美は黙ってうなずく。

「我が子に対して、嘘の上塗りをして……すごい罪悪感だったよ」賢がつぶやいた。

「仕方ないよ。罪悪感っていうか、罪悪そのものなんだから」直美は悲しげに笑った。

「こんなことで罪悪感を感じてたら、やってけないよ」

「人殺しが、逃亡中に子供を育てるっていうのは、こういうことなんだよな」

自分は人殺しなのだ。本来なら刑務所にいなければならないのだ。家庭を築き、幸せな日々を過ごすなんて許されざることなのだ。——賢は改めて、その現実を噛みしめていた。

15

咲希は、保育園の年中組に上がった。

初夏のある土曜日、保育園の夏祭りの中で開かれるお遊戯会の準備と、園庭の草むしりが、保護者参加で行われた。大半の家庭が両親とも出席するようで、また昼前までの日程だったので、康輝を一人で留守番させ、賢と直美が揃って保育園に出かけた。

母親がお遊戯会の準備、父親が草むしりと、おのずと担当が分かれたので、賢は他の十数人の父親たちと一緒に草むしりをした。黙々と作業をしていれば、むやみに話しかけられることもないし、そもそも父親同士は、母親同士と比べるとあまり会話も弾まない。一人の父親に「漫画読みました」と声をかけられ、「あ、どうも」と会釈を返したぐらいだった。

一時間ほど経ったところで、草むしりはひと通り終わり、賢と他の父親たちは園舎に入った。お遊戯会の準備の方は、画用紙で子供がかぶるお面を作ったり、折り紙で飾り付けを作ったり、和気あいあいとした雰囲気で進んでいた。一部では後片付けが始まっていて、作業もそろそろ終わりが見えているようだった。

咲希には、賢と直美が相互ゴーストライター体制をとっていることは知られていない。執筆中は常に仕事部屋に鍵をかけているし、さすがに咲希はまだ、両親の仕事もよく分かっていないようだった。ましてこの日は子供が作文を読むわけでもないし、康輝の一年生の時の授業参観のように、桐畑家の秘密が暴露されてしまうような心配はないと思っていた。

だが、思わぬところから、突如ピンチが襲ってきたのだった——。

「じゃ、あとはこの貼り紙の絵だけど……どなたか絵に自信のある方いらっしゃいますか？」

五十代ぐらいの女性の園長が、室内を見回しながら呼びかけた。

あ、これはまずいかも……と賢が思った時には、もう遅かった。

「あっ、咲希ちゃんのパパがいらっしゃるじゃないですか！」

ベテランの女性保育士が、賢を指し示して言った。

「ああ、そうだ。プロの漫画家さんですもんね。間違いなく一番お上手ですよね」

「ああいうエッセイ漫画って、ヘタウマみたいな画風の人が多いけど、桐畑さんって本当にお上手なんですよね〜」

保育士と保護者が、一気に盛り上がってしまう。

そこで園長が、大きな画用紙とマジックを手にして、賢に微笑みかけた。

「すみません桐畑さん、よろしいですか？」

「えっと……何の絵を、描くのでしょうか？」

そう言ってしまった後、賢は即座に後悔した。これではまるで描く気満々みたいな言い方だ。案の定、園長は「赤ずきん」と題字が書かれた画用紙を手に、にこやかに説明を始めた。

「年長組が、赤ずきんの劇をやるんですね。だから、この辺にオオカミと、頭巾をかぶった女の子の絵を描いていただけると助かるんです。もちろん、そんなに丁寧じゃなくても、さっと描いていただくだけで構わないので」

「なるほど……」

賢は、曖昧な笑顔を浮かべながら、ちらりと直美を見る。直美の顔も、当然こわばっている。

場の空気が凍りつくのも承知で、プロの漫画家だから金をもらわないと描けません、なんて言ってしまう手もあった。だが、康輝も咲希もずっと世話になってきた保育園のスタッフを相手に、そんなことを言う勇気は出なかった。

「ええ、分かりました……」結局、賢は応じてしまった。

「ありがとうございます、よろしくお願いします」

賢は、園長から「赤ずきん」と書かれた画用紙とマジックを手渡された後も、なんとかなるんじゃないか、どこかに逃げ道があるんじゃないか、という気がしていた。しかし、やっぱりなんともならないことを、一秒一秒、時間が経つごとに実感していった。

賢の絵は、はっきりと自覚できるぐらい、妻子も揃って下手だと言い切るぐらい下手なのだ。にもかかわらず、この場にいる大半の人が「漫画家・桐畑健一」の画力が高いことを知ってしまっている。ここで下手な絵を描いてしまえば一巻の終わりだ。筆が乱れたように装おうかとも考えたが、賢の画力は乱れすぎにもほどがあるレベルだし、そんな絵を描いてしまったら「描き直しますか？」と園長に遠慮がちに言われてしまうのがオチだろう。脇の下を冷や汗が流れ、鼓動がどんどん早くなっていった。

と、その時だった。

「すみません、ちょっとトイレへ」

直美が、小声でそう言い残して、そそくさと廊下に出て行ってしまったのだ。

なんということだ。まさか俺を置き去りにして敵前逃亡か——と思っていたら、廊下に出た直美が、ドアの小窓から手招きしていた。一方、周りを見てみると、部屋を出た直美に注意を払っている人はいないようだった。

賢はすぐに、直美の意図をくみ取った。まあよく考えたら、直美にとっても大ピンチの状況で、逃げるわけがないのだ。マジックを持ったまま画用紙の前で固まっていた賢は、そろそろ「この人全然動かないけどどうしたのかな？」という雰囲気になってきた園長や保育士たちに向かって、申し訳ない表情を作って言った。

「あの……実は僕、人に見られてると、気が散っちゃって描けないんですよ」

「あ、そうなんですか、それは失礼しました」園長が慌てた様子で謝った。「えっと、じゃあ、みんなであっち向いてましょうか？」

「いやいや、それは悪いんで、僕が廊下で描いてきます」

賢はそう言いながら、マジックと画用紙を持って廊下に向かった。咲希は、すでに他の友達や保育士と一緒に後片付けに入っていて、床に散らかった紙くずなどを掃除している。我が子を置いて両親とも外に出るのは少々常識外れかもしれないが、緊急事態なので仕方ない。

賢が廊下に出ると、すでに直美はドアから離れていた。

「こっちこっち」

直美が、廊下の角から手招きしてささやいた。他に人がいる気配はない。賢がついて行くと、角を曲がった先に、大人用の男女兼用トイレがあった。

「トイレ入ろう」

直美がささやいた。賢は黙ってうなずく。

「先に入って様子見るね。私が『いいよ』って言ったら入ってきて」

直美がそうささやいて、トイレに入る。賢は入口の手前の廊下で待った。念のため後ろを確認したが、保育室から誰かが出てくることはなかった。

一方、廊下の奥には園児用のトイレがあった。その中から「よし、行くよ」と大人の女の声が聞こえた。すると、ピンク色のリボンを髪に付けた女の子が「キャハハ」と笑って飛び出してきて、そのすぐ後ろから「ほら、待って」と、また大人の女の声が聞こえてきた。どうやら、娘と母親が一緒に入っていたようだ。

その時、大人用トイレの中から「いいよ〜」と直美の声が聞こえてきた。奥の園児用トイレから、女の子の母親のものらしい赤い長袖が見えたのと、賢が大人用のトイレに入ったのは、ほぼ同時だった。あの母親に見られただろうか、と賢は少し心配になったが、トイレに入った瞬間を見られたところで、やましいことはないのだと思い直した。

三つある個室のうち二つは空《あ》いていて、一番奥の個室から直美が手招きしていた。賢もそこに入ってドアを閉め、鍵をかけた。

「じゃあ、紙こうやって持っといて」

直美が、賢からマジックを受け取って指示を出した。賢は指示通りに、個室のドアの内側に画用紙を貼り付けるようにして支え、そこに直美がマジックで絵を描こうとした。

だが、ここで思わぬアクシデントが起きた。インクがかすれているのだ。

「うそ、出ない」

「マジか……」賢は焦った。

「あ、でも、太い方がある」

そのマジックは、両側に細いペン先と太いペン先が付いているタイプだった。直美が、太い方のペン先で描いてみると、そっちはちゃんとインクが出た。

「ああよかった、出た」

ほっとしたところで、直美が絵を描いていく。その間も賢は、誰かが入ってこないかと警戒して耳をすませていたが、トイレに入ってくる人の足音などは聞こえなかった。

直美は、絵心のない賢にしてみれば神業のような手さばきで、赤ずきんとオオカミの絵を完成させた。

「はい、ＯＫ」直美がささやいて微笑む。

「さすが、上手いな」賢が小声で感心する。「ありがとう。これで一件落着だ」

「むしろ太い方が描きやすかったかも」直美が太いペン先に蓋をかぶせながら言った。

「じゃ、私はちょっと時間を置いて戻るから、これ持って先に行ってて」

「うん、本当にありがとう」

賢は改めて感謝を述べて、そっと個室のドアを開け、忍び足でトイレを出た。そして、完成した絵とマジックを持って保育室に戻った。

「こんな感じでどうでしょうか？」

賢が、赤ずきんとオオカミのイラストを描き加えた画用紙を見せる。

「わあ、さすがですね。すごい上手です！」

「どうもありがとうございました～」

園長も保育士も、他の保護者たちも、出来上がりを見て一様に感心していた。誰も怪しんでいる様子はなかった。また、置き去りにしてしまった咲希も、どうやら賢と直美が出て行ったこと自体に気付いていないようで、さっきトイレで見かけたピンクのリボンを付けた女の子や保育士たちと一緒に、楽しそうに後片付けをしていた。

ああよかった。なんとかピンチを切り抜けた。——賢は心底ほっとしていた。

賢が出て行ってから、念のため一分ほど間を空けて、直美はトイレから出た。

だが、廊下に出て歩き始めた瞬間、背後から声がかかった。

「桐畑さん、だよね」

振り向くと、赤い長袖Tシャツの女が立っていた。金髪に近い茶髪はぱさついていて、見たところまだ二十代なのに、血色の悪いくすんだ肌をしていた。その派手な見た目は、送り迎えの時などに何度か遠目に見たことはあったが、彼女と言葉を交わしたことはなかった。

直美が「はい……」と警戒しながら返事をすると、女は薄ら笑いを浮かべて言った。

「見ちゃったんだけど」

直美は、顔が引きつりそうになるのを抑えながら聞き返した。

「何をですか?」

「何をって、全部見たの。あんたら夫婦がトイレで何やってたか。声まで全部聞いてたもん」

女は、目だけは笑っていない笑顔で、じっと直美を見つめながら言った。

「これ、ばれたらまずいよねえ。一巻の終わりだよねえ」

直美は、目を開けているはずなのに、目の前が真っ暗になるような感覚に襲われた。まさかこんなところで、今まで守り通していた秘密が、いとも簡単にばれてしまうなんて――。とにかく大変なことになってしまったのだと、頭で理解しようとしても、あまりの大変さに実感が湧いてこなかった。直美はパニックに陥り、ぼおっと突っ立っていることしかできなかった。

一方、女は直美のジーンズの尻にさっと目を走らせ、低い声で告げた。

「あ、財布持ってるね。とりあえず出して」

直美はパニック状態のまま、言われた通りに財布を出してしまった。女はそれをひったくると、中身を覗いて言った。

「三万も入ってんじゃん。やっぱ売れてる作家は違うね」

女は、三万円を抜くとすぐさまポケットに入れ、財布を返してきた。

「これぐらい、あんたにとっては端金《はしたがね》でしょ。さすがに、一億も二億も脅し取ろうとは思ってないから安心して。ちゃんと三万円分は黙っといてあげるから」

三万円分は黙っといてあげる――ということは、この先もまた追加で脅し取ろうとしているのか。直美は絶望的な気持ちになった。

「じゃ、みんなのところに戻ろうか。あんまり遅くなると怪しまれるからね」

女に促されるまま、直美は歩き出した。涙が出そうになったが、なんとかこらえる。

「ああ、あのことバラされたくなかったら、私のこと誰かにチクったりしないでね。何もなかったように自然に振る舞ってね」

女に後ろからささやかれながら、直美は保育室に戻った。室内では、園長や保育士が

「やっぱり桐畑さんお上手ですね～」などと、本当は直美が描いた絵を褒め称えていて、戻ってきた直美たちに注意を払う者はなかった。賢は「いえいえ」などと謙遜しながら、直美にちらっと笑顔を向けてきた。直美に非常事態が発生したことはまったく察していないようだった。その呑気さに少しイラッとしたが、賢に怒っても仕方ない。

「それでは、来週の土曜日の夏祭りも、可能でしたらぜひ、保護者のみなさんもご参加ください。本日は誠にありがとうございました」

ほどなくして、園長の言葉で解散となった。直美は「じゃ、帰ろうか」と、精一杯の笑みを浮かべて、咲希の手を取った。

だが、すぐに咲希が、直美を見上げて言った。

「お母さん、寒いの？」

「ん？」直美が聞き返す。

「おてて、ぶるぶるしてる」

そこではっと気付いた。直美の手は小刻みに震えていた。

「大丈夫だよ」

なんとか笑顔で返してから、直美は周りの保育士や保護者に「さようなら〜」と挨拶しながら歩いた。あの女の姿は見えなかった。探す気も起きなかった。

園庭に出ると、咲希は「お父さんもおててつなぐよ」と言って、並んで歩いていた賢の手も取り、両親の手にブランコのようにぶら下がってはしゃいだ。

「楽しかったねえ、咲希」

賢が笑顔で言う。咲希もご機嫌で「たのしかった〜」と返す。

「夏祭りも楽しみだねえ」賢は咲希に言った後、直美に視線を移して声を落とした。

「いやあ、本当に助かったよ」

「ちょっと……家帰ったら、話したいことがあるの」直美は震える声で言った。

「えっ……何?」賢が小声で聞き返す。

「ここじゃ話せない。家で」

「うん……分かった」

直美の様子に、賢もようやく、ただならぬ気配を察したようだった。

咲希が二人を見上げて「なあに〜?」と聞いてくる。賢が笑顔を作って「なんでもないよ」と返していた。

「恐喝⁉」

「ちょっと、声大きい」

二階の仕事部屋で、直美は賢に、三万円を知らない女に脅し取られたことを説明した。

「ってことは、その女に、俺たちの正体がばれたってことか？」

「うん……」

直美は力なくうなずいた。賢も「マジか……」と、がっくりうなだれた。

「しかも、三万円分は黙っといてあげる、とか言われたの。だから、あいつはこの先もまた、お金をせびってくるつもりなのかもしれない」

直美は両目を押さえた。ずっとこらえていた涙が溢れてきた。

「ああ、せっかく今日までずっと頑張ってきたのに、あんな奴のせいで、私たち家族の幸せが……」

「ごめん、元はといえば俺のせいだ。俺一人で絵が描ければ、あんなことには……」

賢は小声で謝って、直美の肩をそっと抱いた。

「ううん、賢のせいじゃないよ。私たちのことを覗き見して脅してきた、あいつが悪いんだよ。何もかもあいつが……」

と、直美が声を絞り出し、いよいよ本格的に涙を流そうとしていた時だった。

突如、賢が「んんっ？」と素っ頓狂な声を上げた。

「ちょっと待って。その女、トイレの個室を覗いたの？」

直美は、悲劇のヒロイン的な心情に没入しかけていた手前、ちょっと拍子抜けして顔を上げた。一方、賢は眉間に皺《しわ》を寄せ、真剣な表情で語った。

「あの時、トイレの他の個室はあいてたから、その女は俺たちの後からトイレに入ってきて、ドアに手をかけて、懸垂して上から個室の中を覗いたってことか？　いや、それはないよな。ほら俺、直美が絵を描いてる間、こうやってドアに画用紙を広げてたから、顔はドアの方を向いてたんだ」賢は身振りを交えて説明した。「だから、もしあのドアの上から誰かの顔が覗いてたら、俺は絶対気付いたはずだし、そもそもドアにぶら下がって懸垂すれば、ゴツンとかガタンとか、ドアに体が当たる音が少しはしたはずだよな。俺は個室に入ってる間ずっと、誰かがトイレに入ってこないか心配で耳をすませてたけど、足音すら聞こえなかったぞ」

思わぬ展開に、直美はぽかんと賢を見つめていた。一方、賢はさらに話を続ける。

「で、トイレの個室の中を覗くとなると、ドアの下の隙間から覗くっていう方法もあると思うけど、その方法じゃ、直美が絵を描いてるところなんて、ちゃんと見えるはずがないよな」

「ああ、そういえば……たしかあの女、私たちの声まで全部聞いてた、とか言ってたわ」

直美が記憶をたどって、女が言っていたことを伝えると、賢はさらに深い皺を眉間に寄せながら語った。

「声を聞いてた？　それこそおかしいよ。直美が俺の代わりに絵を描いてることが、声だけで分かるような具体的な会話なんてしてなかったはずだし、そもそも俺たちの会話はひそひそ声で、トイレの外から正確に聞き取るなんて不可能だったはずだ。それに、俺はトイレの手前の廊下で後ろを見て確認したけど、保育室からは誰もついてきてなかったんだ。なのに、その女はどこから来たんだろう……」

と、そこで賢は、「あっ」と声を上げてから尋ねてきた。

「もしかして、その女って、赤い長袖の服着てなかった？」

「ああ……赤い服着てた！」

直美が大きくうなずく。すると賢は、膝を打って興奮気味に語った。

「間違いない。そいつ、俺があのトイレに入る直前、廊下の奥の子供用のトイレから出てきた女だよ！　ということは、奴はその時点で保育室にはいなかったんだから、俺があの絵を描くことになった経緯も知らないはずだ。となると、その絵を実は直美が描いたってことも、分かるはずがないんだ」賢はテンポよく状況を整理し、直美に告げた。

「間違いないよ。その女が言ってたのは、ただのハッタリだったんだよ」

「ハッタリ？」

「ああ、その女は、本当は俺たちの秘密なんて何もつかんでないんだ。ただ、俺たち夫婦が何か隠し事をしてる雰囲気だけ察して、試しに脅してみただけだったんだ。そうに決まってる」

だが、そこで賢は「あ、待てよ」とつぶやいた。

「でも、もう金払っちゃったんだもんな……。俺たちにやましいことがあるって、認めたようなもんだよな」

「うん……」

直美がうなずく。すると、賢がつぶやくように言った。

「なんで払っちゃうかな……」

その言葉に、直美はカチンときた。

「いや、ちょっと待ってよ、しょうがないじゃん。あの時はパニックだったんだから！」

「でもさあ、もうちょっと落ち着いてくれてもよかったのに……」

呆れたような口調の賢に、直美はますます激高する。

「何？　私のせいだって言いたいの？　そもそも賢の大ピンチを、私が機転を利かせて救ったんだからね。元はといえば賢のせいでしょ」

「いやいや、待てよ。ついさっき『賢のせいじゃないよ、脅してきたあいつが悪いんだよ』とか言ってなかったっけ？」

「それは、あの女と賢を比べたら、あいつの方が悪いっていう話で、私と賢のどっちが悪いか比べたら、断然賢の方が悪いと思うんですけど〜」

「はあっ？　何だよそれ、ふざけんなよ……」

と、熱くなりかけたところで、賢がはっと気付いた様子で言った。

「いやいやいや、やめよう。ここで仲間割れしてもしょうがない」

「あ……そうだね」

「ごめん。はい、仲直り！」

二人はいったんハグした後、作戦を立てた。

「とにかく、奴と対決しなきゃいけない。奴も、何か弱みを握ったつもりであることは間違いないんだ。いったい何を知ったつもりでいるのか、まずはそれを探らないとな」

賢の言葉に、直美も大きくうなずいた。


二日後の月曜日。

咲希を保育園まで送りに、直美は賢とともに車に乗り込んだ。

「今日はお父さんも一緒だねえ」

チャイルドシートに座る咲希が、後部座席の隣に乗った賢を見て、うれしそうに笑いながら言った。

「ね～、一緒だねえ」

賢も笑顔を返す。だが、もちろんその真の目的を、咲希は知らない。

直美はバックミラーに映る二人を見て、小さく深呼吸してから、車を発進させた。早い時間に出発したので、保育園に到着する時間も、いつもよりだいぶ早まった。

「おはよう咲希ちゃん、今日は早いねえ」若い女性保育士が出迎えた。

「ちょっと今日はこれから、打ち合わせがありまして」直美が笑顔を作って言う。

「あ、そうなんですか～。頑張ってください」

直美が作家だということは、この地域では知れ渡っている。登園がいつもより早い理由は、「打ち合わせ」という業界っぽい一言だけで、もっともらしく説明できた。

直美は「じゃあ今日もよろしくお願いします」と保育士に頭を下げ、咲希と手を振り合って別れた。その後、園庭の裏の駐車場に向かう道のりで、二組の親子とすれ違い「おはようございま～す」と挨拶を交わしたが、いずれも恐喝してきたあの女ではなかった。

駐車場に着き、賢が待機している車に乗り込んだ。保育園の駐車場は、田舎だけあって広く、近所に住む保護者は自転車や徒歩で送り迎えしているので、長時間停めていても問題はない。

「さて、いよいよ張り込みだな」

賢の言葉に、直美もうなずいた。それから二人で、駐車場に出入りする車を観察し続けた。どの車の運転手も、子供を預けてすぐ出て行く保護者ばかりなので、駐車中の車内の直美と賢に目を留める人はいなかった。

「もし駐車場に来なかったら、自転車か歩きで送り迎えをしてるってことだよね」

「ああ。そうなったら、今度は帰りに迎えに来るところを張り込むしかないな」

「でも、夕方に門の前をじっと見てたら、やっぱり目立っちゃうよね」

「まあ、できれば今朝のうちにけりをつけたいよな……」

と、直美と賢が話し合っていたところに、おんぼろの黒い軽自動車が入ってきた。その車が、十メートルほど離れた位置に停まったのを見て、直美が声を上げた。

「あっ、あいつだ！」

廃車と見まがうようなその車は、運転席がこちら側になる向きで停まったので、降りてきたのが間違いなくあの女だと確認できた。女は助手席側に回ると、ドアを開け、チャイルドシートから降ろした子供を連れて園に向かった。子供の方は、車の陰になって後ろ姿しか見えなかったため、女の子だということしか分からなかったが、年齢は咲希と近いようだった。

「よし、あいつか。……どうやら、経済的には厳しい家みたいだな」

賢が、女の車を見て言った。直美も「たしかに」とうなずく。

直美も、本が売れて貯金ができるまでは、同じようなおんぼろの軽自動車に乗っていたので、女の家計の状態は容易に想像できた。あの手の車は、ときわ市のような公共交通機関が乏しい田舎で生きていくための、最低限のアイテムなのだ。

「それに、同乗者はいないな」賢はつぶやくと、決心したように言った。「よし、ここで決着をつけちゃおう。ここなら下手なことはできないはずだ」

「でも、万が一あいつが私たちのことを、本当に全部知ってたりしたら……」

直美が尻込みしたが、賢が勇気づけるように言った。

「大丈夫、そんなはずはないよ。打ち合わせ通りにやれば、絶対うまくいくよ」

賢は車を降りた。直美も続いて外に出る。

しばらくして、娘を預けてきた女が駐車場に戻ってきた。

「どうも、おはようございます」

賢は、女に向かって笑顔で挨拶した。傍から見たら、知り合いの保護者同士が普通に挨拶を交わしているようにしか見えないはずだ。

「あ……どうも」

女は、賢と直美を交互に見て、すぐに警戒した表情になった。何か思惑があることを察したようで、ふてくされたように言った。

「何か用ですか？　急いでるんですけど」

「一分でいいです。ちょっとお話を」

賢は微笑みながら言うと、女の車の運転席のドアの前に立ち塞がった。そして、さっと周囲を見回してから、微笑を崩さずに言った。

「単刀直入に言います。あなた、妻を恐喝しましたよね」

「さあ？　知りませんけど」

女はしらばっくれたが、賢は構わず話を続けた。

「あなたがやったことは立派な恐喝です。今から僕らが警察に駆け込めば、あなたは逮捕されます。現時点で圧倒的に不利なのはあなたの方です。まずはそれを分かった方がいい」

「はあ？　何言ってんの。人呼ぶよ」

「だから、人を呼んだらあなたの方が不利なんだけど……まあ、手短に話しましょう」

賢がそう言ったところで、直美が意を決して口を開いた。

「あなたは、私たち夫婦が、トイレの中で何をしてたと思ってるの？」

直美の質問に、女は小さく笑みを浮かべ、辺りをきょろきょろ見回してから返した。

「え……それ、ここで言わせんの？」

「うん、教えてほしいの。あなたは、私たちの何を知ったの？」

直美は内心びくびくしていた。この女が、漫画を描いているのが実は直美だということ、それどころか賢が指名手配犯だということまで知っていたらどうしよう……と、不安を捨て切れていたわけではなかった。

だが、女は薄ら笑いを浮かべたまま言った。

「あんたたち、トイレでHしてたんでしょ」

「……えっ？」直美は、ぽかんとして聞き返した。

「だから、保育園のトイレの個室の中でセックスしてたんでしょ。私全部知ってるんだから。わざわざ言わせないでよ、みっともない」

「ん？　いや、え〜っと……」

直美は賢と見つめ合った。

この女はとぼけているのか、駆け引きのためにわざとこんな的外れなことを言っているのか――。直美の頭の中に想像が巡ったが、どうやらそういう感じでもなさそうだった。目の前の女は、勝ち誇ったような、「どうだ、私はお前らの弱みを握ってるんだぞ、参ったか」とでもいうような表情を崩していない。

「いや……全然違います」

直美は、戸惑いながら言った。ところが、女は直美を睨んで言い返した。

「嘘だね。聞こえたもん。出たとか出ないとか、太い方が気持ちいい、みたいな声も。あと、旦那の方も終わった後、さすが上手いな、とか言ってたし」

「はあっ？」

直美は、女がデタラメを言っているのかと思ったが、ふと思い出した。そういえばあの時、賢が持ってきたマジックの細い方のインクが出なくて、太い方で描いたのだ。その際にインクが「出ない」とか「出た」とか小声で言った気もするし、その後絵を描き終えた時に「太い方が描きやすかった」とか言った気もする。それに賢も、完成した絵を見て「さすが上手いな」とか言っていた。――そんな会話を、この女は全部下ネタに結びつけて誤解したのだ。

おそらく、直美と賢が二人でトイレの個室に入ったのを見た時点で「中でHしてるに違いない」と決めつけて、その先入観を持ったまま直美と賢のひそひそ声を聞いたから、全部エロく聞こえてしまったのだ。きっとこいつ自身がトイレで男とそういうことをするような女だから、そんなダイナミックすぎる妄想をしたのだろう。――直美はすべてを悟った。隣の賢も笑いを噛み殺しているので、おそらく同様のことを悟ったのだろう。

「何笑ってんの」

女がいらついたような表情で尋ねてきた。直美は笑みを隠さずに返す。

「あなたが、あんまりにも無茶苦茶な誤解してるから」

この女は、予想していたよりもずっと馬鹿だったのだ。直美はほっとしたのと同時に、こんな奴に三万円を脅し取られ、一時的に恐怖を感じてしまったことを恥ずかしく思った。

案の定、女はその点を突いてきた。

「誤解だっていうなら、なんで金払ったの？　言いふらされたくないことしてたからでしょ」

「それは……かわいそうだったから」直美は少し考えてから、突き放すように言った。

「あなたが見るからに貧乏で、お金が欲しいんだろうなあって思ったから」

「はあ？　ふざけんなよ。マジで言いふらしてやってもいいんだからな」

女は逆上した。だが賢が冷静に言い返す。

「知らないのかな。名誉毀損《きそん》っていう罪を。仮にうちの夫婦が、本当に保育園のトイレでセックスをしてたとしても、それを言いふらすことは犯罪になるんだよ。というか、そもそもそんなことは本当にしてないしな」

「でも、二人で個室入ってただろ、知ってんだよ」女はなおも食い下がった。

そこで、今度は直美が口を開いた。

「ああ、やっぱりあなたは、廊下からトイレを覗いてたんだね。じゃあ本当のこと言うわ」

ここで賢が「おい、言う必要ないだろ」と小さく声をかけたが、直美は「いいの」と返す。——と、この小芝居も事前に打ち合わせた通りだった。直美は女に向き直ると、真剣な顔で言った。

「実はあの時、私は夫に、痔《じ》の薬を渡してもらったの」

「えっ……?」女が目を見開く。

「出産がきっかけで痔になる人がいるのは知ってるでしょ。私もその一人なんだけど、あの時もトイレに入って用を足した後、痔が出ちゃったの。だから夫にLINEして、痔の薬を持ってきてって頼んだの」

直美は、恥を忍んで語る——ような芝居をして語る。

「それで、最初は自分で塗ろうとしたんだけど上手くいかなくて、そしたら夫が『俺が塗ろうか』って言ってくれたから、夫婦とはいえ恥ずかしかったけど、お願いしたの」

「あんたはだいぶ誤解してたようだけど、出たとか出ないとか、太い方がどうこうっていうのは、たぶん注入軟膏の出し方についての話をしてたんだろうな。まあ今となっては細かいことは覚えてないけど」賢がアドリブで付け加えた。

「どうする? 桐畑さんは痔だって、みんなに言いふらす? 名誉毀損だって訴えるのも馬鹿らしくなるような話だけど、本当にやったらこっちも訴えるから。私も恥かくけど、あなたの方がもっと恥かくだろうね。もちろん慰謝料も請求するよ。三万円よりもはるかに高い額をね」

直美が毅然と言った。最後に賢が告げる。

「とにかく、言いたかったのはそれだけだ。今後、妻に妙なことをすれば即刻警察に行くぞ」

「はいはい、分かりました」女はふてくされたように言った。「あ、でも、三万返すのは待ってもらえる？　あれもう使っちゃったから」

「いらない。あれはあなたにあげる」

直美は余裕たっぷりに告げた。すると女は、ふんっと鼻を鳴らし「ありがとうございます」と嫌味たっぷりに言い残すと、すぐに車に乗って発進し、逃げるように駐車場を出て行った。一連の会話の間、何人かの保護者が駐車場を出入りしたが、みんな急いでいたようで、不審がって様子を見てくるような人はいなかった。

女の車を見送り、直美と賢も自分の車に乗った。そこでようやく、二人でほっと一息をついた。

「あ〜よかった、あの人ただの馬鹿で……。ていうか、マジでちょっと笑っちゃったんだけど」

「俺もだよ。何だあのドスケベな勘違いは。天然ボケの悪人って初めて見たよ」

「たしかに。テレビとか出てる天然ボケの人って、みんないい人だもんね」

二人でしばらく笑い合った後、賢がしみじみと言った。

「まあとにかく、まさか俺たちの方がハッタリをかけてたとは、あいつも思わないだろうな」

あの女がどこまで知っているのかを探るのが、直美と賢の真の目的だった。名誉毀損で訴えるなんて完全にハッタリ。賢が自ら警察に近付くような行動はとれるはずがないのだ。それでも、こちらの弱点は隠し通して、あの女を牽制《けんせい》することに成功したはずだった。

16

それからしばらくは、あの女に会うことはなかった。

だが、一ヶ月ほど経ったある日の夕方、直美が咲希を保育園に迎えに行った時のことだった。

「彩《あや》ちゃんバイバ～イ」

咲希が帰り際に、一緒に遊んでいた女の子に手を振った。相手の女の子も「バイバ～イ」と手を振り返した。

「咲希ちゃんと彩ちゃん、すごく仲良しなんですよ」

保育士に言われて、直美は「そう、お友達なの～」と、相手の女の子に笑顔を向ける。彩ちゃんと呼ばれたその女の子は、直美にも「バイバ～イ」と笑顔で手を振った。直美も笑顔で手を振り返す。

と、その時、「失礼しま～す」と別の母親の声が背後から聞こえた。

「ママ～」

彩の視線が、直美の背後に向いた。娘同士が友達だから母親にも挨拶しておこうか、と思って振り向いたところで、直美は思わず硬直した。

彩の母親は、直美を恐喝したあの女だった。

「あっ……」

直美は一瞬言葉に詰まったが、すぐに笑顔を作って「どうも～」と挨拶した。相手の女も、こわばった笑顔で黙礼を返した。

直美は咲希の手を取り、外へ出た。だが、出入口の引き戸が上手く閉まらず、閉め直そうとした時、中から声が聞こえてきた。

「原田《はらだ》さん、お仕事の方は……」

保育士が言ったのに対し、女が答えた。

「この前、面接行ったんですけど……」

二人とも、直美が引き戸を閉め直そうとしているのには気付かずに会話をしていた。決して立ち聞きしようとしたわけではなかったが、要点は聞こえてしまった。

彼女は、原田という苗字で、どうやら仕事がないらしい。そりゃ無職だろうね、恐喝するような女だもんね。こっちは有名作家なんだよ、参ったか——と、直美の心に一瞬だけ優越感が広がったが、よく考えたら私も本当は小説なんて書けないんだし、賢と出会えたっていう幸運だけで今の立場があるんだよな、と思い直して、少しネガティブな気持ちになってしまった。

「さあ、帰ろうか」

直美は暗い気持ちを振り払い、咲希に声をかけた。だが咲希は、出入口の前で立ち止まったまま言った。

「彩ちゃん待ってる」

「えっ、まだ時間かかるよ、行こうよ」

「待ってるの！」

直美は口を尖らせて仁王立ちした。そうこうしているうちに、原田母子が出てきた。

「あっ、咲希ちゃん！」

「彩ちゃん、待ってたよ」

娘二人は、ほんの数分ぶりの再会なのに、ぴょんぴょん跳ねて喜び合った。

「あ、もうお月さまが出てるよ」

「ほんとだ！」

咲希と彩は、夕暮れの空に浮かんだ月を見つけてはしゃいでいた。一方、彩の母親の原田は、直美を睨みつけて小声で尋ねてきた。

「今度は何の用？」

「いや、今度は本当に、娘が『彩ちゃん待つ』って言ったから待ってただけ」

「本当？」

「本当だよ。……なんか、娘同士は仲いいみたいだから」

直美は「娘同士は」の部分を強調して言った。すると、原田はぽつりと返した。

「子供は関係ないからね」

「……え？」

「私みたいな馬鹿に育てられてても、子供は関係ないから。子供は、私とは別の人間だから」

原田は、直美から目をそらし、少しもじもじしながら言った。

「だから……彩と遊んじゃだめとか、そういうことは咲希ちゃんに言わないでね」

そんなことをわざわざ言うぐらいなら、最初から恐喝なんてしなければよかったのだ。

直美は呆れながら「分かってる」と返事をした。

「彩ちゃんバイバ〜イ」

「咲希ちゃんバイバ〜イ」

娘同士は、駐車場に着くと、お互いに手を振ってから車に乗った。直美も「バイバ〜イ」と、母親の方は見ず、彩だけに向かって手を振った。

咲希をチャイルドシートに乗せ、運転席に乗り込むと、咲希はうれしそうに話を始めた。

「今日はねえ、彩ちゃんとねえ、おままごととねえ、かくれんぼしたの」

「そうなの〜、楽しかった？」

「楽しかった！」

「そうなんだ〜」

直美は笑顔であいづちを打ちながら、車のエンジンをかけた。

あの子とはもう遊ばないようにしなさい——なんて、やっぱり言えそうになかった。おそらく、原田彩も咲希と同い年なのだろう。あの母親から生まれたとは思えないぐらい、無垢で可愛らしい子だった。だが、そうはいっても、母親は恐喝をするような女なのだ。娘の彩も、そのうち粗暴な振る舞いをするようになるかもしれない。咲希が暴力を振るわれて怪我をしてしまうかもしれない。そう考えると、やっぱり何らかの形で、彩ちゃんとは遊ばない方がいいというメッセージを伝えるべきなのかもしれない。でも、どうすればそんなことができるか……直美は母親として思い悩んだ。

それからというもの、直美は保育園から帰った後の咲希に「今日は保育園で誰と遊んだの？」と聞くようにした。咲希は「今日はね、えっとね……」と、毎回何人かの名前を答えたが、その中には必ずと言っていいほど彩の名前が含まれていた。結局、直美にできることは「いろんなお友達と遊んだ方がいいよ」と、なるべく彩以外の友達とも遊ぶよう遠回しに促すことぐらいだった。

そんな風にして数ヶ月が過ぎた、ある日のことだった。

突然、原田が思わぬ形で、接触を図ってきた。

彼女はその日、夕方の保育園の門の前で、迎えに来た直美を待ち伏せしていた。そして、困ったような顔で、開口一番言った。

「桐畑さん、お金貸してくんない？」

「ええっ？」

混乱する直美に、原田は「一生のお願い！」と両手を合わせてきた。

「もし断ったら、私が痔だって言いふらすつもり？」

直美は冗談半分で聞いてみた。すると原田は「そんなことしないから」と、真顔で首を横に振った。ということは、金を借りようとしているのも冗談ではないようだ。原田はなおも両手を合わせて頼み込んできた。

「お願い。三万、いや、五万でいいから」

「増えてんじゃん！」直美は思わずツッコミを入れた。「普通そういう時って、三万、いや、二万でいいから、みたいな言い方するよね？」

「……えっ？」

原田はぽかんとしている。これもボケたつもりはないようだ。直美は気を取り直して言う。

「とにかく、急に頼まれても貸せないでしょ普通」

「お願いします！　どうしても今日必要なの」

原田はとうとう地面に両手をつき、土下座してきた。子供を迎えに来た別の保護者が、その様子を見て「えっ」と驚いてから、早足で保育園の門に入っていった。

「いや、困る困る、頭上げて！」

直美は慌ててしゃがんで、原田の肩をつかんで頭を上げさせた。

「ていうか、今日はそんな現金持ち歩いてないから」

「でも、前は三万も持ってたじゃん」原田はすがるように言った。

「あの日はたまたま持ってただけ。今日は五千円ぐらいしか持ってないし、このあと買い物するし……ていうか、なんでそんなにお金が必要なの？」

「色々……家賃もあるし、支払いも立て込んでて」原田は口ごもりながら言った。

「正直言って、返ってくる気がしないんだけど」

直美が率直に言うと、原田は苦笑して返した。

「だよね、そりゃそうだよねえ」

まるで人ごとのような態度に、直美はいらつく。だが原田は、恥じらう様子もなく、再び両手を合わせて頭を下げた。

「でも本当に、なんとか三万だけ貸して、お願い！　ほら、返す時は、前の三万も一緒に返すから」

「あのさあ……」

直美は、周りの保護者や通行人に見られているのを感じながらも、さすがに呆れて言った。

「ここでこんなことやってたら、保育士さんにも、それに彩ちゃんにも噂が伝わっちゃうよ。そしたら彩ちゃんがかわいそうじゃん」

「あっ……」

原田が、保育園の園舎の方を見てひるんだ隙に、直美は小走りで原田から離れ、門に入った。さすがに原田も、園内まで追ってきて借金を頼もうとはしなかった。

園舎に入ると、すぐに咲希が直美を見つけて「お母さ〜ん」と駆け寄ってきた。その後、保育士と挨拶を交わし、連絡事項などの簡単なやりとりをしながら、外で原田に借金を頼まれたことも報告した方がいいかと一瞬考えたが、咲希と「バイバ〜イ」と手を振り合う彩の無邪気な姿を見て思いとどまった。

「先生さようなら〜」

「はいさようなら〜」

保育士と挨拶を交わし、咲希と手をつないで歩き出す。「今日も楽しかった?」「うん、今日はお散歩してお歌うたったの」などと、咲希と平和な会話を交わしながら、直美は周囲に目を走らせた。だが、門の外に出ても、原田の姿はなかった。

まだ娘の彩は園内にいるのに、どこに行ったのかと思っていたら、原田は駐車場で待ち構えていた。彼女は再び、ぺこぺこと頭を下げながら、直美に小さな紙切れを渡してきた。

「お願い。この口座に三万振り込むか、この住所の私んちに直接、お金を持ってきてほしいの。頭おかしいって思われるだろうけど、こんなこと頼めるの、あなたしかいないから……」

紙切れをよく見ると、スーパーのレシートの裏に、口座番号と住所が書かれていた。

直美は心底呆れ果てた。なんで頼める相手が私しかいないの？　なんで一度恐喝した相手に借金を頼めると思ったの？　マジで意味分かんないんだけど。――と、あらゆる文句が胸の中に渦巻いていたが、それを言葉にするのはぐっとこらえて言った。

「分かった分かった、もうやめて。早く彩ちゃん迎えに行ってあげて」

「今日中にお金用意できないと、彩も……」原田はそこで言葉を切り、また頭を下げた。

「とにかく、お願いします！」

「うん……ほら、早く行ってあげて」

直美は園舎の方向を指した。原田はようやく駐車場の出口に向かった。

「どうしたの？」咲希が不安げに聞いてくる。

「ちょっとね……お母さんもよく分からない」

直美はそう言いながら車のドアを開け、咲希をチャイルドシートに乗せてから車を出した。

駐車場を出たところで、原田はまだ待っていた。深々と礼をする姿がバックミラーに映った。

あまりにも非常識だと、改めて思った。――でも、なんだか嫌な胸騒ぎがした。

「そりゃひどい。マジで無茶苦茶だな」

直美が帰宅後、原田から受け取ったレシートの裏のメモを見せながら、借金を頼まれた一件を伝えると、賢は苦虫を嚙みつぶしたような顔でうめいた。

「どうしよう……」

直美がつぶやく。すると賢は当然とばかりに言った。

「どうしようって、無視する以外ないだろ」

「でも、無茶を言ってるのはあっちも自覚してたみたいで、それでも必死に頭下げて『あなたしかこんなこと頼める人いない』とか言ってきたんだよね。最初は何考えてるんだって思ったけど、すごい切羽詰まった感じだったし、しかも最後に『今日中にお金用意できないと、彩も……』なんて意味深なこと言って、なんか思い詰めたような表情に見えたの」

と、そこで直美は、はっと思い付いてつぶやいた。

「まさか、彩ちゃんと心中を考えてるとか……」

「心配しすぎだよ」賢は鼻で笑った。「ていうか、そうやって心配させるのが、あっちの作戦なのかもよ。もう普通に頼んでも直美から金を取れるわけがないから、切羽詰まった状況みたいに見せかけて、ただ遊ぶ金をせびろうとしただけかもしれないし」

「そうなのかな……」

直美はそこで時計を見て、「ああ、夕飯の準備しなきゃ」と台所へ行った。その後、いつも通り、手早く料理を作り、家族四人で夕食をとった。

「お兄ちゃんケガしたの～？」

咲希が、康輝を指差して声を上げた。よく見ると、康輝が肘を擦りむいている。

「あ、本当だ、どうしたの？」直美が尋ねる。

「サッカーしてて転んだんだ。今日は、リュウタとカイトとコウちゃんしかいなかったから、二対二でやったんだ」

「楽しかった？」咲希が聞く。

「うん、へとへとに疲れたけどな」

「いろんなお友達と遊んだ方がいいよ」

「うん。……保育園児に言われるとは思わなかった」

康輝が苦笑した。直美もその様子を見て笑った。咲希は、普段直美からかけられている言葉を真似したのだ。「いろんなお友達と遊んだ方がいいよ」という言葉は、原田彩以外の友達と遊ぶことを暗に促そうと、直美がかけていた言葉だ。

そこで直美は、原田に借金をせがまれたことを、また思い出した。すると、徐々にまた心配が頭をもたげてきた。

それでも直美は、夕食の後片付けをして、咲希の歯磨きの仕上げをして、咲希としばらく遊んでやって……と、普段通りの夜を過ごした。そして、咲希を寝かしつけていた時だった。

今にも眠りそうだった咲希が突然、何の前触れもなく、ぽつりと言ったのだ。

「彩ちゃん、大丈夫かなあ」

直美は驚きながらも、「うん、大丈夫だよ」と返した。咲希は、特に強い意思を持って言ったわけでもないらしく、ほどなくして、すうすうと寝息を立て始めた。

だが直美は、不吉な予感を覚えた。——これが、虫の知らせというやつなのかもしれない。

直美は寝室から出ると、すぐに賢に告げた。

「ちょっと出かけてくる」

「え、どこに？」

「うん、ちょっと……」

直美が口ごもっていると、賢はすぐ察した。

「まさか、原田の家か？」

「ちょっと様子見てくるだけ」

「やめとけって」賢は顔をしかめた。「もしかすると、あっちは待ち伏せしてるのかもしれないぞ。直美が来たら拉致《らち》してやろうとか考えてるのかもしれないし」

「さすがにそれはないでしょ」

直美は苦笑した。だが、賢は真剣な表情で言った。

「あいつが何するかなんて分かったもんじゃないだろ」

「まあ、それはそうだけど……でも、もしおかしなことがあったらすぐ帰ってくるから、とにかく、ちょっと見てくるだけ」

直美はそう言い残して家を飛び出した。「気をつけろよ」という賢の声が背後で聞こえた。

原田に渡されたレシートの裏に書かれた住所を、カーナビに入力して出発した。車がほとんど通らない夜道を十分ほど走ったところで、「目的地周辺です」と音声が流れた。

そこで、直美は異様な光景を目にした。

そこは街灯もまばらな、ときわ市のどこにでもある田舎の集落だった。本来なら夜中はほぼ真っ暗になるはずだが、周辺には赤い光がちらちらと灯っていた。パトカーの回転灯だった。

パトカーは、平屋の古びた家の庭先に二台停まっていた。そして、その傍らには、見覚えのあるおんぼろの黒い軽自動車があった。間違いなく原田の車だった。

ただ、家の明かりは消えていて、周りを見ても原田親子の姿はなかった。

まさか、本当に心中をしてしまったのか。私がお金を振り込まなかったばっかりに、彩ちゃんが――。最悪の想像が、直美の頭に広がった。

近くには、野次馬とおぼしき、五十代ぐらいの男女二人がいた。直美は意を決して、パワーウィンドウを開けて声をかけた。

「あの、すいません。こちら、原田さんのお宅ですよね？」

「ああ、そうだよ」男が答えた。

直美は、涙が出そうになるのをこらえて尋ねる。

「あの、娘さん、彩ちゃんは……」

「彩ちゃんは、もう逝っちゃったよ」

ああ、終わった。やはり心中してしまったのだ。私が殺したようなものだ。――直美の目に一気に涙が溢れてきた。

「あの、どうやって……」直美は鼻をすすってから、再度尋ねた。「その、苦しまなかったんでしょうか」

「泣いてたって言ってたねえ。ママ、ママって大泣きしてたたって」今度は女が答えた。

涙を流しながら、ママと叫びながら、彩ちゃんは母親に殺されたのか――。想像するだけでもつらかった。

すると、さらにその男女が続けた。

「でもまあ、この家で暮らすよりかいいかもしんねえなあ。児童相談所の方が」

「そのあと施設に行くのかな。まあ、何にせよ、あのお母さんよりはちゃんと面倒見てくれるでしょ」

「……えっ？」

直美はぽかんとして聞き返した。

「あの、彩ちゃんは、その……命は助かったんでしょうか」

「命？　そりゃまあ、助かってるよ」男もぽかんとした顔で答えた。

「えっと……原田さんの家に、何があったんですか？」

直美が改めて尋ねると、男女が答えた。

「何がって、母親が捕まったんだっぺよ」

「男と一緒にパトカーに乗せられてったのよ。それから彩ちゃんもね」

そこで直美はようやく状況を理解した。さっきまで直美は、原田母子の無理心中を想像していたから、野次馬の男の「彩ちゃんはもう行っちゃった」という言葉を、勝手に「逝っちゃった」だと思い込んでしまったのだ。直美と賢がトイレでセックスしていたのだと勘違いした、原田のことを全然馬鹿にできないと思った。

ただ、最悪の事態ではなくても、原田が男と一緒に捕まったというのは、十分大変な事態だ。

「あの、なんで捕まったんですか？」

直美がまた尋ねると、男女は顔を見合わせた。

「えっと……なんで？」

「まあ、あんな男のことだから、何か捕まるようなことやってたんでしょ」

詳細は、野次馬の二人も知らないようだった。その辺の警察官に聞いても個人情報を詳しく教えてはくれないだろうと思ったので、直美は二人に礼を言い、そのまま自宅へ引き返した。

原田家に起きたことの真相が分かったのは、翌日のことだった。夕方、咲希を保育園に迎えに行った時、直美は他の保護者から話しかけられた。

「桐畑さん、聞きました？　原田さんのこと」

「なんか、麻薬で捕まったらしいですよ」

話しかけてきたのは、岸田《きしだ》さんと渡部《わたべ》さんというママさん二人だった。岸田家には、康輝と咲希よりそれぞれ一歳ずつ上の姉妹がいて、渡部さんの息子は咲希の一つ上だ。ともに子供の年齢は桐畑家とかぶっていないが、なんとなく名前は知っていて、会えば挨拶をする仲だった。

「原田さんの内縁の夫が、麻薬の密売をやってて、ずっと警察から逃げてたんだけど、昨日帰ってきたんだって。それで、一緒にいたところを警察に見つかって、夫が麻薬を持ってるのを知ってた奥さんも捕まっちゃったんだって」

岸田さんは、誰から聞いたのか、かなり詳しい情報を教えてくれた。

「そういえば、桐畑さんも昨日、原田さんに借金頼まれてたって聞いたけど、本当？」

渡部さんに尋ねられ、直美は「ああ、はい」とうなずく。

「なんか、新田《にった》さんも昨日、ちょっと喋ったことがあるだけなのに、原田さんから声かけられたんだって。夫の逃走資金を借りようとしてたみたいね」

新田さんというのは、たしか咲希の一つ下の子がいる家だ。

「桐畑さんは、昨日は結局お金貸さなかったんですよね？」岸田さんが尋ねてくる。

「ああ、貸してないです」

直美がうなずくと、渡部さんが安堵したように言った。

「よかった。もしお金貸しちゃってたら、桐畑さんだって警察に調べられてたかもしれないもんね」

「本当だよね、そしたらまた冤罪で……」

と言いかけて、慌てて渡部さんが「あ、ごめんなさい」と謝った。

「ああ、いえいえ、大丈夫です」直美は笑顔を作って首を振る。

「でも、彩ちゃんだっけ。娘さんは気の毒だよね。親が捕まっちゃって」

「しょうがないよ。あの親に育てられてたらもっと不幸になってただろうし」

二人は他人事のように話した。実際、二人にとってはまったくの他人事なのだ。

だが、直美にはそうは感じられなかった。親が捕まっちゃって気の毒——その言葉は、賢の正体が万が一ばれてしまえば、康輝と咲希にも容赦なく降りかかってくるであろう言葉なのだ。

「彩ちゃん、施設に入るんですかね」直美が尋ねた。

「そうみたい」岸田さんがうなずいた。

「なんか、最初は児童相談所に行って、そのあと児童養護施設に入るらしいね」と渡部さん。

「あと、お母さんの方は、ときわ警察署に留置されてるんですよね？」直美がまた質問する。

「だろうけど……えっ、会いに行くつもり？」

渡部さんが目を丸くした。岸田さんも心配そうに声をかける。

「あんまり関わんない方がいいでしょ。それに、忙しいでしょ、桐畑さん」

「うん、まあ、そうなんだけど……」

直美はうなずいた。――だが、もう決意は固まっていた。

17

「まさか来てくれるとは思わなかった」

アクリル板越しに、原田万梨子《まりこ》は言った。――彼女の下の名前も、直美はこんな事態になって初めて知った。また、どうせ反対されることは分かっていたので、賢に対しては「買い物に行ってくる」と嘘をついて警察署を訪れていた。

「見ての通り、このざまだよ。どうしようもないよね。母親失格だよね」

万梨子は、すっかりやつれた様子で、自嘲気味に言った。

「そんなことないよ……とは言えないわ」

直美が苦笑して返すと、万梨子も少しだけ笑ってから、静かに語り始めた。

「クスリ売ってたのは、彩の父親じゃないんだ。彩の父親は、彩がお腹の中にいる間に女作って逃げたからね。それで、途方に暮れてた時に彼と知り合って、お金も援助してくれたんだけど、なんでそんなにお金持ってるのかなって思ったら、売人やってたからだったんだ」

万梨子は、遠くを見るようにして過去を語った。

「去年までは彼と一緒に住んでたの。彼は優しかったし、彩の父親みたいに暴力も振るわなかったんだけど、警察にマークされたことに気付いたらしくて、去年の春からうちを出て、逃亡生活始めちゃってね。たまに帰ってきて、お金置いて行ってくれることもあったんだけど、だんだんその額も少なくなってきてね。この前久しぶりに帰ってきたと思ったら、彼のお金が尽きちゃったらしくて、貸してくれって頼まれたの。それで、桐畑さんにも貸してって頼みに行っちゃったんだけど……結局あの夜に、警察が来ちゃってね。彼、うちにクスリ持ち込んでたから、私も覚醒剤所持の現行犯になっちゃったんだ」

「そういうことだったの……」

直美はうなずいた後、ふと気付いて声を上げた。

「えっ、ちょっと待って。ってことは、あなたは彼の巻き添えになっただけで、覚醒剤を売ったりはしてないんだよね？　それを警察にちゃんと言えば、すぐに釈放……」

と、そこまで言いかけたところで、万梨子が「ああ、違う違う」と遮った。

「ごめん、言ってなかったね。彼に勧められて、私も時々クスリ使っちゃってたんだ。だから、覚醒剤の所持で捕まって、使用で再逮捕されたってこと」

「なんだ……」

直美はつくづく呆れた。少しでも冤罪の可能性を考えて損した気分だった。

そこで、万梨子が再び語り出した。

「結局、私が母親やるってのは、無理だったのかな。――私、母親に育てられた記憶がないんだよね。私が二歳の時に出て行っちゃったからさ。それから私は、親戚をたらい回しにされて、殴られたり蹴られたり、煙草《たばこ》の火を押しつけられたり、そんなのが当たり前で育って……」

万梨子がさらっと語る壮絶な過去に、直美はただ圧倒されるしかなかった。

「でもさあ、そんな育てられ方したのに、私は彩に一回も暴力振るってないんだよ。これマジですごくない？」万梨子が、ふと笑みを浮かべて言った。

「あ……うん」

直美はうまく言葉を返せなかった。すると、万梨子はまたうつむいて、自嘲気味に言った。

「なんてね、うそうそ。全然すごくないよね。だって、私を育てた人たちが、日頃のストレスを暴力で発散してた代わりに、私はクスリで発散してただけなんだから」

万梨子は、ため息をついた後でもらした。

「やっぱりさ、無理だったんだよね。自分の母親を覚えてない人間が、母親をやるっていうのは……」

「いや、そんなことはないよ」

直美は万梨子をまっすぐ見つめて、きっぱりと言った。

「それに関しては、絶対そんなことはないよ。だって私も、小さい頃に母親が死んじゃってるから、ほとんど記憶にないもん。でも、私はちゃんと母親やってるからね」

「そりゃ、桐畑さんと私じゃ、人間の出来が違うじゃん……」

「違わないんだよ！」

直美は力を込めて言った。私だって実は小説なんて書いてないんだから、指名手配犯の作家を匿ってゴーストライターにしてるだけなんだから。――本当はそこまで言いたかった。

「だから、自分で無理だって決めつけちゃダメだよ。彩ちゃんの母親は、あなたしかいないんだから」直美は語気を強めた。「彩ちゃん、当分は施設に入るらしいけど、あなたがちゃんと更生して頑張れば、また一緒に暮らせるんだからね。ただ、もちろん、あなたが更生できればの話だからね。クスリやってるようじゃ話にならないよ。クスリをやめられないんだったら、彩ちゃんは施設で育った方が幸せだろうから」

万梨子は、目を落としてうなずいた。直美はさらに言葉をかけた。

「二度とクスリやらないでよ。自分のために……それ以上に、彩ちゃんのために」

深くうつむきながら、「はい」と小声で返事をした万梨子の目から、大粒の涙がこぼれ落ちた。


その翌週、直美は咲希を連れて、児童養護施設を訪れた。原田彩が入所したのは、隣町にある「ひたち野こどもホーム」という、三十人ほどの子供が生活する施設だった。

「彩ちゃん!」

「咲希ちゃん!」

二人は顔を合わせるなり、お互いに駆け寄り、ぴょんぴょん跳びはねてハイタッチしながら再会を喜び合った。ともにまだ年中さんなのに「会いたかったよ」「私も～」などと大人びた口調で言い合う様子を見て、直美は思わず感心してしまった。

子供たちが一緒に遊んでいる間に、直美は宮崎《みやざき》という五十代ぐらいの女性の施設長と、応接室で話をした。応接室といっても、そこはテーブルと椅子があるだけの簡素な部屋で、子供たちの様子をいつでも見られるように、居室の方向に窓とカーテンが付いていた。

「彩ちゃん、最初は毎晩のように泣いてましたけど、最近は泣くこともなくなって、他の子たちと少しずつ打ち解けてくれてます」

宮崎が、彩の近況を説明してくれた。

「それはよかったです。うちの娘が、保育園で彩ちゃんと大の仲良しだったんで、今日会いに来ちゃったんですけど……」

「ええ、うかがってます」宮崎は微笑んでうなずいた。「彩ちゃんは、ここから最寄りの保育園に通うことになります。残念ながら、距離的に前の保育園に通うのは難しいので、娘さんとはお別れすることになってしまうのですが……」

「じゃあ、これからも咲希を連れて来ちゃうと、里心がついちゃってご迷惑ですかね？」

直美がふと心配になって尋ねたが、宮崎は首を振った。

「いいえ、そんなことはありません。施設に入る前からのお友達も、大切な存在です。ぜひこれからも、いつでも会いに来てください」

直美はそれを聞いてほっとした後、ふと言った。

「こういう施設って、部外者は入れないのかと思ってました」

「ええ、そういう施設も多いです。うちも昔はそうだったんですが、今は地域に開かれた施設にしようという方針をとってるんです。――こちら側が開かないと、今は外から閉じられてしまう時代ですからね」

「外から閉じられてしまう……？」

直美が聞き返すと、宮崎は少し表情を曇らせて答えた。

「新しい児童養護施設を作ろうとすると、反対運動が起こる時代になってしまいましたから。苦情の電話も、昔より多く入るようになりましたし」

「えっ、こういう施設を作る時も、反対運動なんて起こるんですか？」

「ええ……」宮崎は悲しそうにうなずいた。「施設の子供たちや、障害者もそうかもしれませんね。一昔前まではそういった、いわゆる社会的弱者を、みんなで見て見ぬふりしていました。自分の近くにいるのに、いないかのように振る舞っていました。それでも十分問題がある状態でしたが、今考えたら、まだその状況の方がましでした。今は、見て見ぬふりをするどころか、社会的弱者の施設や団体が少しでも自分の生活圏に近付いてきたら、能動的に排除するような人が出てきてしまったんですから」

直美は言葉が出なかった。宮崎は重々しい口調で続ける。

「我々当事者も、見て見ぬふりをされている状態に慣れてしまったのがよくなかったんです。大多数の人に見て見ぬふりをされていても、とりあえず波風は立たないからいいか、と内心思っていたんです。でもその結果、状況はさらに一歩悪化してしまいました。だから、ちょっと分かりにくい言い方ですけど、『社会に放置されている状況を放置してしまったこと』を反省して、変えていかなければいけないと思ったんです」

「ああ……色々と大変なんですね」

直美は、ありきたりな言葉しか返せない自分を恥ずかしく思った。

それから直美と宮崎は、彩の今後のことについて話し合った。直美は、彩の母親の万梨子に警察署で面会してきたことなども打ち明けた。

「……なるほど。それは、やっぱりお母さん次第でしょうね」

宮崎は、直美の話をひと通り聞いてうなずいた。

「またお母さんのもとに帰れるのが、彩ちゃんにとって一番幸せなのは間違いないでしょう。でもそのためには、お母さんが麻薬を断つことが不可欠です。私たちとしても、そうなることを一番に望んでいますが、それができなかった場合は、私たちが彩ちゃんを十八歳まで育てることになるでしょう」

と、そこで、ボーンと柱時計が鳴った。十二時を指していた。

「あ、そろそろ、お昼の時間ですね」

宮崎が言った。職員に交じって、小学校高学年から中学生ぐらいの子たちも、昼食の配膳の手伝いを始めていた。

「では、これで失礼します」

直美は立ち上がって頭を下げた。さすがにお昼ご飯をごちそうになるわけにはいかない。

「また遊びに来てあげてください」

宮崎が声をかけてくれた。直美は「はい、ありがとうございます」と笑顔でうなずいてから、居室に行って「咲希、帰るよ」と声をかける。

だが、彩と一緒にジグソーパズルで遊んでいた咲希は、「まだ遊びたい～」と駄々をこねた。

「また今度来ようね」

直美はなだめながら、これはぐずって時間がかかるかもしれないと焦った。ただ、相手の彩が別の女の子に「彩ちゃん、ご飯だよ」と声をかけられると、意外とあっさり「バイバ～イ」と咲希に手を振ってしまった。咲希は、若干ショックを受けた様子ながら、帰らざるをえない状況を察したようで、「バイバ～イ」と手を振り返した。

その後、直美が咲希を連れて玄関まで行って、見送りに来た宮崎に対して「それじゃまた……」と挨拶をしかけた時だった。

「あ、危ない！」

突然、宮崎が叫んだ。その視線の先に目をやると、玄関の手前の、パイプ椅子と黄色いテープで囲まれた一角に、咲希が興味をそそられたようで、そっと足を踏み入れようとしていた。

「おっとすみません。だめだよ咲希」

直美が咲希の手を取って制止する。そのテープで囲まれた一角は、施設に入る時は壁の死角になっていて見えなかったが、内側から見ると明らかに異様な光景だった。

「これ、何ですか？」直美が尋ねる。

「実はそこ、床がちょっと大変なことになってまして」

宮崎が苦笑を浮かべながら歩いてきて、テープとパイプ椅子の隙間から足を伸ばし、その床の一角を軽く踏んでみせた。すると、床板がぺこっと大きくへこんだのが分かった。直美と咲希は、それを見て同時に「うわっ」と声を上げてしまった。

「下が腐食しちゃってるみたいで、直したいんですけどね……」宮崎が言った。

「工事とか、頼めないんですか?」

直美が素朴な疑問を口にしたが、宮崎は首を振った。

「子供たちの日々の生活費や、私たちのお給料は支給されるんですけど、こういった修繕費は、自治体からすぐ下りるわけではないので、自己資金がないとすぐ直すのは難しいんです」

「でも、ほっといたら子供たちが危険ですよね?」

「ええ、そうなんですけど……実はここ以外にも、天井の雨漏りとか、お風呂の配管の老朽化とかもありまして、直すための寄付を募ってるんですが、まだ目標額には足りないんです」

「いくらぐらい足りないんですか?」

「もろもろ合わせて、あと七百万円ほど……。まあ、地道に集めていくしかないです」

宮崎はため息交じりに笑顔を作った。だがそれを聞いて、直美はすぐに申し出た。

「七百万か……うちで出しますよ」

「えっ?」宮崎は目を丸くした。「いやいや、ご冗談を。七百万円ですよ」

「いえ、大丈夫です。出せます」直美は真剣な顔で返した。

「本当ですか？　いや、でも、そんな大金……」

宮崎は戸惑った顔で言葉に詰まった後、直美に尋ねた。

「失礼ですが、お仕事は何をされてるんですか？」

そこで直美は、そういえば自分の職業を話していなかったと思い出した。そして、この地域ではみんなが自分のことを知っているのだと、無意識に思い込んでいたことを恥じた。

18

後日、大手の新聞の地域面に、大きな見出しが載った。

「本屋さん大賞作家の桐畑さん夫妻　児童養護施設に寄付」

その下には、ひたち野こどもホームの修繕費として、直美と賢が連名で七百万円もの寄付をしたという記事と、寄付に至った心情を直美が熱く語ったインタビューが掲載されていた。

「娘の保育園の友人が、家庭の事情から、ひたち野こどもホームに入所することになったのがきっかけで、ホームの修繕費が不足していることを知り、寄付を決めました。私たちが幸運にも稼ぐことに成功したお金を、本当に必要としているところに使ってほしいと思ったのです。

私は、幼い頃に母を病気で亡くし、父親一人に育てられました。父は優しい人で、人生のすべてを私を育てるために費やしてくれました。ただ、私は優しい父を持つために、幼い頃に何か努力をしたわけではありません。運良く優しい父を持っていただけなのです。言い換えれば、親に虐待されたり、親が貧困状態だったり病気を抱えていたりして、家庭で育てられることが叶わない子供たちも、子供自身のせいでそうなったわけではないのです。

子供のつらい境遇は、子供自身のせいだということはありえない。そのことは誰もが分かっているはずなのに、近所に児童養護施設ができるとなると反対運動をする人が実際にいるそうですし、施設の修繕費用の寄付はなかなか集まりません。そもそも、施設の修繕費が行政から十分に支払われないことが、私は問題だと思うのですが。

こういった話題が論じられるたびに、子供を施設に入れるような親が悪いんだ、というような意見を唱える人がいますが、そんな言葉は、逆境のまっただ中にいる子供たちにとって何の救いにもなりません。二言目には『親が悪いんだ』といって、逆境の中にいる子供たちを少しも助けようとしない人たちは結局、子供たちが苦しんでいる現実から目を背けて、自分のことしか考えずに生きていくための言い訳をしているだけだと思います。自分もこの子たちのような境遇に生まれていたかもしれない、という想像力が欠如しているのだと思います。

私はそういう人間でいたくはありません。だからこれからも可能な限り、手をさしのべ続けたいと思います」

——その記事を読み終えて、賢は思った。

直美は、急にどうしちゃったんだろう？

そもそも、直美がこんな大金を勝手に寄付してしまったことが驚きだった。ひたち野こどもホームへの七百万円は、表面上は桐畑夫妻が二人で寄付したことになっているが、実は賢は「こどもホームに七百万寄付しといたから」と、直美から事後報告で知らされたのだ。

それに、気になったのはインタビューの内容だ。賢は正直、直美ってこんな人だったっけ、と思ってしまった。直美の慈善活動への思いがこれほど熱いものだったとは、十年以上一緒に暮らしてきたのに全然知らなかった。もちろん、児童養護施設を応援したいという気持ちには共感できる。だが、反対する人に対しての批判が辛辣すぎる気もする。脛《すね》に傷持つ立場の賢としては、正直なところ、他人に喧嘩を売るような言動は慎んでほしいのだ。

もしかすると、直美の心の中で妙なスイッチが入ってしまったのかもしれない——。

そんな思いで、賢が新聞を畳もうとしていた時、リビングに直美が入ってきた。

「ああ、それ、記事になったね。なんか思ったより大きくなっちゃって照れ臭いけど」

直美はそう言いながらも、どこか誇らしげな態度に見えた。それを見て賢は、直美は自らの行動に何ら疑問を抱いていないようだと察した。

やむなく賢は、直美の顔色をうかがいながら、おずおずと言った。

「あのさあ、たしかに立派だと思うんだけどさあ……こういう目立つことは、あんまりしない方がいいんじゃないかな？」

すると直美は、賢を睨むようにして言い返してきた。

「どういうこと？　じゃあ、彩ちゃんが入った施設が、ぼろぼろで床が抜けて、雨漏りもしたままだった方がよかったっていうの？」

「いや、そういうわけじゃないけど……」賢は遠慮しつつも、根本的なことに言及した。「ただ、あんまり言いたくないけどさあ。これって大部分は、俺が稼いだ金なわけじゃん？」

「えっ、そういうことはお互い言わないって約束しなかったっけ？」直美が目をむいた。「たしかに、うちの収入の大部分を稼いでるのは賢だよ。それはもちろん感謝してるよ。だけど、私の名前を使って、私の経験を元に『六畳の地獄』を書いてデビューできてなければ、賢は小説を書いてお金を稼ぐこと自体が無理だったわけだよね？　だったら、どっちが稼いだお金とか、そういうこと言うのは無しじゃない？　ていうか、デビュー直後に喧嘩して仲直りした時に、そういうことはお互い言わないようにしようって決めなかったっけ？」

「ん、いや……そうだったっけ」

たしかに、デビューから間もなかった十年以上前、二人の仲に危機が訪れ、そこから仲直りした時に、互いを尊重し合う大切さを確認した覚えはある。ただ、そのことと、七百万円もの寄付を事後報告で済ませていいかという問題は、別物のような気がする。とはいえ、児童養護施設への寄付にあまり頑なに反対すると、なんだか非情な人間のようになってしまうので、賢は結局「うん、まあ、そうか……」と口ごもり、それ以上は反論できなかった。

——すると、それから一ヶ月も経たないうちに、直美はさらに大それたことを言い出した。

「これ、うちで出せるよね」

直美が指し示したのは、新聞の地域面に載った記事だった。県内に住む難病の子供がアメリカで臓器移植手術を受けるための募金活動が行われていて、目標額達成まであと二千万円ほどが必要だという内容だった。

「いや……もしかして、あと二千万円を全部出そうって思ってるの？」

賢はおそるおそる尋ねたが、直美は平然と答えた。

「出せるじゃん、別に」

「ん、まあ……そりゃ、出せるは出せるけどさあ」

たしかに、一般的には莫大な金額だが、現在の桐畑家の貯蓄額を考えると、余裕を持って出せる額ではあるのだ。

「ただ、さすがにこれはちょっと、夫として見逃せないっていうか、金銭感覚がおかしくなってるっていうか……」

賢はおずおずと口を開いたが、すぐ直美に言い返されてしまった。

「ちょっと待って、払っても困らない金額を払うことで人の命を助けることが、賢にはおかしくなってるように感じるの？　子供一人の命がかかってるのに、払える金額を払うことを躊躇する方が、私にとってはよっぽどおかしいように感じるんだけど」

「いや、でも、会ったこともない子に二千万って……」

「私たちに会ったことがあるかどうかで、この子の命の重さは変わるの？　この子は手術を受けないと死ぬんだよ。それとも賢は、康輝か咲希が同じ状況になっても躊躇するの？」

「いや、それはしないよ、我が子だもん」

賢が即答すると、直美がすぐに詰め寄ってきた。

「うちではすぐに出せる。でも普通の家ではこの金額は出せない。生まれた家の経済状況で、何の罪もない子供の命が助かるかどうかに差がつくのは、明らかにおかしいよね？」

直美は、まるで昔のスポ根漫画に出てくる、目の中に炎がメラメラ燃えている人のように、熱すぎる眼差しで主張してきた。賢はその勢いに押されて、それ以上は反論できなかった。

――さらに、その翌月のことだった。

「自治会館って分かる？　大地震とか大雨の時の避難所とか、あと選挙の時の投票所にもなってるんだけど、ときわ市がハザードマップを作り直してみたら、建ってる場所が裏山の土砂崩れに巻き込まれるかもしれないってことが分かったんだって。で、新しい建物を建てて移転したいんだけど、費用が足りないんだって」

それを聞いて、賢は嫌な予感を覚えた。案の定、直美は言ってきた。

「うちで出していいよね？　予算の補助があるから、足りない分を出すだけでいいらしいの」

「えっと……いくらぐらいかかるのかな？」

「六百万円。今までで一番安いでしょ？」

一番安いって、そもそも今まで高すぎる金額をぽんぽん人にあげてたのは自分だろ、と賢は思ったが、もちろん口には出せなかった。

「地震とか大雨で、土砂崩れなんていつ起こるか分からないからね。できるだけ早く移転したいんだけど、どうしてもあと六百万円足りないらしいんだ。……なんか自治会長さんが、うちが費用出したら表彰したいとか言ってるらしいんだよね。どうしようかね。変に目立っちゃうのも避けた方がいい気もするけど、あえてもらっておいた方が……」

もはや六百万円を払う前提で話を続けている直美に対し、賢は意を決して声を上げた。

「なあ、こういうこと、いつまでやるつもりなんだ？」

「えっ？」直美は目を丸くした。

「言われなくても分かってると思うけど、このペースで人にお金をあげてたら、いずれ我が家は破産するよ。康輝や咲希の将来のために残しておくべき財産もなくなっちゃうよ」

賢はそう言いながらも、直美の刺すような視線に怖じ気《おけ》づいて、最後に改めて付け加えた。

「……まあ、言われなくても分かってると思うけどさ」

「うん、その通り。言われなくても分かってるよ、それぐらい」

直美は小馬鹿にするように笑った後、賢に言った。

「逆に、賢はまだ分かんないの？　これも全部、私たちの秘密を守るための防衛策なんだよ。地域の人たちへの印象をよくすればするほど、まさか私たちが犯罪者でゴーストライターだなんて、誰も思わなくなるでしょ。そういう狙いもあってやってることなんだよ」

「あ……そうなの？」

賢にとっては意外だった。そこまでの意図が直美にあるとは思っていなかった。とはいえ、明らかに金を使いすぎているのは事実なのだ。賢は少し考えてから、やんわりと言い返した。

「でも……それにしても、さすがにほどほどにしないとまずいだろ。だって、たぶんうちの今年の家計は、収入より寄付額の方が上回っちゃってるよ」

「だから、分かってるよ。お金は無限にあるわけじゃないことぐらい」直美は口を尖らせた。「これからしばらくは、こういうことはしない。さすがに私だって、全財産をつぎ込むような馬鹿な真似はしないよ」

「うん。……ただ、心配なのはお金のことだけじゃないんだよな」

賢は、かねてからの懸念を口にした。

「目立ちすぎるのも心配なんだよ。俺に気を遣って、連名で寄付をしてくれてるんだろうけど、俺の存在が目立つ機会が増えるほど、何かの拍子に正体がばれるリスクも増すと思うし……」

だが直美は、賢を遮って言い返した。

「いや、それは違うと思うな。もちろん、賢の顔写真が大きく出回るようなことは避けた方がいいだろうけど、この地元で好感度が上がることだったら、むしろ怖がらないでとことんやった方が安全だと思うよ。——ほら、高い所に登る時ってさあ、下を見ちゃダメっていうじゃん。下を見て怖がっちゃうのが一番危険だって。私たちも、もうその状況なんだよ。怖がらないでどんどん上に登っちゃった方が安全なんだよ。上に上に行って、立派な人だって周りから思われるほど、まさか実は指名手配犯だなんて誰にも思われなくなるんだから」

「う〜ん……そういうもんかなあ」賢は考え込んだ。

ただ、直美がここまで計算ずくで行動していたとは思っていなかった。怖がらないでどんどん上に登っちゃった方が安全なんだよ。——その言葉が心の中で反響していた。たしかにそうなのかもしれないな、と賢は思い始めていた。

これも全部、私たちの秘密を守るための防衛策なんだよ。怖がらないでどんどん上に登っちゃった方が安全なんだよ。——なんてことを賢に言ってみたが、正直、直美にとっては後付けの理由だった。本当は、賢がはじめからもっと直美の活動に共感してくれたらよかった。

もちろん、賢の考え方のほうが普通なのだろう。そんなことは分かっている。でも、この衝動は、もう止められないのだ。

直美はこのところ、自分でも驚くほど、湧き上がる善意に突き動かされていた。きっかけは、やはり原田万梨子・彩の母子との出会いだった。出会った当初は、三万円を恐喝してきた万梨子を毛嫌いしていた。だがその後、彼女が逮捕され、警察署で面会した際に彼女の生い立ちを聞かされ、他人事とは思えなくなってしまったのだ。

母親がいない家庭で育ったという境遇は、直美も万梨子も共通していた。それでも直美は、父親の愛情を受けて育つことができたが、万梨子は親戚をたらい回しにされた上に、虐待を受けて育ったのだ。直美も、愛情を注いでくれた父親をのちに介護した末に、地獄を見ることになったのだが、その愛情すら受けることができなかった万梨子は、地獄しか知らずに育ったといえるだろう。共通点があるだけに、たとえ恐喝や覚醒剤に手を染めていたとしても、彼女を愚かな人間だと一方的に見下すことなどできなかった。

まして直美は、そもそも自殺しようとしていたのだ。身を投げようとした橋の上で、たまたま賢と出会えたという奇跡的な幸運があったから、今は裕福な暮らしができているだけなのだ。直美と万梨子の運命を分けたのは、幸運があったかどうか、それだけなのだ。

この幸運を、なぜ今まで独り占めしていたのだろう。人生のどん底にいた時の直美と同じように、いやそれ以上につらい思いをしている人が、万梨子を含めて、世の中にはたくさんいるのだ。そんな人たちに、少しでも自分の幸運を分けることが使命なのではないか。——直美は、万梨子との出会いをきっかけに、そんな思いに至ったのだった。賢は突然の直美の変化に驚いているのだろうが、直美の心情としては、むしろ気付くのが遅すぎたくらいなのだ。

特に、海外で臓器移植を受けようとしている子供に寄付した時、賢に「会ったこともない子に二千万って」と言われたのはショックだった。直接会ったことがあるかどうかが、その子の命の重さに関係するはずがない。あんな風に反対されてしまうのでは、きっと直美が慈善活動に傾倒するようになった理由を一から説明したところで、理解してもらえないだろうと思った。正直、直美はあのやりとりをきっかけに、賢との間に少し溝を感じてしまっている。

ただ、さすがに自分でも、ちょっと熱くなりすぎたとは思っている。あまりにもハイペースでお金を使いすぎたのも事実だろう。たった数ヶ月で三千万円超えだ。いくら売れっ子の桐畑直美でも、よほどのヒット作が出た時以外は、そこまでのペースで稼ぐことはできない。

とはいえ、桐畑家には、まだまだ一生使い切れないぐらいの蓄えはあるのだ。これで慈善活動を終わりにするつもりはなかった。

19

直美はその後も、市内の学校の図書室の予算が減らされたと聞いて、図書を大量購入して寄贈したり、市内の特別養護老人ホームが老朽化していると聞いて、修繕費用を出したりした。すると、小学校の子供たちから「としょしつの本をかってくれてありがとうございました」という感謝の手紙が届いたり、スーパーで買い物中に知らない中年男性から「おかげさまで母がホームで安心して暮らせるようになりました」と頭を下げられたこともあった。

また、ひたち野こどもホームのみならず、改修費などが足りていない児童養護施設には、全国規模で寄付を行うようになった。もちろん、ひたち野こどもホームとの交流も続け、イベントなどが開かれるたびに咲希を連れて訪問し、その様子が新聞に掲載されたりもした。

さらに、桐畑家の寄付によって実現した、自治会館の移転の翌月のことだった。茨城県南部一帯が大雨に見舞われ、ときわ市の最新のハザードマップの想定通り、元の自治会館の裏山で土砂崩れが発生し、自治会館だった建物が土砂で押しつぶされてしまったのだ。すでに移転は済んでいたので人的被害はなかったが、新しい自治会館には、近所の里山の土砂崩れを恐れて十数人の住民が自主避難していた。そのため、もし早急な移転が実現していなかったら死者が出ていた可能性が高いということで、『桐畑夫妻　土砂崩れから近隣住民の命を救う』という記事が新聞の地域面に載り、さらにネットニュースにまで配信され、美談として大々的に報じられたのだった。

その結果、桐畑夫妻は作家としてだけでなく、篤志家《とくしか》としても地域に名を馳《は》せることになった。すると、生活の上でも変化が現れた。

たまに家族で外食した時に「店からのサービスです」と料理を一品無料でもらえたり、スーパーでの買い物中などにサインを求められる機会も増えた。以前はたまに外でサインを求められても、「桐畑さんでしょ、サインちょうだい」とか「あれ読んだよ。えっと、タイトル忘れちゃったけど」なんて、タメ口で失礼なことを言われることもあったのだが、最近では「桐畑さんですよね。サインをいただけないでしょうか」と敬語で話しかけられた上に「本当に立派な活動をされていて、尊敬してます」なんて一言を添えられることが増えたのだった。

そして、ときわ市の市議会議員選挙の前には、とうとう出馬依頼の電話まで来てしまった。もちろん丁重に断ったが、桐畑夫妻が慈善家として周囲から敬われるような立場になったことは明らかだった。

そんな様子を目の当たりにするようになったせいか、ある時、五歳になった咲希が、家で賢と直美に尋ねてきた。

「ねえ、お父さんとお母さんって、えらいの？」

以前、康輝にもされた質問だった。——すると康輝が、一丁前に咲希に説明してやった。

「お父さんとお母さんは、有名ではあるけど、有名なお仕事をしてる人がえらいわけじゃないんだよ。有名じゃないけど大事なお仕事の方がいっぱいあるんだよ」

そこで、賢も言い添えた。

「本を書く人がいなくなっても、すぐに誰かが死んじゃうわけじゃない。でも、ご飯とか野菜とか、食べ物を作る人がいなくなったら、みんなお腹が減って死んじゃうよな。お医者さんやヘルパーさんがいなくなっても、その日のうちに誰か死んじゃうだろうし、保育園の先生がいなくなったら、親は子供を預けて仕事に行けなくなっちゃうからすごく困る。本当はそういうお仕事をしてる人の方がえらいんだ。作家なんて、嘘を書いてるだけだからな」

そう説明しておかないといけないぐらいの扱いを、桐畑家は周囲から受けるようになっていた。賢の説明は、どこか自分に言い聞かせている部分もあった。

「ウソはついちゃだめなんだよ。先生が言ってた」咲希が言う。

「そう。嘘をつくのは、普通はだめなんだ。でも、人を楽しませる嘘のお話を書いて、それを買ってくれる人がいれば、それが仕事になるんだ」

「だからお母さんは、嘘ついてお金もらって生きてるの。悪い子だよね」

直美が言うと、咲希も「わるい子だね〜」と笑った。

そこで賢は、今さらながら思い出した。――ああそうか、咲希にとっては、小説を書いてるのはお母さんということになっているのだ。康輝と違って、咲希はまだ、両親が相互ゴーストライター体制をとっていることを知らないのだ。

その日の夜。康輝も咲希も寝た後で、直美がふと言った。

「今日、咲希に言ったことだけどさ。私は嘘をついて生きてるって、自分で言ってみて、改めてその通りだよなって思っちゃった」

「ああ……」賢がうなずく。

「私たちって、追い込まれた状況で、苦し紛れに嘘をつくたびに、その嘘がうまくいっちゃってるんだよね」

「なるほど……たしかに、そういえばそうか」

指名手配犯の賢が世間から隠れて生きていくために、直美のゴーストライターとして『六畳の地獄』でデビューしたこと。それが康輝の授業参観でばれそうになった時も、賢が漫画を描いていたことにして相互ゴーストライターのシステムを確立し、結果的に『作者急逝』が誕生して大ヒットしたこと。そして、保育園で賢の絵の下手さがばれないように、直美とトイレに入ったために原田万梨子に強請《ゆす》られ、でもその原田との出会いがきっかけで慈善活動を始めて、今では篤志家として名声を得てしまったこと——。振り返ってみれば全部、その場しのぎの嘘が始まりだったのだ。

「今はこんなに幸せなのに、元はといえば俺たち、自殺志願者だったたんだもんな」

「死ぬつもりだったのに、まさかこんな日が来るなんてね」

賢と直美は、しみじみと振り返った。以前にもこんな会話をしたような気がするが、こんなにも数奇な運命は、改めてしみじみと振り返りたくなってしまうのだ。

「昔は、人殺しの俺がこんなに幸せになっていいのかな、なんて思ったこともあったけど、今はもう、そんなことすら思わなくなっちゃったよ」

賢が自嘲気味に言った。直美もうなずく。

「子供たちも、ほんとにいい子だし」

「まったくだ」

康輝も咲希も、親のひいき目を抜きにして、本当によく育ってくれている。両親が地方名士ともいうべき立場になってしまって、特に康輝はいじめられたりしないだろうかと気を揉んだこともあったが、田舎の一学年一クラスののどかな学校では、特殊な家庭をやっかまれていじめが起こるようなこともないようだった。康輝は勉強も運動もよくできて、クラスのまとめ役のような存在ですよ、と家庭訪問では担任教師に毎年言われていた。

兄妹揃って読書家なのも、賢にとってはうれしいことだった。康輝は児童小説では飽き足らず、大人向けの小説も読むようになっているし、読書感想文などの作文も毎回のように入選し、賞状をもらって帰ってくる。親馬鹿抜きで、文才があるのは間違いないだろう。もしかしたら、小説家になる夢も持ち続けているのかもしれない。そして咲希も、そんな兄を見て育ったからか、絵本から徐々に、文字だけの児童書を読めるようになってきた。

「でも、油断は禁物だからね」直美が真剣な表情で言った。「何かの拍子にばれちゃったら、あっという間に全部が崩壊するんだから」

「ああ、時効までは絶対に気を抜かないことだな」

賢と直美は、強くうなずき合った。

20

「また新聞に載っておられましたね」

「サインをいただいてもよろしいですか？」

賢と直美が小学校に着くと、何人もの保護者から話しかけられた。

以前は学校でも、年長の保護者に「桐畑さん、サインしてくれない?」なんて気軽に頼まれることがあったが、今はみんな丁寧な敬語で話しかけてくる。やはりここでも、人々の尊敬を集めるようになってしまったのだろう。俺が指名手配犯で、夫婦でゴーストライターをやっているとも知らずに。——賢は、優越感と背徳感が交じったような妙な気分を抱いた。

この日は、五年生になった康輝の授業参観だった。咲希を保育園に預けてから、賢と直美は揃って小学校を訪れた。咲希の保育園で賢が赤ずきんの絵を頼まれて以来、もしゴーストライターの件がばれそうになった時に夫婦が揃っていた方が対処しやすいだろうという考えから、今では小学校や保育園の行事にはできるだけ夫婦で出るようになっていた。また、その方が賢だけに注目が集まることはなくなり、指名手配犯だと気付かれるリスクも減らせるだろうという計算もあったが、そもそも添島茂明が突き飛ばされて死亡した十四年前の事件を覚えている人は、ほぼ皆無だろう。あの事件の報道を最後に見たのがいつだったかも思い出せないぐらいだし、当時の手配写真と今の賢はまるで顔が違う。警察官に遭遇することなどほとんどない今の生活圏で、正体がばれることを過度に警戒する必要はないだろう。——賢はそう考えていた。

そんな中での、授業参観だった。

例年通りの、児童も先生も少しよそよそしく、妙に力が入った授業が終わり、ホームルームになった。その間、保護者はしばしば廊下で待機するのだが、そこで周りの保護者たちが「サインよろしいですか」と、賢と直美のもとに続々と集まってきて、即席のサイン会のような状況になった。もっとも、小学校や保育園の行事に出るたびに、ほぼ毎回このような状況になるので、賢も直美もあらかじめサインペンを持参していた。

メモ帳などにサインを頼まれることもあるが、今では大半の保護者が「これ買いました」と本を持ってくるようになっていた。その中でも際立って多いのは、やはり最大のヒット作の『作者急逝』シリーズで、これらは『作・桐畑直美 漫画・桐畑健二』となっているので、ほとんどの人が一冊につき直美と賢の両方にサインをもらいにくる。その結果、一人あたりのサインの所要時間は倍になり、ますます行列は長くなってしまうのだが、みんな作品を買ってくれている大事なお客様なので、賢も直美も笑顔で丁寧にサインをし続けた。

そうやって、賢が十人以上の保護者にサインを書いたところで、日焼けした五十代ぐらいの男がやってきた。

「すいません、私もよろしいですか?」

「あ、はい」

笑顔で応じながら、賢はその男を観察した。同級生の父親にしてはだいぶ年配のようだ。

「これにお願いしたいんですけど……」

彼が茨城訛りで言いながら、無骨な鞄から取り出したのは、大半の人が持ってくる

『作者急逝』シリーズではなく、桐畑健一の第二作の漫画『ミステリー作家の夫の家事ノート』だった。

「あ、珍しい。僕の漫画ですね。しかも売れなかった方の」

これまで桐畑健一名義で出された漫画本は、『カミさんはミステリー作家』と、この『ミステリー作家の夫の家事ノート』の二冊だけだった。第一作のヒットに気をよくした俊英社から、どんな内容でもいいからぜひ第二作を、と依頼を受け、直美が日頃の家事のコツや得意料理のレシピなどを描いたのが『家事ノート』だったのだが、他の有名人のレシピ本などと比べてこれといった特徴がなかったせいか、結局あまりヒットせず、それっきり桐畑健一の単独名義の漫画は発売されていなかった。

だが、目の前の男は、『家事ノート』を手に笑顔で語った。

「いやいや、これ読んで勉強させてもらいました。私も先生みたいに家事できるようにならなきゃいけねえって、最近始めたんですけど、ぶきっちょなもんでねえ。先生を尊敬しますよ」

「いやいや、先生だなんて……僕は嫁さんに便乗して漫画描いただけですから」

もちろん本当は直美が描いたのだが、賢は今では意識せずとも、こんな嘘をさらっと言えるようになっていた。そして、男が広げたページに、自分のペンでサインを書き上げた。

「はい、どうぞ」

「ありがとうございます」男は頭を下げてから、思い出したように言った。「あ、あと、いつも康輝君に仲良くしてもらって、息子共々ありがとうございます」

「いえいえ、こちらこそ……」

誰の父親だろう、と賢は教室の中に目をやる。一学年一クラスで三十人弱。少し時間をかければ全員の顔と名前も暗記できてしまいそうだが、さすがにぱっと見ただけでは、目の前の男に顔が似た児童を見つけることはできなかった。

と、そんな賢の様子に気付いたようで、男が教室の中を指し示して言った。

「ああ、うちの息子は、あそこに座ってる龍太《りゅうた》です。図体ばっかりでかくて、勉強はごじゃっぺで、康輝君に比べたら全然ダメなんですけどね」

「ああ、そうですか……」

そういえば、龍太という名前は、康輝が家で学校のことを話す時に、たびたび出てきていた。また「ごじゃっぺ」という単語が、間抜けとかいい加減という意味の茨城弁だということも、賢は今では理解している。

「それじゃ、ありがとうございました」

男は改めて、深々と礼をした。賢は「いえいえ、どうも」と頭を下げ返す。

すると男は、今度は『六畳の地獄』を鞄から取り出して、直美の方に寄って行った。

「ああ、桐畑直美さん。どうも、飯倉《いいくら》龍太の父です」

「あ、龍太君の」直美が微笑む。「奥さんとは何度かお話をさせてもらってます。旦那さんとお会いするのは初めて……でしたよね？」

「ええ、はい。今日はまあ、家内がちょっと来られないもんで」男は少し言葉を濁した。

「あ、サインしましょうか」

直美が、飯倉が手に持った『六畳の地獄』を見て言った。

「ああ、よろしいでしょうか、すいません」

飯倉は何度も頭を下げながら、直美に『六畳の地獄』を差し出した。一方、賢も、別の保護者の女性に「これにサインお願いします」と『作者急逝』を差し出されていた。

賢はにこやかに応対しながら、飯倉と名乗った男と直美の様子を、なんとなく視界の端でとらえていた。

すると、直美がサインをし終えた後で、飯倉が言った。

「で、この『六畳の地獄』も、私しっかり読ませてもらったんですけど……実はですね、私、ときわ署の刑事課長をやってまして」

それを聞いた瞬間、賢は思わず、サインペンを床に落としてしまった。

「あっ……失礼」

賢が慌ててペンを拾い上げる。目の前の女性は「いえ、大丈夫です」と返した。一方、飯倉は賢の様子には気付くことなく、直美に向けて話を続ける。

「私がときわ署に赴任したのは二年前なんですけど、昔うちの署の刑事たちが、多大なご迷惑とご心痛をおかけしてしまいまして、改めてお詫び申し上げます」

「いえ、いいですよ、もう昔のことですから」

「本当に申し訳ありませんでした。……あと、もし今後、刑事物を書くようなことがありましたら、相談してもらえれば、答えられることなら答えますんで」

「ああ、どうもありがとうございます」

飯倉は、直美とそんな会話をしてから、「それじゃどうも」と礼をして去って行った。

賢はその後、平静を装って、さらに数人にサインをし終えた。だが、前に人の列がなくなったところで、直美に声をかけられた。

「どうしたの？」

どうやら直美は、賢の顔色の変化を敏感に察知したようだった。賢は、周囲に他の保護者がいないのを確認してから、小声で答えた。

「さっきの飯倉さん、刑事だったんだな。――まずい、サイン本を渡しちゃった」

「いやいや、大丈夫だって。あの人気付いてなかったよ」

直美が、帰りの車の運転席で、不安を打ち消すように言った。

「見るからに、ただの気のいい田舎のおっちゃんだったじゃん。サインもらうのを利用して、さりげなく指紋とDNAを採るような、切れ者の刑事には見えなかったよ」

「いや、それは分からないよ」賢が助手席で弱気に返す。「懇談会に出なかったのも、俺の指紋とDNAを、すぐ警察署に持って行ったからかもしれないし……」

「別に、授業参観の後の懇談会なんて、出ない人たくさんいるよ。今日だって半分ぐらい出てなかったじゃん。マジで考えすぎだって」直美は笑いながら尋ねてきた。「ていうか、サインする時、本当に本触った？」

「う～ん……自信ない。どっちだったかな」

飯倉が広げて持っていたページに、本自体には触れることなくサインを書いた気もするが、その時点ではまさか相手が刑事だとは思っていなかったから、よく覚えていなかった。

「ただ、仮に触ってなかったとしても、フケの一かけらでもＤＮＡ鑑定はできるっていうし、彼が現時点では俺の正体に気付いてなかったとしても、この先気付くかもしれない。そうなったら、あれが証拠になっちゃうかもしれないよ」

「でも、警察の人が賢の正体にこの先気付くかもしれないって言い出したら、『あなたが指名手配犯じゃないかって疑惑が出てるんで指紋を採らせてください』って、正面から堂々と言われたらもう終わりなわけじゃん。だったら、今日のことをうじうじ悩むのは意味ないでしょ」

「ああ、そうか……」

賢は、いったんは納得させられてうなずいたが、すぐにまた嘆いた。

「でもやっぱり、康輝の同級生の親が刑事で、しかもときわ署の刑事課長だって分かった以上、安心はできないよ。ていうか、今まで直美は知らなかったの？　飯倉さんが刑事だって」

「まあ、私より康輝に聞いた方が正確だろうけど、たしか飯倉さんって、おととしぐらいに引っ越してきたと思うんだよね。さっきもあのお父さん、二年前に赴任したとか言ってたし。で、飯倉さんちの龍太君と康輝は仲良しだから、『いつも息子がお世話になってます』って奥さんとは話した記憶があるんだけど、旦那さんの仕事までは知らなかったわ」

「そういう大事な情報は、チェックしといてくれないと……」

賢がぼそっとつぶやいたが、すかさず直美が言い返す。

「無茶言わないでよ。子供の同級生全員の父親の職業なんて、把握できるわけないじゃん」

「ただ、こうなった以上は康輝も、龍太君とはなるべく遊ばないようにした方が……」

「いやいや、そんなの無理に決まってんじゃん」直美は苛立った様子で言った。「龍太君って康輝と大の仲良しなんだよ。そんな友達と、親の都合で絶交しろっていうの？どうやってそんなこと言えばいいの？『あの子は刑事の息子だから遊んじゃダメだ』なんて言ったら、うちの親は何か犯罪でもしたのかなって康輝に思われちゃうでしょ。実際、私たちが互いのゴーストライターやってることは、もう康輝に知られちゃってるわけだし。その上、龍太君と遊ぶのをやめろなんて言ったら、ますます不審に思われて、親としての信用なくすよ」

「いや、でも……もしあの父親に俺の正体が見抜かれたら、康輝と咲希の人生だって無茶苦茶になっちゃうんだぞ」

「だからって、龍太君と絶交なんて絶対無理だって！」

「いや、絶交しろとまでは言わないけど……」

「でも、康輝と龍太君の友情を引き裂く方向に話を持っていこうとしてるんでしょ？マジでありえないよ」

結局、車の中でちょっとした夫婦喧嘩になってしまった。

帰宅後、賢は康輝に、それとなく話を振ってみた。

「今日の授業参観で、龍太君のお父さんと喋ったよ」

「ああ、お爺ちゃんみたいなお父さんだよね」

「ん、ああ、そうかな……」

たしかに、賢よりもだいぶ年上のようだった。そのことを康輝は言っているのだろう。

「康輝は、龍太君とはよく遊ぶのか？」

賢が尋ねると、「うん、毎日遊ぶ」と康輝は即答した。となるとやはり、龍太君とはあまり遊ぶな、なんて命じるのは無理だと賢は悟った。

と、そこで康輝が不思議そうに言った。

「ていうか、お父さんとお母さん、子供が誰と遊ぶか聞くの好きだよね。前はお母さんが咲希によく聞いてたじゃん」

「あ……そうだったっけ」

台所にいた直美が苦笑いする。――そういえば、直美は原田万梨子の逮捕前、今は児童養護施設に入っている娘の彩とばかり咲希が遊ぶのを警戒して、「今日は保育園で誰と遊んだの？」と毎日のように咲希に聞いていた時期があった。

「龍太君のお父さん、ときわ警察署の課長さんなんだってな」

賢が言うと、「ああ、そうらしいね」と康輝が答えた。

「龍太君の家に遊びに行ったりもするのか？」

「最近は行かない。……ていうか、行けない」

康輝は、うつむいてぼそっと答えた。

「行けない？」

「何かあったの？」

賢と直美が続けて聞き返すと、龍太がつらそうな顔になって答えた。

「龍太のお母さん、末期癌なんだって」

「えっ……」

賢と直美は、思わず顔を見合わせた。

それから一ヶ月ほど経ったある日。飯倉千沙子《ちさこ》の訃報が、新聞のおくやみ欄に載った。

「ああ、龍太君のお母さん、亡くなっちゃったって」

朝、新聞を見ながら直美が声を上げると、康輝が落胆した。

「わ〜、マジか。……じゃあ今日、龍太休みか」

「ママ死んじゃったの、かわいそうだね」

隣で咲希も言った。何度か飯倉家の話題は家庭内で出ていたため、保育園児なりに事情は分かっているようだった。だが康輝は、苛立った様子で言い返した。

「分かってるよ、わざわざ言うんじゃねえよ」

「ううっ……お兄ちゃんがいじめる〜」咲希が涙ぐむ。

「ほら康輝、咲希に当たらないで」直美がたしなめた。

その後、康輝は落ち込んだ様子ながらも登校し、直美が咲希を保育園に送った。そして直美が帰ってきたところで、夫婦は話し合った。

「本気でやるつもりなのか？　あの計画」

賢が尋ねると、直美は「うん」とうなずいた。

「もちろん、本当に飯倉さんの一家を助けたいっていう気持ちもあるよ。でも、言い方は悪いけど、こんなチャンスは二度とないと思うの」

「チャンスか……」賢は首をひねった。「一歩間違えれば大ピンチになると思うけど」

「だから、それは心配ないよ。賢は飯倉さんの前に出なければいいの。窓口は私がやるから」直美は自信たっぷりに言った。「それに、警察官ならみんな指名手配犯の顔が見抜けるっていうわけじゃないでしょ。実際、飯倉さんにサイン本を渡して一ヶ月以上何もないってことは、あの人は面と向かって賢と喋った上で、全然気付かなかったってことだよね。気付いてたら、もうとっくに賢を逮捕しに来てないとおかしいわけだから」

「うん、まあ、それはそうだけど……」賢がうなずく。

「ってことは、賢がなるべく飯倉さんの前に顔を出さないようにすれば、正体がばれる確率はほぼゼロのままだよね。まあ、そもそも十四年前に東京で起きた事件の犯人が、今は桐畑健一としてときわ市で暮らしてるなんて、飯倉さんは想像もしてないだろうし」直美は理路整然と語る。「となると、これから私たちが恐れなきゃいけないのは、飯倉さん以外の人に賢の正体がばれることだよね。それは警察関係者かもしれないし、一般人かもしれない。ただ、いずれにしても『桐畑健一の正体は大菅賢なんじゃないか』っていう情報は、どこかの段階で必ず、ときわ警察署の刑事課に届くはずだよね。そこの課長をこっちの味方にしちゃうっていうのは、いい戦略だと思わない?」

直美は笑みを浮かべながら話を続けた。

「こんなに恩を売れるチャンスはないよ。それも、別に悪いことするわけじゃないんだから。むしろ、あっちにとってもいいことをするんだからね。ウィンウィンの関係だよ。だから、お通夜に出て、多少強引でもいいから話を持っていこう」

「うまくいくかな……」

「きっとうまくいくよ。それとなく康輝に聞いたら、やっぱり困ってるみたいだって言ってたもん。学童だけじゃ無理そうだから困ってるって。――これがうまくいけば、賢が怪しいっていう情報が万が一出てきたとしても、刑事課長さんが揉み消してくれるんじゃないかな」

直美はそう言って、にやりと笑った。

賢は何も言い返せなかった。作戦の成否に関して、まだ不安が拭い去れないのもあったが、それ以上に、この作戦を一人で思い付いた直美の策士ぶりが怖くなっていた。慈善活動に乗り出した時といい、この作戦といい、賢はもはや、直美の思いつきとそれを実現するためのエネルギーを制御できなくなっていた。

翌週、飯倉千沙子の葬儀が行われた。

夫で喪主の剛《つよし》が、参列者に向けて挨拶をしている。隣には長男の龍太、さらにその隣には二歳下の次男、玄太《げんた》がいる。

「苦しいばかりの闘病生活だったと思いますが、最後に自宅で過ごすことができたのは、千沙子にとってもよかったと思います。最後は、私たち家族に囲まれて、本当に眠るように……」

そこまで話したところで、剛がこらえきれず涙を流す。参列者たちからもすすり泣く声が聞こえる。直美の隣で、一緒に参列した康輝もうつむいている。

一方、直美は目元を拭いながらも、周囲の様子を観察していた。喪主の挨拶が終われば、間もなく通夜が終わる。動き出すのはそこからだ。

ほどなくして、葬儀会社の社員によって、通夜が締めくくられた。その後、剛の周りの人だかりに切れ目ができたのを見計らって、直美は作戦を決行した。

「じゃ、飯倉さんにあの話をしてくるからね。他の人の邪魔にならないところで待っててね」

「うん、分かった」

康輝が指示通りに移動したのを見届けた後、直美は人だかりの間を縫って、そっと剛に近付いて話しかけた。

「どうも、この度は、ご愁傷様でした」

「ああ、どうも、桐畑さん。……康輝君にも来ていただいて、ありがとうございます」

剛が頭を下げる。そこで直美が、さらに声を落とす。

「ところで、これからご家族の生活も大変になりますよね。お子さんの世話とか……」

「ええ、それがまったくその通りでして」

剛は泣き顔でうなずいた後、堰《せき》を切ったように語り始めた。

「千沙子は、遅くできた子だったんで、向こうの親はもう亡くなってます。まあ、親より先に逝かなかったのは、せめてもの救いだったかもしれませんが……。それで、私の実家の方は、両親とも健在だったんで、千沙子の闘病中は子供たちの世話を頼んでたんですけど、実は先日、親父が脳梗塞で倒れまして。そのリハビリやなんかで精一杯で、子供たちのことは実家に頼めなくなっちゃいまして……。私の仕事は、事件が起こると昼も夜もありませんから、学童保育だけじゃ無理そうなんです。今は有給とか使いながらなんとかやってるんですが、いつまでもそんな融通は利かねえし、二人とも小学生なんで、家事を全部やらせんのは無理だっぺと思うし、こんな田舎だと家政婦のサービスとかも来てくれなくて、正直途方に暮れてまして……」

剛は、窮状を洗いざらい語ってくれた。やはり康輝から事前に聞いていた通りだった。

「ああ、やっぱりそうでしたか……」

直美はうなずいた後、おもむろに切り出した。

「それで私、実は夫や子供たちとも話したんですけど……どうでしょう？　お父さんのお仕事がどうしても終わらない時は、龍太君と玄太君を、我が家でお預かりするというのは」

すると剛は、目を丸くして驚いた。

「いやいや、そんな……だって、桐畑さんは、ご夫婦ともお仕事がありますでしょ」

「まあ、お預かりするとしても、毎日というわけではないでしょうし、私たち、家事も二人でできるから、意外と平気かと思うんです。夕食なんて、四人分作るのも六人分作るのも同じようなものですし。――何より、康輝は龍太君とも玄太君とも仲良しですから、二人が困ってるのを放っておけないんです」

直美は、事前に自宅の鏡の前で練習した、寛大な笑みをたたえて告げる。

「お仕事の帰りに迎えに来てくれれば、それまでうちでお預かりしますし、もし泊まりの仕事があったら、龍太君と玄太君をうちに泊めることもできますし。……どうですか、もしご迷惑じゃなければ」

すると、剛はぽろぽろと大粒の涙をこぼしながら、頭を下げた。

「桐畑さん……ああ、本当に、神様っているんですね……」

21

「ただいま〜」

「お邪魔しま〜す」

放課後、康輝が飯倉兄弟を連れて帰ってきた。

「いいよ、龍太君と玄太君も『ただいま』で。ここがもう一つの家だと思ってくれていいからね」

直美がそう言って笑顔で迎えると、兄の龍太は「ありがとうございます」と頭を下げた。弟の玄太は、少しおどけて「じゃあ、ただいま〜」と言った。

龍太は康輝と同級生の五年生で、玄太は三年生。飯倉剛が仕事で帰りが夜遅くなる日は、学童保育が終わってからの数時間、桐畑家で二人を預かるようになった。やはり刑事課長というのは忙しいらしく、ひとたび事件が起こると、一週間ほどの間、ほぼ毎日預かることもあった。

そうなると、桐畑家は一気に子供四人の大家族になった。しかも、飯倉兄弟はよく食べた。特に龍太は、身長がすでに百七十センチに迫るほどの大柄な体格で、夕食の時に「おかわりが欲しかったら遠慮しないで取りに行ってね」と直美が声をかけると、一食につき二、三回、炊飯器や鍋に取りに行くようになった。

「遠慮しないでとは言ったけど、まさかこれほどまでとはな」

「一食で四合じゃ足りないね。五合……いや六合炊いていいかも」

この日も賢と直美は、夕食の後片付けをしながら、空っぽになった炊飯器と鍋を見てささやき合った。

しかも、今までは夕食の準備をたまに手伝う程度だった賢も、飯倉兄弟がいる日は台所に立たなくてはいけない。世間的には、賢が家事を主に担う主夫ということになっているので、その設定を守らなくてはいけないのだ。ちなみに康輝と咲希には「今日は珍しくお父さんが料理をしてる」という旨の発言を、飯倉兄弟の前でしないように言い含めてある。

「でも、こんなこと続けてたら、原稿遅れちゃうかもしれないな」

賢がぼやいた。しかし直美が言い返す。

「そう？　実際は特に遅れてないよね？」

「いや、まあ、今はそうだけど……」

「そもそも今まで、パソコンに向かってたけど集中してない時間が多かったんじゃないの？」

「…………」

図星だったので、賢は何も言い返せなかった。

飯倉兄弟を預かる日は、賢は執筆をいつもより二時間ほど早く切り上げて、兄弟の前で主夫のふりをするために料理をしていた。だが、そのせいで原稿が遅れるようになったかといえば、実はそうでもなく、進度はほとんど変わっていなかった。結局、今までの賢はずっとパソコンに向かってはいたが、少し書いてはすぐにネットサーフィンをしたりゲームをしたりと、多くの時間を無駄にしていたのだ。正直、賢も最近、飯倉兄弟が来る日の方がよっぽど執筆に集中しているという自覚があった。

「これで将来の安心が買えるなら安いもんでしょ」直美は微笑みながら、天井に目をやった。「それにほら、みんな楽しそうじゃない」

二階の子供部屋からは、四人の子供たちの明るい声が聞こえている。

「どうしよう、株買おうかな〜」

「あ〜あ、俺は借金まみれだよ〜」

「咲希、また子供生まれた〜」

断片的に聞こえてくる会話は、本当に我が子に起こっていたら卒倒するような内容だったが、四人は最近、夕食後に『人生ゲーム』で遊ぶことにはまっているのだ。直美と賢もこの前交ぜてもらって、思いのほか熱中して遊んだのだった。

結局、家事がどんなに大変になっても、子供たちの楽しそうな表情を見ると、疲れも吹き飛んでしまうのだった。特に、同級生の康輝と龍太の友情は強固なようで、康輝が龍太に宿題を教えてやったり、逆に休みの日には龍太が康輝に魚釣りを教えてやったりしている。最近は、近所の北浦に、よくブラックバスを釣りに行っているようだ。

と、そこに電話がかかってきた。時間的にも状況的にも、相手は分かっている。

「はい桐畑です。……はいどうも……ああ、それはよかったです。……いえいえとんでもないです。……はい、じゃあお待ちしてま～す」

通話を終えた直美が、賢に報告した。

「飯倉さん、あと三十分で着くって。それと、事件が片付いたから明日からは大丈夫だって」

「おお、そりゃよかった」

賢はほっとした。子供たちがいくら楽しそうでも、やはり親としては正直なところ、人の家の兄弟が来るよりは来ない方が楽だ。

それからちょうど三十分後、ドアチャイムが鳴り、剛が迎えに来た。

「どうも、今日もありがとうございました。ようやく明日から、また定時に帰れそうです」

「ご苦労様でした。犯人捕まってよかったですね」

剛と直美がにこやかに会話しているところに、帰り支度を整えた龍太と玄太がやってくる。

「な〜んだ、明日からここに来られないのか」玄太が残念そうに言った。

「こらっ、桐畑さんにご迷惑をおかけしてるんだから、その言い方はないだろ」

剛が玄太をたしなめる。だが直美は「いえいえ、迷惑だなんてとんでもないです」と寛大な笑顔を見せる。

そんなやりとりを、賢は台所の壁に隠れて聞いている。賢は念のため、なるべく剛の前には顔を出さないようにしている。剛が現役の刑事である以上、どこかで大菅賢の手配写真を目にして、賢の今の顔を見てピンときてしまう可能性もゼロではないのだ。もっとも、ゼロではないにせよ、限りなくゼロに近いような気もしているが。

「ああ、そうだ、先生のおかげで、龍太と玄太の成績が上がりましてね。テストで九十点台なんて取ったことなかったのに、今では何度も取るようになって、先生に褒められたんですよ。本当に先生にはどこまで感謝していいやら」剛が何度も頭を下げながら言った。

「いえいえ、私じゃなくて、康輝が宿題を時々教えてるみたいです」直美が笑顔で返した。

「あ、そうでしたか。……でも、康輝君が成績優秀に育ったのも、先生のご教育のたまものでしょう。うちなんか父親一人で大丈夫かって、家庭訪問で先生に心配されちゃいましてね」

と、そこで剛が、台所から顔を覗かせていた賢と目が合って、頭を下げた。

「ああ先生、今日もありがとうございました。明日からはまた定時に帰れそうです」

「あ、はい、分かりました」賢は距離をとったまま返事をした。

剛は、今やすっかり桐畑夫妻に頭が上がらず、直美のことも賢のことも「先生」と呼んで、ぺこぺこ頭を下げるようになっていた。――ただ、さっきの会話でもそうだったのだが、学校の担任教師のことも「先生」と呼ぶため、直美と賢と担任教師が揃って話の中に出てくる時は、どの「先生」の話をしているのかが少々ややこしくなるのだった。

22

平和な日々は過ぎていった。季節はもうすぐ春。間もなく康輝は六年生に進級し、咲希もいよいよ小学校に入学する。

土曜日の午後。桐畑兄妹と飯倉兄弟は、四人揃って近くの北浦にブラックバスを釣りに行った。もっとも、本当に釣りが好きなのは康輝と龍太で、年少の咲希と玄太は、兄について行くものの、じっと魚を待つ釣りの醍醐味《だいごみ》は理解しきれないようで、「釣りつまんな～い」と不満げに二人で家に帰ってきて、本を読んだりゲームをしたりしていることも多い。

賢は、仕事部屋で、窓から入る気持ちのいい日差しを浴びながら、床にごろんと横になっていた。日が入れば床暖房をつけなくても暖かい。

執筆の合間にラジオを聞きながらうたた寝するのが、賢の息抜きの一つだ。音が鳴っていればいいので、番組は何でも構わない。この日は、茨城県の地方ラジオ局の放送を聞いていた。音量を絞ったスピーカーから、地元の企業のＣＭの後、番組のジングルが流れてきた。

「レイディオイバラキ、グレートウィークデー！

ＤＪマックがお送りするグレートウィークデー。さあ引き続きメールを読んでいきましょう。今日のテーマは、人生で一番怖かった話です。ラジオネーム、茨城一の幸せ者さん。

――あれは十五年前の秋の、満月の夜のことです。僕はその日、転勤による引っ越しのため、荷台に幌の付いた軽トラックに荷物を積んで、手伝いの友人を助手席に乗せて走っていました。そのトラックが田んぼの中を走っていた時、荷台からゴトッと大きな音がしたんです。

何かと思って、友人と二人でトラックを降りてみました。すると、夜の闇の中、満月の光に照らされて、荷台の方から何かが現れ、目の前をさっと横切ったように見えました。さらに、おそるおそる荷台を覗いてみると、中の荷物が倒れていたんです。道がデコボコだったわけでもないのに、なんで荷物が倒れたのか不思議に思ってよく見ると、荷台が汚れていたんです。

その時は暗くてよく見えなかったのですが、引っ越し先に着いてよく見ると、なんとその汚れは、真っ赤な血の跡でした！　僕と友人は、トラックに悪霊でも乗せてしまったのではないかと、恐怖に震えました。そしてそれ以来、僕の周囲では恐ろしい出来事が次々と起きたんです。

まず、恐ろしいことに、それまで全然モテなかった僕が、転勤先の美人社員と仲良くなり、付き合うようになりました。その後、恐ろしいことに僕は彼女と結婚し、恐ろしいことに三人の子供にも恵まれ、今は恐ろしく幸せに暮らしてるんです。マックさん、こんな恐ろしい出来事は、やっぱり悪霊の仕業ですよね。——ってバカヤロー！　後半ただのノロケじゃねえか！　ていうか血の跡ってのは結局何だったの？　引っ越し中にどこか怪我してたのかな……」

——と、そんな番組の内容もほとんど聞かずに、賢がうとうとしていたところ、仕事部屋の鍵を開けて直美が入ってきた。

「あ、寝てた？　ごめん」

「いや、大丈夫……」

短時間寝て、ほどよく頭も冴えたところだったので、賢が起き上がってラジオを切る。

すると直美が、うれしそうに報告してきた。

「久々に漫画描くことになったわ。俊英社からメールでオファーがあったの」

「おお、よかったじゃん」

賢は笑顔で言った。直美はここ一年ほど漫画を描いていなかったのだ。

「編集者さんから電話来るかもしれないから、その時はお願いね」

「ああ、それはお互い様だからな」

直美の執筆中の作品の内容について、メールでのやりとりは直美本人が行うが、電話で話すのは賢の役割なのだ。もちろん、賢が書く桐畑直美名義の小説に関しては、その逆になる。

「あ、でも、俺が電話で編集者と話すのは久々だから、気をつけないとな」

「そうだよ、ボロ出さないようにしてよね」直美が笑った。「まあでも、もし会話が変な感じになっちゃっても、極度の人見知りっていうキャラがあるんだから、それでごまかせるか」

「そうだな。あれは便利なキャラだな」賢も笑った。

そこで直美が、相談を持ちかけてきた。

「ただ、新作のテーマをどうしようか悩んでるんだよね。『作者急逝』で本屋さん大賞を獲ってからの桐畑家を描いた作品がないから、俊英社からはそれをリクエストされてるんだけど、慈善活動のこととかも描いてほしいみたいなんだよね。でも、慈善活動をするようになりましたって内容を描くだけじゃ、私たちいい人でしょってアピールしてるみたいになっちゃうから、どうすればいいかなって思ってて……」

「いや、それは面白くなると思うよ」賢は即答した。

「えっ、本当に？」

直美は意外そうに聞き返してきた。賢は「ああ」とうなずいて、自分の考えを説明した。

「慈善活動に目覚めて、どんどん金をつぎ込んでいく妻。夫は『ちょっとやり過ぎなんじゃないか』って止めるんだけど、『私が稼いだお金なんだからいいでしょ』って妻に怖い顔で言われて、何も言い返せない。——これだけで十分面白い構図じゃないか」

賢の説明を聞いて、直美がしばらく考えてから、ぼそっと言った。

「……私のこと、そんなふうに思ってたの？」

「いやいや、そういう感じに描けば面白くなるって話だよ」

賢は慌てて取り繕った。ただ、実際もまさにそんな感じで、慈善活動に突っ走る時の直美は怖くて何も言い返せなくなるのだ——なんてことは、今後の夫婦生活のためには言わない方がいいことぐらい、賢だって分かっている。

「ああ、あと、タイトルもどうしようかって思っててね」

直美が再び相談してきた。賢は、少し考えてから答える。

「たとえば『カミさんはミステリー作家・善意大暴走編』なんてどうかな」

「善意大暴走って……」直美は不服そうに眉を寄せたが、しばらくしてふっと笑った。

「なんか、悔しいけど面白そう」

「ふふ、そうだろう」賢も笑う。

「ありがとう、相談してよかった」

直美が笑いながら、賢の隣に座った。そこで、ふと感慨深げに言った。

「それはそうと……あと五年だね」

「ああ、康輝が？」賢が聞き返す。

「違う。あと五年って言ったの。まあ正確には、五年八ヶ月とかだけど」

「ああ、そっちか。……五年生ってことだと思った」

少し間が空いた後、また直美がしみじみと語る。

「すごいよね、もう十五年も逃げてるんだよ。もうすぐ全体の四分の三過ぎるんだよ」

「そう考えるとすごいな」

賢も、傷害致死罪の二十年の公訴時効を迎えるまでの、残り時間の長さを想像した。

「康輝が小学校に入ってから今までぐらいの長さ、逃げ切ればいいんだよね」

直美の言葉に、賢も「そうだな」とうなずいた後、気を引き締めて言った。

「でも、時効成立がゴールじゃないからな。一生気付かれないのが目標だからな」

「もちろん」直美はうなずいた。

そこで賢が、しばらく間を空けてから、ぽつりと言った。

「今までありがとう」

「こちらこそ」直美が賢を見つめて、にこっと笑った。

そのまま、二人はキスをした。さっとフレンチキスで終わらせるつもりが、久しぶりのキスだったこともあり、なんだかやめるのが惜しくなり、直美も同じ気持ちだったようで、徐々にディープになだれ込みつつあった、その時だった。

直美がさっと唇を離し、後ろを振り向いた。

「あ、やばい、ドア開いてる」

見ると、たしかに仕事部屋のドアが、さっき直美が入った状態のまま薄く開いていた。賢も焦った。廊下の先には子供部屋がある。もし今の様子が覗かれていたら相当恥ずかしい。

「大丈夫だったかな?」

直美がいったん廊下に出たが、しばらくして戻ってきた。

「大丈夫だった。康輝は勉強してた。咲希は下にいたし」

「あ、帰ってきてたんだ」

いつの間にか、康輝と咲希は釣りから帰っていたようだ。帰ってきたら「ただいま」を言うように言い含めてはいるが、家が大きいので、仕事部屋にいると聞こえないことも多いのだ。

直美は、ほっとした様子でドアの鍵を閉めると、悪戯っぽい笑顔で賢にしなだれかかった。

「じゃあ、続きね」

そう言って、直美は賢のズボンのファスナーに手をかけた。

「えっ、ちょっと……」

賢は驚いたが、直美が「しーっ」と鼻の前で指を立て、妖艶《ようえん》に微笑む。

それを見て、賢の気分も一気に盛り上がった。

「お、そうか、じゃあ……」

すでに賢の、康輝じゃない方の息子は、戦闘態勢に突入していた。

今や地方名士ともいうべき、周囲から敬われる夫婦が、真っ昼間からこんなことをしているのだ。たしか来月も、児童養護施設のイベントに来賓として招かれているというのに、なんてふしだらな来賓だ。——と、賢は背徳感になおさら興奮してしまった。

23

「家庭環境が厳しかったり、親に虐待されたりした子供も、子供自身のせいでそうなったわけではありません。逆に、裕福な家に生まれて、何不自由なく育った子供も、子供自身の手柄でその環境を勝ち得たわけではありません」

ひたち野こどもホームで、来賓として招かれた直美が、集まったボランティアや施設の職員、それに周辺住民たちを前に語る。彼らは真剣な表情で、直美の言葉を聞いている。

「どんなにつらい環境に置かれた子にも、君は何も悪くないんだということを、そしてここにいる大人はみんな君の味方なんだということを教えてあげてください。また、施設の外にも、君を応援している大人はたくさんいるんだということを伝えてあげてください」

直美はそう言ってスピーチを締めくくった。大広間は拍手に包まれた。

この日は、ひたち野こどもホームでの地域交流会だった。直美は、咲希と玄太を連れてやってきた。直美の寄付で施設の改修が行われて以来、交流が続いているのだ。直美のスピーチの次に、施設長の宮崎からの活動報告などが行われ、その後、地域交流会のメインイベントであるバーベキューが庭で始まった。そこで直美に声がかかった。

「桐畑さん、お疲れ様」

「ああ……どうも〜」

直美は笑顔で手を振った。声をかけてきたのは、原田万梨子だった。

今日ここに着いた時点で、娘の彩と一緒にいるところに会って軽く挨拶を交わしたから、来ているのは知っていたが、久しぶりに近くで見る万梨子は、以前の不健康そうだった印象から一変して、だいぶ血色が良くなっていた。

「調子はどう？」

直美が尋ねると、万梨子は笑顔で返した。

「うん。もう完全にクスリ抜けた。それに、仕事も住むところも見つかった。調理の仕事なんだけどね。もうすぐ彩を引き取って、また一緒に暮らせると思う」

「そっか、それはよかったね」

直美は笑顔でうなずいた。すると万梨子は、少し照れ臭そうに言った。

「本当に、今までありがとうね。こどもホームのために、お金出してくれてたんだよね。うちも、それに助けられてた中の一人だから」

「ううん、全然いいの」直美は笑って首を振る。

「でも残念なのは、咲希ちゃんと同じ小学校には通えないことかな」万梨子が笑顔を曇らせた。「新しいアパートが離れててね。せっかく咲希ちゃんと彩、すごく仲良くなったのに……」

と言いかけて、遊んでいる子供たちに目をやったところで、万梨子が固まった。

直美もその方向を見た。すると、バーベキューを楽しむ子供たちの中で、彩が施設の子供たちと楽しそうに話していた。一方、咲希は離れたところで、一緒に来た玄太と寄り添っている。そういえば、今日のスピーチの前に顔を合わせた時も、咲希と彩は、互いの母親が挨拶したのに合わせてぎこちなく手を振り合った程度で、会話も弾んでいなかった。

「なんか、今はそうでもなかったりして」

直美が冗談交じりに言った。すると、万梨子は少し慌てたように返した。

「あ、ちょっと、彩に咲希ちゃんと喋るように言ってこようか」

「いやいや、いいよ」直美が首を振る。「しょうがないよ。彩ちゃん、今はここのお友達の方が親しくなってるんだから」

彩は、施設で暮らす中で、咲希よりも親しい友達ができたのだろうし、逆に咲希も、その輪に入っていくのは少々勇気がいるだろう。

「でも、私たちは、これからも連絡取れるよね？」

万梨子が確認するように尋ねてきた。

「うん、もちろん」

直美は笑顔でうなずいた。――だが、本心では、もうこれっきりかもしれないと思っていた。少なくとも、こちらから連絡することはないだろう。

と、そこに彩が、バーベキューの串を持ってやってきた。

「ママも食べよう」

彩に声をかけられ「ああ、うん」とうなずいた万梨子は、「じゃあ……」と直美に向かって軽く会釈してきた。少し名残惜しそうではあったが、今は知人との立ち話より、離れて暮らしていた娘との時間を優先すべきだろう。

「うん、じゃあまた」

直美は手を振って別れた。彩は万梨子と手をつなぎ、跳ねるように歩いて行く。やはりうれしいのだろう。万梨子の生活が安定すれば、また母子一緒に暮らせるのだ。母親は更生し、娘は元気に育っている。これなら心配ないだろう。

直美は、肩の荷が下りたような気持ちになった。

その時、施設の関係者が「桐畑さん、よろしいですか?」と声をかけてきた。直美と万梨子の会話が終わるのを見計らっていたようだ。

「今日は、各地域のボランティア団体のみなさんがお越しなんです」

そう言って、初対面の中高年の男女らを紹介された。みんなニコニコ顔で、「印税を恵まれない子供たちのために使うなんてご立派です」とか「桐畑先生の活動を知って大ファンになりました」などと褒めちぎってくる。直美は「とんでもないです」と恐縮してみせる。すると「先生の本持ってきたんです。サインをお願いしていいですか?」と言われて、即席のサイン会が始まる。——と、こういう場に出た時の、恒例の光景が繰り広げられた。直美は顔に笑みを貼りつけながら、時々料理もつまみつつ、いつも通りのルーティンをこなしていく。

それから、断続的にやってくる読者たちにサインをして、歓談をしているうちに、いつの間にかバーベキューは後片付けに入っていた。施設長の宮崎が「今日はありがとうございました。ぜひまたいらしてください」と声をかけてきた。直美は「ええ、また」と笑顔で返す。

——だが心の中では、もう来なくていいかな、と思っていた。原田親子が自立できるのなら、ひたち野こどもホームとつながりを持つ理由もなくなる。

とはいえ、もちろんそんな心の内は口に出すことなく、咲希と玄太に「そろそろ帰ろうか」と声をかけ、二人を連れて関係者にひと通り挨拶してから、帰路についた。

「楽しかった？」

駐車場に向かいながら直美が尋ねると、咲希が答えた。

「うん、おばあちゃんとお喋りした」

「おばあちゃん？」直美が聞き返す。

「あの、ボランティアの人だと思う」玄太が補足説明をした。

「ああ、なるほど」

直美はうなずいた。支援者やボランティアは中高年の女性が多いから、咲希から見たらおばあちゃんばかりだっただろう。

直美は、後部座席に咲希と玄太を乗せ、車のエンジンをかけた。

その時、後部座席からささやくような声が聞こえた。

「おててつめたいね」

「うん……」

直美がバックミラーを見ると、咲希が玄太の手を握っていた。しばらくして玄太が「いいよ、もう」と離す。でも咲希はまた握ろうとする。――その様子を見て、直美は気付いた。

なるほど、咲希は玄太に恋をしてしまったのだ。

飯倉兄弟は、多い時は月の半分ぐらい家に来ている。兄の龍太は、年齢も背丈も咲希より上すぎるだろうが、玄太はもう少し身近な、三つ上のお兄ちゃんだ。好きになっても無理はないだろう。――直美は微笑ましく思いながら、気付いていないふりをして車を発進させた。

十五分ほど車を走らせ、北浦の湖畔で停まった。岸辺には、釣り竿を持った男三人の後ろ姿が見える。

「お父さ～ん」

咲希が車を降りて駆け寄っていく。すると、男三人――賢と康輝と龍太が揃って振り向いた。

「おお、咲希～」

賢が釣り竿を傍らに置いて、咲希を抱き上げる。

この日、ときわ警察署の管内で事件が発生してしまったらしく、飯倉剛が休日出勤を強いられることになり、桐畑家で飯倉兄弟を預かることになっていた。一方、直美と賢は、ひたち野こどもホームの地域交流会に来賓として招待されていた。だが、さすがに子供を四人も連れて行くと大所帯になってしまうので、賢と直美が二手に分かれ、龍太と康輝と賢が釣りをして、釣りにあまり興味のない玄太と咲希が、直美とともに交流会に行くことを選んだのだった。

そんなスケジュールも、これでひと通り消化した。直美はほっとしながら、車のドアをロックして、男三人のもとに向かおうとしていた。

その時だった。玄太が直美を呼び止めた。

「おばさん、ちょっといいですか」

「ん、どうしたの？」

直美が聞き返すと、玄太は、困ったように眉を寄せ、真剣な表情で言った。

「僕……同じクラスのエリカちゃんが好きなの」

突然何を言い出すのかと、直美は戸惑いながらも、「うん」とうなずいた。

すると玄太は、大まじめに言った。

「だから……咲希ちゃんの気持ちには、応えられない」

直美は思わず吹き出しそうになってしまった。だが、玄太本人はいたって真剣な表情なので、微笑み程度の顔でこらえて返事をした。

「うん、分かった。これからも、お兄ちゃんとして咲希と遊んであげて。——大丈夫よ。うちの咲希の恋人になってくれなんて言わないから」

すると玄太は、ほっとしたような表情でうなずいた後、釣りをしている兄らのもとに駆けていった。その後ろ姿を見ながら、直美もみんなのもとへと歩く。

父親に似てずんぐりとした体型の龍太と違い、玄太はまさに美人薄命だった母親に似て、細身で目鼻立ちも整った男の子だ。クラスでもモテているのかな。となると咲希の恋は叶わないのかな。——娘の初恋を案じ、直美は少し切ないような、甘酸っぱいような気持ちになった。

玄太を責める気持ちは、もちろんない。だが、直美の気持ちに変化が生じ始めていた。思えば、ひたち野こどもホームにいた時から、うっすらと新たな気持ちが湧き上がっていたのだろう。

「どうしたの？　何かあった？」

思いを巡らせながら歩いていた直美に、賢が声をかけてきた。

「うん……何でもない」

直美は、微笑んで首を振った。

24

あの時は何でもないと言っていたけど、今思えばあの頃から、直美の心情が変化していったのかもしれないな。――賢は、数ヶ月前を振り返ってふと思った。

「龍太君と玄太君のカレーおいしいね」

直美が、テーブルの向かい側に座る龍太と玄太に、笑顔で声をかけた。

「うん、うまいよ」賢もうなずいた。

「おいしい！」咲希も、玄太の方を向いて言った。

「ありがとうございます」

龍太がはにかんだ。一方、玄太は隣で食べながら「ニンジン硬〜い」と苦笑いしていた。

　もうすぐ、小学校は夏休みに入る。その前から、飯倉兄弟に料理を覚えさせ、夏休み中に家で自炊できるまでに成長させて、預かる日数を減らす。――直美は、そんな算段を立てていた。最初にその話を聞いた時、賢は意外に感じたが、直美の心中を察することはできた。

　正直なところ、飯倉兄弟を預かるのが、そろそろしんどくなっていたのだろう。母親を亡くした飯倉兄弟を預かろうと、直美が提案した手前、なかなか口に出せなかったのだろうが、これから先も何年も続けるのは無理だろうと、賢も薄々思っていた。

　小学六年生と四年生なら、だいたいの家事はできる。それに来年は龍太が中学に上がるので、学童保育には行けなくなる。――直美はそう話した上で、賢に提案してきた。

「いずれは龍太君と玄太君も自立して、自分の家で家事をできるようにならなきゃいけないわけじゃん。ちょうどもうすぐ夏休みだし、自分の家で料理の練習するのにもいい機会だと思うの。でも、いきなり『料理を教えてあげるから、夏休みに自分たちで料理できるようにして、うちに来る回数を減らしていこうね』なんてはっきり言っちゃったら、厄介払いしてる感が出ちゃうでしょ。だから、ちょっと作戦を立てたんだよね……」

　そこから直美は、その「作戦」について賢に説明し、賢もそれを了承したのだった。

　そして、直美はおととい、作戦を実行した。いつものように賢とともに夕食の支度をする際、リビングで飯倉兄弟が見ている前で、康輝に言ったのだ。

「悪いんだけど、お父さんもお母さんも仕事が立て込んじゃっててさあ、明日から康輝、料理やってみてくれない？」

「ああ……うん」

康輝は、渋々という様子ながらうなずいた。今までも手伝いはさせてきたし、家事の基本的なことは教えてある。

「でも、できるかな……」

康輝は少し不安そうに言ったが、そこで直美が、今思い付いたように装って提案した。

「じゃ、リハーサルみたいな感じで、今日ちょっとやってみよっか」

さらに直美は、飯倉兄弟の方にさっと目をやった。案の定、自分たちも何かやった方がいいのではないか、という表情を龍太が示したところで、すかさず声をかけた。

「あ、じゃあ、龍太君と玄太君も手伝ってもらえる？」

「はい」二人は揃ってうなずいた。

その後、直美と賢は二人で台所に立ちながら、飯倉兄弟の料理の腕前を観察した。二人とも、康輝ほど上手くはないが、自炊が無理なほど下手というわけでもなさそうだった。

途中で咲希が「私もやる～」と言ってきたので、玉ねぎの皮むきなど簡単な手伝いをさせた。それからしばらくして、直美は我が子二人と飯倉兄弟を見て、ふと気付いたように言った。

「でも、四人も台所に入っちゃうと、さすがに狭いね……」

そこで直美は、たった今ひらめいたかのように提案した。

「そうだ、じゃあ明日とあさってで、桐畑兄妹と飯倉兄弟の料理対決しよっか」

「ええっ？」康輝が驚く。

「明日、康輝と咲希でシチュー作って、あさって龍太君と玄太君でカレー作るってのはどう？　ほら、カレーもシチューも箱の裏に作り方書いてあるから、その通りにやればできるし」

「ええ、でも、それじゃこっち不利じゃん。咲希まだ小っちゃいし」

康輝が文句を言ったが、すぐに咲希が「私だってできるもん！」と主張した。

「そうだよね咲希、玉ねぎもむけたもんね」直美は咲希の味方をした。「それに、康輝と咲希はホームなんだから有利じゃん。キッチンだって調理器具だって、今まで使ってきたんだから。じゃあ、それで決まりでいいね」

直美は、半ば強引ではあったが、子供たちに約束を取り付けた。——というのが、おとといの話だ。

そして昨日、康輝と咲希がシチューを作り、今日、飯倉兄弟がカレーを作ったのだった。

「うん、たしかにニンジン硬いな」

龍太が、自作のカレーを食べながら反省した。康輝もニンジンを食べてから笑う。

「こりゃ、昨日の俺らのシチューの方が上だな」

「じゃ、今度は明日とあさって、野菜炒め対決にしよっか」

直美が提案すると、康輝が「え～、また？」と顔をしかめた。

「だって、締め切りまでまだしばらく忙しそうなんだもん」

直美が言った。賢も隣でうなずく。──ただ、本当は賢の原稿は締め切りまで十分余裕があるし、直美に至ってはまだ次の仕事の締め切りすら設定されていなかった。

「よし、じゃあ次は、俺と兄ちゃんでリベンジだ」

玄太が乗り気で言った。すると龍太も「おう」とうなずいた後、真剣な表情で言った。

「それに、俺たぶん中学入ったら、料理とか自分でしなきゃいけないだろうからさ。今のうちに練習しとかないと」

「えっ？」

康輝が聞き返す。賢と直美も、一瞬顔を見合わせた。

「ほら、中学からは学童行けなくなるから」

龍太が言った。どうやら龍太自身も、先の状況を考えていたようだ。

「部活はやらないの？」直美が尋ねる。

「野球と軟式テニスしかないんで、いいです。どっちもあんま興味ないんで」

「ああ、今はそれしか部活ないんだ。私の時はもうちょっとあったんだけどね」

直美が言った。この地域から通う中学校は、当然ながら直美の母校でもあるのだ。

「俺らの代から、中学も一学年一クラスになるらしいよ」と康輝。

「わあっ、一クラスか！　私が通ってた頃は三クラスあったんだけどね」直美が驚く。

「お母さんが通ってた頃って、大昔の話でしょ？　明治時代だっけ」

「失礼な！　平成だわ！」

母子の掛け合いで食卓に笑いが起きた。

「康輝は、部活はどうするんだ？」

今度は賢が尋ねると、康輝は少し考えてから答えた。

「う〜ん……俺も入らないでいいかな」

「まあ、俺らは『釣り部』に入ってるようなもんだからな」龍太が康輝に笑いかけた。

「じゃ、釣り部の活動で獲れた魚持って帰ってくれたら、晩ご飯にして食べればいいね」

直美が応じたが、龍太が苦笑する。

「いや……それは無理ですね」

「食べるのは無理なんだよね」玄太もうなずく。

「川魚は臭みを抜くのがすごい大変だし、骨ばっかりだし、あんまり美味しくないんだよ。お母さんそんなことも知らないの？」康輝が言った。

「あ、そうなの？　やばい、たいして料理の知識ないのがばれちゃったね」

直美が苦笑した後、ふと龍太に目を向けた。

「まあ、こんな私でも一応料理できるんだから、龍太君もすぐ料理上手になれるよ」

直美は笑顔のまま言った。――ただ、その笑顔の奥に周到な計算が働いていることを、賢は分かっていた。


直美は心の中でほくそ笑んでいた。

よし、これでもうすぐミッション完了だ。

少なくとも、飯倉兄弟を連日預かることは、来年度からはなくなるだろう。それでも、ときわ警察署の刑事課長である飯倉剛に多大な恩を売ることができたのは間違いない。息子二人を合計何十日も預かった上に、家事能力を向上させ、自立させる手助けをしたのだから。

もっとも、龍太の様子を見て、少し心は痛んだ。部活に入らないと言った時の表情は、心なしか寂しそうに見えた。もしかすると、本当は部活をやってみたいのかもしれない。それでも桐畑家に負担をかけていることに薄々勘づいているから、部活に興味がないふりをしたのかもしれない。少なくとも、すすんで下校後に夕食を作りたいわけではないだろう。両親とも元気な家庭だったら、そんなことはしなくてもいいのだから。

もちろん龍太の本心は聞いてみないと分からないし、聞いたところで正直に教えてくれるとは限らない。ただ、直美の本心を言えば、これから何年も飯倉兄弟の世話をするのは、さすがに負担が大きいと思うようになっていた。結果的には、そんな気持ちを言葉にすることなく、龍太に伝えることに成功したのだ。龍太には申し訳ないが、これで万々歳だ。

こうやって本音と建て前を使い分けるのが、生きていくということなのだろう——。直美は最近、そう思うようになっていた。少し前まで善意をほとばしらせていた直美に、変化が生じていた。

こう思うようになった最初のきっかけは、『カミさんはミステリー作家・善意大暴走編』を描いたことだった。直美は、賢に話を聞いて、夫の視点から見た自分の様子を漫画に描く作業をしたことで、自らを俯瞰《ふかん》することができた。その結果、きっと慈善活動に熱を上げる自分の姿は、賢から見れば若干怖かったのだろうと自覚することができた。

また、原田万梨子の更生を見届けたのも大きかった。直美は、原田彩が出て行った後のひたち野こどもホームと、密接な交流を続けようという気持ちが若干薄れていることに気付いた。それと同時に、万梨子が更生したのを見て、肩の荷が下りたという感覚を覚えた。その感覚の中には、これでもう原田親子のためにお金や時間を使わなくていいんだと安堵する気持ちも、たしかに含まれていたことを自認したのだ。

やっぱり、自分の家族以外の人を、家族と同じくらいの情熱を持って世話し続けられるわけではない。——直美はそんな結論に至った。よく考えたら、当たり前のことかもしれない。

それに、慈善活動に傾倒したここ二年ほどで、この地域における桐畑家の好感度は十分すぎるほど上がった。これ以上熱心に活動を続けても、さほど得はないだろう。むしろ、新しく何かに首をつっこんで失敗したら、悪い噂だって立つかもしれない。

児童養護施設の修繕費、臓器移植が必要な子供の渡航費、自治会館の移転費……いずれの寄付も、当初は純粋な善意によるものだった。でも、いつからか、そういった寄付によって周りにどう思われるかという計算の方が、先に立つようになっていた。

ただ、それで誰かが不幸になっただろうか？　いや、決してそんなことはない。それどころか、間違いなく多くの人を幸せにしているのだ。じゃあそれでいい。私はそういう人間なのだ。いわゆる偽善者なのかもしれない。でも偽善と本物の善なんて紙一重で、誰にも見分けられるものではないのだ。偽善だとしても、結果的に助かっている人がいればいいのだ。――なんてことを直美が考えている間に、子供たちはもう別の話題で盛り上がっていた。

「そうだ、プール行くのいつにする？」

「うち、じいちゃんのお見舞い行かなきゃいけないから、八月に入ってからの方がいいかな」

康輝と龍太と玄太が、夏休みに開放される学校のプールに行く約束をしている。龍太が自立に向かってはいても、プールでテンションが上がるなんて、やっぱりまだまだ子供だ。

と、それを聞いていた咲希が、「私も行きた～い」と手を挙げた。

「え〜? だって咲希、まだ一年生用の小っちゃいプールにしか入れないだろ。俺たちと一緒には遊べないぞ」康輝が面倒臭そうに顔をしかめた。

「でも行きたい〜」咲希は口を尖らせて訴えた。

「連れてってあげてよ康輝」

直美が言ったが、康輝はまた「え〜?」と不満げな顔をする。すると咲希が言った。

「いいもん、玄太君に連れてってもらう」

「おいおい」玄太が苦笑した。

だが、咲希と一瞬だけ見つめ合って微笑んだところを見ると、まんざらでもないように見える。もしかすると、同級生のエリカちゃんに思いを寄せつつも、咲希にも少し心が動いているのかもしれない。——直美は、小四と小一の恋模様を微笑ましく見つめた。

その後、夕食を食べ終え、しばらくしたところで、飯倉剛の迎えがきた。

「どうもどうも、今日もありがとうございました」剛が恭《うやうや》しく頭を下げる。

「いえいえ、ご苦労様です。あと、今日は龍太君と玄太君にカレーを作ってもらったんです」

直美が言うと、剛は「ああ、そうだったんですか」と、少しぎこちない笑顔でうなずいた。

「まあ、ニンジン硬くなっちゃったけどね」

龍太と玄太は苦笑しながら、帰り支度を済ませて玄関にやってきた。

と、そこで剛が、手に持った鞄から本を取り出した。

「ああそうだ、健一先生の新刊、買いました」

剛は『カミさんはミステリー作家・善意大暴走編』を差し出した。直美は、あ、私の本だ、と思いかけて、いやいや賢が描いたことになってるんだった、と思い直す。

「もしできたら、健一先生にサインを……」

と剛が言いかけたところで、玄太が「俺もらってくる」と、その本を受け取って、リビングにとって返した。

「あっ、ちょっと玄太……」

剛は少し慌てた様子で言ったが、玄太がリビングにいた賢に「おじさんサインくださ〜い」と頼みに行った。すると康輝が「サイン用のページはここだよ、最初の白いページ」と得意そうに教えながら開いてやり、ペン立てからサインペンを取ってきて賢に渡した。

康輝が開いたページに、賢がさっとサインを書いてやる様子が、直美からも見えた。

玄太が、「ありがとう」と、その本を持って玄関に戻ってきた。

「どうも、お買い上げありがとうございます」

賢がリビングから顔を出して、玄関の剛に声をかけた。心なしか、その表情が硬いようにも見えた。まだ剛に正体を見破られるのを警戒しているのかもしれないが、そんな可能性はもうゼロに等しいだろうと、直美は思っている。

「いえいえ、とんでもないです。こちらこそ、サインありがとうございます」

剛がぺこぺこと頭を下げて、玄太から渡されたサイン本を鞄にしまった。

そこで直美が、ふと思い出して尋ねた。

「ああそうだ、飯倉さん、今度の日曜、学校の草刈り行きます？」

夏休みの最初の週に、小学校の校庭の除草作業を保護者有志で行うのが、恒例行事になっているのだ。多くの地域では、校庭の除草作業は夏休み終了間際に行うのが主流らしいが、この地域は農業を営む保護者が多く、八月には早場米《はやばまい》の収穫も始まるので、除草作業は夏休みに入って早々に行われる。

「ああ……そうだ、次の日曜日ですよね。私も、その日は休めそうなんで行きますよ」

剛は、少し考えてから答えた。直美も笑顔でうなずく。

「うちも夫婦で行きますんで、じゃ、その時にまた」

「ええ、よろしくお願いします」

「それじゃバイバ～イ」

飯倉家と桐畑家の親子が、玄関先で手を振り合って別れる。いつも通りの光景だ。

だが、直美が家の中に戻った時、賢が虚空をじっと見つめて佇んでいるのに気付いた。

「どうしたの？」

直美が尋ねると、賢ははっと気付いたように答えた。

「あ、いや……何でもない」

25

小学校が夏休みに入ってすぐ、校庭の除草作業の日を迎えた。

賢は迷ったが、行くことにした。

予感はあった。でも、考えすぎかもしれない。

もし、考えすぎじゃなかったとしたら——その時は、もはやどうしようもない。

「では、こちら側のみなさん、サッカーグラウンドの方をお願いします。で、こちら側のみなさんは、校舎裏の方をお願いします」

教務主任の指示通りに、賢は他の保護者たちと一緒に、サッカーグラウンドの方へと歩く。それから、曇りとはいえ蒸し暑い天候の中、作業が始まった。誰もが早く作業を終わらせたいので、よほど仲の良い母親同士を除いて、雑談をする保護者も少なく、賢も直美もあまり話しかけられることはなかった。

と、作業が始まって十分ぐらい経ったところで、飯倉剛が、賢にペットボトル入りの麦茶を差し出してきた。

「先生、これどうぞ」

「ああ、わざわざ買ってきてくれたんですか?」

賢が目を丸くすると、剛はぺこぺこと頭を下げた。

「いつもお世話になってますんで、せめてこれぐらいのお礼はさせてください」

「じゃ、お言葉に甘えて」賢は笑顔でそれを受け取った。

それから、麦茶を時々飲みつつ、二十分ほど作業を続けたところで、剛が再びやってきた。

「さっきの麦茶、飲み終わったら捨ててきますよ」

「ああ、ゆっくり飲むんで大丈夫です」

賢は、木陰に置いたペットボトルを指して答える。それでも剛は言った。

「でも、もうぬるくなっちゃったんじゃないですか。新しいの買ってきましょうか」

「いえいえ、熱中症予防のためには冷たすぎない方がいいらしいんで、大丈夫ですよ」

まだ麦茶は半分以上残っていた。剛は「そうですか、失礼しました」と、笑顔でぺこぺこと頭を下げながら去って行った。

その後も賢は、黙々と作業を続けた。白いタオルをずっと首から下げていたが、何度も汗を拭っているうちに、思わず自分の汗臭さに顔をしかめるほどになっていた。それでも、他の保護者たちと協力して作業を進めるうちに、持ち場の雑草の大半を片付けた。

「いや〜、やっと終わりそうですね」

周りの保護者たちが、ほっとしたような声で雑談をするようになった。ようやく先が見えてきて安堵しているようだ。賢も一息ついて、タオルで顔を拭こうとした。

そこで、いつの間にか、首にかけたタオルを落としていたことに気付いた。

「あれ……」

と、周りをキョロキョロして探した賢に、剛が近寄ってきた。

「ああ、先生、さっきタオル落としましたでしょ」

「あ、すいません」

賢は、剛から白いタオルを受け取る。剛は会釈した後、持ち場の方向へ去って行った。

その後、作業に戻った賢は、タオルで顔を拭った。

――しばらく立ち尽くした後、賢は遠くを見つめて、微かに笑みを浮かべた。

ほどなくして、教務主任がよく通る声で言った。

「では、そろそろ終了ということで、みなさんありがとうございました～。こちらでジュースを配ってますので、よかったらどうぞ」

他の保護者たちは、「あ～終わった」「お疲れ様でした」などと声をかけ合いながら、教務主任のもとへと集まっていった。賢もその方向へと歩く。

そこで、剛がすっと賢の横についてきた。そして、歩きながらささやくように言った。

「先生。……本当に、先生には、感謝してます」

賢は、どう返していいか分からず、ゆっくり歩きながら、曖昧な笑みを浮かべて頭を下げた。

「当然、恩を返さなくちゃいけない」

剛は、うつむき気味に歩きながら言葉を続けた。

「もし、先生のご家族に何か起きた時は、私が命を懸けてお守りしますからね……。私と龍太と玄太で、康輝君と咲希ちゃんを、絶対に、絶対に守ります」

「……お願いします」

賢は一言だけ答えた後、ふと立ち止まって、タオルをじっと見つめた。

そして、そのタオルで顔を拭い、剛に微笑みかけた。

その様子を見て、剛ははっと息を漏らした。その後、自らもタオルで目元を覆い、そのままじっとうつむいて沈黙した。

そんな剛に、賢が話しかけた。

「そういえば、たしか来週、康輝と龍太君と玄太君が、プールに行くらしいですね」

剛はタオルで顔を覆ったまま、小さくうなずいた。賢は言葉を続けた。

「咲希も行きたがったんですけど、康輝は嫌がってましたね。まあでも、連れて行ってもらいましょう。咲希だけ留守番じゃかわいそうですからね」

剛は、顔を上げて「そうですね」と小声でうなずいた。その目は赤くなっていた。

「子供たちがプールに行けば、その日は家で、夫婦水入らずになるなあ」

賢が遠くを見ながら言うと、剛がまたタオルで目元を覆った。

「いや〜、疲れたね」

夫婦揃って車に乗り込んだところで、直美が言った。

一方、賢はじっと黙っている。その様子に気付いた直美が、尋ねてくる。

「ん、何かあったの？」

賢は、直美をじっと見返してから、声を絞り出して言った。

「直美……うちに帰ったら、今までの日記、出してくれないか」

運転席の直美は、目をこぼれ落ちそうなほど開いて、じっと賢を見つめた。

26

「行ってきま～す」

康輝と咲希が、水着やタオルなどが入ったバッグを持って、夏休みの小学校のプールに出かける。徒歩で学校まで行き、龍太と玄太とは現地集合するらしい。

「咲希のこと、これからお願いね」

直美が声をかけると、康輝は苦笑しながら返した。

「プール行くだけなのに、そんな大げさに言わなくてもいいっしょ」

「わたしには、お兄ちゃんのことお願いしないの？」

咲希が不満げに言ったので、直美がにっこり笑って返す。

「咲希も、お兄ちゃんのこと、お願いね」

「うん！」大きくうなずく咲希。

「じゃ、いってらっしゃい！」

康輝と咲希が歩いて行くのを、賢と直美は、わざわざ道路に出て手を振って見送った。

「えっ、やめてよ恥ずかしい！」

康輝が振り返って困惑気味に言ったが、「誰も見てないんだからいいでしょ」と直美は笑って返した。そのまま賢と直美は、子供たちが角を曲がって見えなくなるまで手を振り続けた。

見送りを終え、賢と直美は、並んで玄関の中に入った。

そして、ドアが閉まるやいなや、まるで強力な磁石のように、きつく抱きしめ合った。

「キスして」

直美が言って、二人は一分近く、長いキスを交わした。

その後、二人は抱き合ったまま、上がり框《がまち》に腰かけた。互いの体温と息づかいを感じながら、言葉を交わすこともなかったが、数分経ったところで、ようやく直美が涙声で言った。

「考えすぎだよ。……今日は、康輝と咲希が、普通にプール行って、普通に帰ってくる。ただそれだけだよ」

賢は何も言わず、直美の頭を優しく撫でた。

その時、ドアチャイムが鳴った。ピンポーンという聞き慣れた音でも、直美はびくっと肩を震わせた。

「きっと、ただの宅急便だよ。いや、郵便屋さんかな?」直美が震える声で言った。

賢は、そんな直美の背中をさすった後、もう一度キスをしてから立ち上がった。

そして、玄関のドアを開けた。

そこには、いかめしい様子の男たちが何人も立っていた。その先頭の、見たところ四十代の若白髪の男が、賢を見つめて言った。

「警察の者です」

賢が、静かにうなずいた。その後ろで直美が、わあっと泣き出した。

「大菅賢さんですね」

若白髪の刑事の問いかけに、賢は「はい」とうなずいた。

「十五年前の、添島茂明さんに対する傷害致死の容疑で、逮捕状が出ています」

若白髪の刑事が言った。一方、賢は、その背後に向かって言葉をかけた。

「今日来てくれたことに、感謝します」

すると、若白髪の刑事の背後に控えていた男が、顔を歪ませてうつむいた。

そこにいたのは、飯倉剛だった——。

「ええ、それから桐畑直美さん、あなたにも犯人蔵匿の容疑で逮捕状が……」

若白髪の刑事が、直美にも声をかけたが、賢はそれを遮るように言った。

「ああ、ちょっとよろしいですか? まあ、どうせ後で喋ることですけど……」

賢は前置きした後で語った。

「十五年前、ここに建っていた古びた木造の家に、直美は一人で住んでいました。彼女は残念ながら、逃亡中の僕が通りかかった夜、玄関の鍵をかけ忘れていたんです。僕は金目当てで玄関から侵入したんですが、寝ている彼女を見つけて性衝動に駆られ、台所にあった包丁を突きつけ、繰り返しレイプしました。そして、その後もさんざん暴力を振るって彼女を服従させ、ここまでやってきたんです。彼女の名義で小説を書いて生活することも、僕が思い付いて彼女に命令したんです」

「何言ってんの？　あれは私が……」

背後で直美が言いかけたが、賢は早口で続ける。

「彼女は僕を積極的に匿っていたように思われるでしょうが、実は僕の洗脳下にあったんです。彼女には身寄りがなく、警察にも不信感を抱いていた。そのため警察に通報することもできず、侵入者の僕に支配され、洗脳されてしまった。それが十五年続いたのが、今の状態です」

「賢、何言ってんの？　今の話は全部嘘です！　馬鹿じゃないの!?」直美は混乱した様子で、刑事たちに向かって叫んだ。「嘘です！　嘘です！」

だが、賢は直美を振り向き、じっと見つめた。

その目を見て、直美が小さく息を呑んだのが分かった。

それを見届けてから、賢はまた前を向き、話を続けた。

「彼女は錯乱《さくらん》しています。なるべく穏やかに取り調べをしてやってください。そうすればきっと真実を思い出すはずです」

「まあ、その話は、後でゆっくり」

若白髪の男が言うと、「午前九時七分、傷害致死の容疑で逮捕」と別の刑事が言う。

そして、賢の両手に手錠がかけられる。

それと同時に、賢の手首に、ぽたぽたと水滴が垂れた。

手錠をかけた飯倉剛は、うつむいたまま、ぶるぶると肩を震わせていた。


パトカーに乗せられた後、賢は隣に座る若白髪の刑事に話しかけた。

「やっぱり、顔ですか？」

「はい？」若白髪の刑事が聞き返す。

「顔、ばれないようにしてたつもりだったんですけど、誰かに見抜かれたんですか？　たぶん飯倉さんではないと思うんですけど……」

賢が、助手席の剛にちらっと目をやった。泣き顔の剛は、少しだけ笑ったようだった。

「お恥ずかしい話ですが、顔は見抜けませんでした。あなたの風貌の変化は、警視庁の見当たり捜査員も感心するほどでした。──ああ、私は警視庁の者で、茨城県警さんや千葉県警さんの力も借りて、ここまで来たんですけどね」若白髪の刑事が答えた。

「へえ、じゃあどうして気付いたんですか？　まあ、言えなかったらいいですけど」

賢は、詳しくは教えてもらえないだろうと思っていたが、若白髪の刑事は答えてくれた。

「きっかけは、こっちじゃなくてこっちだったんです」

若白髪の刑事は、自らの目と耳を順に指差した。

「目じゃなくて耳……ですか？」

賢が聞き返すと、若白髪の刑事はうなずいてから説明した。

「あなたの消息は、十五年前の事件後、東金市の福俵駅付近からぷつりと絶たれました。そのまま海まで歩いて入水自殺したという説も、どこかに隠れているという説もありました。ただ、どこに隠れるにしても、防犯カメラに一切映らず移動するというのは非常に難しい。まず考えられたのは、知り合いに車で迎えに来てもらったという線でしたが、あなたと接点のある地元の人間をいくら当たっても、怪しい人間はいませんでした。じゃあどうやってあんな風に消えたんだろうと推理する中で、トラックの荷台に乗ったんじゃないかという説が出てきました。アメリカで実際、刑務所の出入り業者のトラックの荷台に隠れて、囚人が脱獄した例があったんです。運転手の隙を見て乗り込んでしまえば、誰にも気付かれず、防犯カメラにも映らずに移動できるわけですね」

賢は「ああ……」と、十五年前を思い出しながらうなずいた。刑事の説明は続く。

「ただ、トラックの荷台といっても、長距離トラックなどのロックがかかった荷台には簡単には乗り込めない。乗り込めるとしたら、荷台に幌だけ付いてるような、二トンから軽トラックぐらいの車種なんじゃないかと我々は考えました。そこで、道路沿いの防犯カメラを徹底的に当たって、聞き込みを重ねましたが、車両の特定には至りませんでした」

「そういえば……あの夜、たしか植木屋の軽トラの荷台のシートに隠れて、そのあと小便がしたくなって降りて、別の軽トラの荷台に乗り替えたんですよ」賢が述懐する。

「なるほど。その一台目の軽トラというのは、我々も見つけられませんでしたね」

若白髪の刑事はうなずいた後、また語り出した。

「ただ、我々としても、逃走に最も使いやすいのは、幌付きのトラックだろうとは思ってたんです。結局、その捜査も暗礁に乗り上げてしまったんですが、今考えれば私も、『幌付きのトラック』という言葉にすごく敏感になっていたんですね。そのキーワードは、事件が未解決のまま十五年が経っても、脳裏にこびりついてたんです。――そんな今年の春先のことでした。たまたま私が、別の事件の捜査で茨城に来ていた時、立ち寄った店で流れていたローカルラジオ番組で聞いたんですよ。『十五年前の秋の満月の夜』、そして『荷台に幌の付いた軽トラック』という言葉をね。その瞬間、私は耳をダンボにしました……なんて、古い言い方しちゃいましたね」

若白髪の刑事が、ふっと微笑んでから続ける。

「その番組では、リスナーから怖い話を募集していたんですが、その中でこんなエピソードが紹介されていたんです。十五年前の秋の満月の夜、リスナーの男性が幌付きの軽トラックで引っ越しをしていたところ、荷台から変な音がして、車を降りてみたら荷台から何かが現れ、暗闇の中で目の前をさっと横切った。そして荷台を見ると荷物が倒れていて、血の跡が残されていた。彼は悪霊でも乗せてしまったのかと震え上がった――という話でしたが、今は素敵な奥さんと子供に囲まれ毎日幸せです、みたいなオチが付いてました」

ふと賢も、その話をどこかで聞いたような気がしたが、はっきりとは思い出せない。気のせいかもしれないな、と思った。一方、若白髪の刑事は話を続ける。

「私はそれを聞いて、まずは添島さんが殺された日の月の満ち欠けを、気象台のサイトで調べました。するとたしかにあの日も満月だったんです。私はすぐそのラジオ局に行き、音源を借りて例のエピソードを改めて聞きました。さらに、局員の方に頼んで、投稿者に電話をかけてもらってから、実際に彼に会いに行ってみたんです。無駄足に終わる可能性の方が高いと思ってました。ただ、彼は当時、転勤のために引っ越していたので、引っ越しの日付は会社の記録に残ってたんです。その日付が、まさにあの事件と同じ日だった。しかも彼の引っ越し前の住所は、東金市の隣の大網白里市《おおあみしらさと》だった――。さすがに鳥肌が立ちました。引っ越しに使った軽トラは、残念ながらとっくに廃車になっていましたが、私は、引っ越し中の軽トラで荷物が倒れ、何かが荷台から現れて目の前を横切り、荷台に血痕が残されていたという出来事がどこで起きたのか、彼に聞いてみたんです。十五年前のことなので、すぐには思い出せないようでしたが、通った道を順序立てて聞いてるうちに、どうにか思い出してくれて……」

「僕も今思い出しました。たしかあの時、荷台の中で寝ちゃって荷物を倒して、その下敷きになって足首から出血しちゃったんですよ」

賢は当時を振り返った。そして、そこから警察の捜査の経過を推理して語った。

「その場所が、ときわ市の田んぼの中の道だったわけですね。そして、そこからそう遠くない場所に、大菅賢と同じくミステリー作家の、桐畑直美の家がある。しかも直美と夫の健一は、ちょうどその時期に出会って同棲を始めたらしく、直美はその翌年に作家デビューしている。さらにその何年も後になって、健一は生まれた時から戸籍がなかったという理由で、住民票を新たに作っている。――もし健一の正体が、例の軽トラでときわ市まで逃げてきた大菅賢で、桐畑直美のゴーストライターだったとしたら……」

「荒唐無稽な推理かもしれない。でも、確かめずにはいられませんでした」

若白髪の刑事が言った。賢はさらに警察の動きを推理する。

「しかもちょうど、ときわ警察署の刑事課長の息子と、桐畑家の息子が同級生だということが分かった。これを利用しない手はないと考え、DNAの資料をとってくるよう頼んだ」

「仕事とはいえ、飯倉さんには酷なことをさせました」

若白髪の刑事はうなずいた。すると賢は、少し前の記憶をたどって話した。

「小学校の除草作業の日、まず飯倉さんは、ペットボトルの麦茶を僕に勧めて、僕が飲んだボトルを回収しようとした。でも、僕はなかなか飲みきらなかった。そんな中、僕がタオルを落としたのを見て、素早くすり替えて、僕の細胞片が付着したタオルを回収した。――汗臭かったはずのタオルから、ほのかに洗剤のいい香りがするようになってましたからね」

「やっぱり、気付かれてたんですね……」

飯倉剛が助手席からつぶやいた。賢はうなずいてから続けた。

「いや、その前に、うちに龍太君と玄太君を迎えに来た夜、新刊本にサインをするよう僕に頼んだ時から、僕のDNAと指紋を採りたかったんじゃありませんか？　でもあの時は、玄太君が僕のところに本を持って行ってしまって、しかもそのあと康輝が開いたページに僕がサインをしてしまったから、僕は本に手を触れなかった」

「全部、お見通しだったんですね……」剛が小さな声で言った。

そこでふと、若白髪の刑事が不思議そうに尋ねる。

「細胞片を採られようとしていると気付いたのに、逃げようとは思わなかったんですか？」

「その時点で、もう勝ち目はないってことぐらい分かってましたよ。逃げても、必ず追われる。そして必ず捕まる。だったら、子供たちに少しでも傷を負わせない形で終わりたかった――。飯倉さんなら、きっとそのように配慮してくれると思ったんです」

賢がそう言うと、剛は耐えきれず、また「ううっ」と涙を流した。

「犯人が刑事を泣かせるって……普通逆ですよ」

そう笑った賢の目からも、涙が一筋こぼれていた。二人の間には、友情のような熱い絆が生まれていた。

直美が、飯倉家の龍太と玄太を預かる決断をしたのは、やはり正解だったのだと、賢は今になって確信していた。それがあったから、飯倉剛は、ときわ署の刑事課長として、康輝と咲希の目の前で両親を逮捕するのを避け、子供たちが出かけた後で逮捕しに来てくれたのだろう。熱く清々しい涙を流しながら、賢は剛を見つめて、また笑った。

——だが、その時だった。

「一つだけよろしいですか」

若白髪の刑事の声に、賢が顔を向けた。

「添島茂明さんのお父さんは、十五年前は肝臓の病気の治療中でしたが、茂明さんがあなたに突き飛ばされて亡くなってから、自暴自棄になって通院も怠り、みるみる病状が悪化して半年後に亡くなりました。『茂明』とかすれた声でつぶやいたのが、最期の言葉だったそうです。そしてお母さんは、あなたが顔と名前を変えて、家庭を築いて幸せに暮らしていた間に、二度も自殺未遂をしています。未だに睡眠薬なしでは眠れないそうです」

若白髪の刑事は、さっきまでよりも低く厳かな声で、淡々と語った。

「添島茂明さんは、たしかに横領を働いていました。あなたにとっても嫌な編集者だったんでしょう。しかし、そんなことは知らずに、息子が出版社で頑張っているとしか思っていなかった老夫婦の生活は、あなたの犯行で、無残に、惨めに、ぼろぼろに破壊されました。そのことだけは忘れないでください」

それを聞いて、賢は笑顔を消して、がっくりとうなずくしかなかった。

＊　　＊　　＊

その後の顚末は、テレビや新聞等で報道されている通りです。

私たち、桐畑直美と、桐畑健一こと大菅賢は、現在裁判中です。この本が出版される頃にはもう判決が出ているかもしれませんが、現時点ではまだ刑は確定していません。

この本では、私たち夫婦が、初めて自分の名前を偽らずに、記憶している限りの真実を書きました。１７７ページに、二人で日記を書くようになる場面がありますが、あれからずっと書き続けていた日記を読み返しながら、この本を仕上げました。とはいえ、登場人物の名前は、桐畑直美、大菅賢、そして添島茂明さん以外、全て仮名です。

私たちはこれまで生活していく上で、自らの正体を偽り、数え切れないほどの人を騙してきました。いくら謝っても足りないことは重々承知していますが、お詫びをさせていただきます。誠に申し訳ございませんでした。

エピローグ

『指名手配作家』は、以上の内容で発売された。

ただ、発売に至る前から振り返ると、ずいぶんと色々なことがあった。

まず去年、桐畑夫妻が逮捕された当初は、彼らの著書は書店からすべて撤去された。二人とも犯罪者であり、しかも読者を欺くゴーストライターだったわけで、各出版社や全国の書店が、彼らの作品を店頭に並べることを自粛したのだ。

だが、そんな自粛は、長くは続かなかった。

そもそも、犯罪者の作品を売ってはならないというルールは、いつの間にか日本で定着していたが、別に法律で決まっているわけではないのだ。過去にも、麻薬所持で逮捕された歌手のCDが自主回収されたり、不祥事を起こした俳優が出演したドラマがお蔵入りになったりしたケースがあったが、おそらく世の中の多くの人間が「こんなことをしても誰も得しないよな」と薄々気付いていたことだろう。

また、昔から出版の世界では、殺人犯が本を出すようなこともざらにあった。そのたびに版元の出版社には批判も集まったが、出版界においては、犯罪者の作品を売るという行為のハードルは、音楽や映像の世界よりは低かったといえるだろう。

さらに、桐畑夫妻が互いのゴーストライターを務めていたという前代未聞の話題性は、二人の過去の作品の需要も急騰させ、ネット上では二人の著作の中古価格が数万円にまで跳ね上がっていた。その様子を見るにつけ、やはりこの商機を逃すのはもったいないと各出版社が思ったのだろう。結局、夫婦の逮捕から三ヶ月ほどで「赤信号みんなで渡れば怖くない」とばかりに、各社が一斉に自粛をやめたのだった。二人の作品は、あえて著者名はそのままにした上で、夫婦が互いのゴーストライターを務めていたこと、そして二人とも逮捕されたことを追記し、再び発売されることとなった。その結果、「桐畑直美」「桐畑健二」「大菅賢」のいずれの作品も、出版不況の中で特需ともいえる売り上げを記録した。

もちろん、予想通りバッシングは起きた。各社とも、獄中の桐畑夫妻と協議した上で、売り上げの著者印税分は、添島茂明の遺族への賠償金や、桐畑夫妻が手がけてきた慈善活動への寄付に充てると表明していたが、それでも「出版社が売り上げを懐に入れるとは何事だ。全額を寄付しろ」などという苦情が多数入ったらしい。また、添島茂明の弟が、テレビの取材に対し、顔にモザイクがかかった状態で、「人殺しの本を売るなんて信じられない」と出版業界に怒りを表明したこともあった。

ただ、そんな中、若者に絶大な人気を誇るライトノベル作家が「実は僕も、別のペンネームで三葉社からデビューし活動していた時期があったけど、担当編集者の添島茂明のパワハラに耐えかねて廃業し、ライトノベルで再デビューした」という思わぬ過去を、自身のブログで告白した。そのため、添島が生前、会社の金を横領していた事実と相まって「添島は殺されても仕方ない奴だった」的な風潮が一気に強まった。ただ、それに対して、再び添島の弟を中心とした遺族が反発し、双方の味方をする無関係な野次馬も加わって誹謗中傷が飛び交い、もはや場外乱闘のような騒動に発展していった。

その一方で、大菅賢が逮捕当初「直美を暴力で服従させて洗脳した」という供述をして、直美もそれに合わせるような供述をしていたものの、最後は正直に全て白状した、という内容のニュースも流れた。そのエピソードは、賢が直美を守ろうとした美談のように語られ、被害者の添島の株が下がっていたのとは対照的に、加害者側の株が上がるような風潮さえ生まれた。

だが、おそらくそれも全て、計算だったのだろう。

そういう情報が流れた方が同情が集まることぐらい、二人は分かってやっていたのだ。二人で申し合わせて芝居を打ったのか、それとも賢の独断だったのか――一応、『指名手配作家』の381ページあたりでは後者だったように描かれているけど、実際どうだったのかは分からない。まあ、賢の独断だったとしても、直美はすぐにその意図を読み取ったのだろう。

賢と直美は、そういう夫婦なのだ。あうんの呼吸で嘘と打算を繰り返す二人なのだ。そうでなければ、十五年間も世間を騙し、我が子まで騙して生きていくことなどできないのだ。

そして、そんな二人の話題が盛り上がっているうちに仕上げなければと思って、俺は急いで『指名手配作家』に着手したのだった。

早くしないと、賢と直美――父さんと母さんのホットな売り時を逃してしまうことぐらい、十二歳の俺でも分かったから。

実は俺は、父さんと母さんが仕事部屋で「あと五年だね」とか「もう十五年も逃げてる」とか「時効成立がゴールじゃない」なんて話しているのを聞いたことがあった。ちょうど『指名手配作家』の352ページに出てくるシーンだ。いつもは施錠してあるドアがその時に限って開いてて、俺が廊下で立ち聞きしてる時に母さんがドアが開いてることに気付いたから、すぐ俺は忍び足で自分の部屋に行ったけど、その後二人がいちゃつき始めたのも分かっていた。

で、俺は二人が言っていた「あと五年」「もう十五年も逃げてる」「時効成立」という言葉を思い出して、時効が二十年の犯罪についてパソコンで調べてみた。該当するのは、傷害致死と危険運転致死だった。でも、危険運転致死は危険運転だって分かった時点で捕まってるのが普通だろうから、二人が関わってるとしたら傷害致死だろうと思って、十五年前の未解決の傷害致死事件について検索してみた。

そしたら、出てきたのが大菅賢の事件だった。

大菅賢の指名手配写真は、ぱっと見た感じ、父さんと同一人物には見えなかった。だけど俺はすぐ、父さんに違いないって確信した。

だって、父さんには似てなかったけど、俺の顔によく似てたんだもん。

もちろんショックだったけど、やっぱりそういうことだったのかと納得した部分もあった。たしか俺が小学校三年生ぐらいの時、本当は父さんが小説を書いてて母さんが漫画を描いてるのに、どうして世間では逆ってことになってるの、と両親に聞いたことがあった。その時は「男のエッセイ漫画家も、女のミステリー作家も珍しいから、こうした方が売れるんだ」的な説明をされて、俺も一度は納得しかけたけど、成長していくにつれて、男のエッセイ漫画家も女のミステリー作家もたくさんいることに気付いたから、たぶんあれが本当の理由ではないってことは、薄々分かってた。

それで結局、父さんが傷害致死で指名手配になってるってことが分かって、時効まで逃げてくれたらいいなと密かに思ってたんだけど、最終的に父さんと母さんは捕まってしまった。

――それからの日々は、今思い返してもドタバタだった。

まず逮捕当日。夏休みの学校のプールに、塚原啓輔《つかはらけいすけ》・聡輔《そうすけ》兄弟のお父さんがやって来た。最初は迎えに来てくれたのかと思ったけど、「優也《ゆうや》君と舞花《まいか》ちゃん、ちょっと来てくれるか」と悲しそうな顔で言われて、連れて行かれた車の中に知らないおばさんがいて、そのおばさんから精一杯傷つかないように配慮された口調で、両親が逮捕されたという事実を教えられた。

それから、児童相談所に連れて行かれて、児童福祉司とか警察官とか、いろんな公務員のみなさんが、腫れ物に触るような感じで俺たち兄妹に接してきた。舞花はショックで夜中まで泣いちゃうし、俺も本当は泣きたかったけど舞花のそばについていてやらなきゃいけなかったし、あの時期が一番つらかった。これからどうなるのか分からなくて、不安で仕方なかった。

ただ、そこからは、何人もの大人の善意に支えられた。

まず、常陽キッズホームが、すぐ俺たちの引き取りを申し出てくれた。さらに塚原家も申し出てくれた。おまけに、俺は面識はないけど、野上《のがみ》さんというシングルマザーの母親も申し出てくれたらしい。その結果、ちょっとした俺たち兄妹の争奪戦みたいな状況になった。

でも、最終的に俺と舞花は、おばあちゃんに育てられることになった。今は、おばあちゃんが東金からうちに移り住んできて、俺と舞花の保護者になってくれている。俺は赤ちゃんの頃におばあちゃんに会ってるらしいけど、その時の記憶はなかった。ただ、それにしてはなぜか顔に見覚えがあるな、と思っていたら、母さんのスマホの昔の待ち受け画面の写真で、一歳の頃の俺と並んで写っていたのが、おばあちゃんだったらしい。

それと、舞花は俺以上に、おばあちゃんのことを知っていた。実はおばあちゃんは、母さんの慈善活動についての新聞記事を読んだのがきっかけで、常陽キッズホームのイベントに行って舞花と会っていたのだ。

新聞記事の中で、桐畑家の娘の友人が常陽キッズホームに入所したのをきっかけに母さんが慈善活動に取り組み始めたことや、常陽キッズホームの地域交流イベントのたびに母さんが娘を連れて訪問していることが書かれていて、それを読んだおばあちゃんは、常陽キッズホームのイベントに行けば、まだ会ったことのない孫娘に会えるのではないかと考えたらしい。自分一人で会いに行けば怪しまれるかもしれないけど、何十人もの中に紛れてしまえばバレないだろうという、おばあちゃんなりの計算だったのだ。『指名手配作家』の359ページに、作中で「咲希」という仮名になっている舞花が、おばあちゃんと会ってたことを匂わせるシーンがこっそり出てくるんだけど、実際のおばあちゃんは、それ以前にも何回か常陽キッズホームのイベントを訪れて、舞花の顔を遠くから眺めていたらしい。――ちなみに『指名手配作家』の最後のページに書いてある通り、作中に出てくる人はほとんど仮名だ。俺は康輝、舞花は咲希、啓輔は龍太、聡輔は玄太って名前になってるし、常陽キッズホームも、ひたち野こどもホームっていう名前になってる。

とにかく、俺と舞花は、おばあちゃんと三人で、元の家で暮らすことになった。その後、夏休みが終わって、俺と舞花は元通り学校に行けるのか、行ったとしてもいじめられるんじゃないかと心配してたんだけど、ここが田舎の強みだった。

まず第一に、啓輔がかばってくれたのが大きかった。まあ、一学年一クラスで、一番体が大きい啓輔が、一番勉強ができる俺を守れば、いじめようなんて奴は誰も出てこない。

もっとも、啓輔がそこまでしなくても、案外大丈夫だったのかもしれない。

「ごめん、あんなことになって、俺もびっくりしてる。でも、俺はこれからもこの学校に通うしかないから、今まで通り接してくれるかな」

俺が九月一日に登校してすぐ、クラスのみんなに言うと、みんな「いいよ」とか「当たり前じゃん」と返してきて、そこから本当に今まで通りに接してくれた。本当に、ただそれだけでOKだった。舞花の方も、表立っていじめられることはほとんどなかったらしい。都会の学校じゃ、こうはいかなかったかもしれない。

それに、うちにやってきたマスコミも、近所の人がわざわざうちの前まで来て、追い払ってくれた。最初は、俺と舞花が児童相談所から戻った翌日の朝だった。朝起きて、やけに家の前が騒がしいと思ったら、近所のおじさんとおばさんたちが十人以上集まって、テレビ局のカメラマンたちを取り囲んでいたのだ。

「あんたら、罪のない子供追い回して恥ずかしくねえのか！」

「近所迷惑だよ！　警察呼ぶよ」

「BPOにも電話するからね」

「あんたらの顔も写真撮っとくよ！　ネットに上げてやるよ」

テレビ局のスタッフたちは、レースのカーテン越しに怖々見ていた俺たちの前で、おじさんとおばさんたちに追い立てられ、路上駐車したハイエースに乗ってすごすごと逃げていった。

うちの周りは他の家も遠いし、近所付き合いもそんなに盛んだったわけじゃないのに、なんでみんなここまでしてくれるんだろうって思いながらも、俺は舞花と一緒に外に出て、おじさんとおばさんたちに「ありがとうございました」と礼を言った。

すると、みんな笑顔で、口々に言ったのだ。

「大丈夫、これからもああいう奴らが来たら、おばちゃんたちが追っ払ってやるからね」

「あんなことはあったけど、みんなお父さんとお母さんに助けられたんだから」

「うちの婆さんは、前の土砂崩れの時、自治会館に避難しててな。桐畑先生がお金出して移転してなかったら、たぶん死んじまってたんだ。桐畑先生は婆さんの命の恩人だっぺ」

俺はそこで実感した。母さんが地域でばらまいた金と、轟かせた名声の効果は、逮捕程度では消せなかったのだ――。

さらに、おじさんとおばさんたちはこうも言っていた。

「私たちね、今度は力を合わせて直美ちゃんを守るって決めたの」

「昔、みんなで直美ちゃんを苦しめちゃったからね」

——その時は、何のことを言っているのか分からず、とりあえず無難に「ありがとうございます」とお礼を言っておいたけど、後になって分かった。近所の人たちはみんな、かつて無実の罪で取り調べを受けた母さんを、好奇の目で見たり無視したりしてしまったことを、ずっと後悔していたのだ。だから、今度こそはうちの家族を守ろうと決意してくれたのだ。

その後も何度か、テレビの取材陣が我が家を狙って来たらしい。でも、我が家はド田舎だけあって、車で乗りつけるには道が一本しかなく、しかもその道は、途中で車一台がなんとか通れるほどの細さになる。その最も細い地点に、「桐畑先生は婆さんの命の恩人だっぺ」と言っていたあのおじさんが、軽トラックを停めて通れなくしてしまったのだ。

普通はそんなことをすれば、他の住民に迷惑がかかって、警察に連絡されてしまうところだけど、ド田舎だからそもそも滅多に人は通らないし、その軽トラの持ち主が誰なのかはみんな知っているので、どうしてもその細道を通る用事があったらおじさんに電話をかけて軽トラをどけてもらう——そんな方法で、我が家周辺の緊急の交通ルールが成立してしまったのだ。

やむなく軽トラの手前に車を停めて、歩いて我が家に向かおうとしていた取材陣を、農作業中のみんなで見つけて取り囲んで「何しに来たんだ」「子供にカメラを向けるとは何事だ」と言って撃退すること数回。その後、我が家はあきらめて小学校に来ようとした取材陣は、「他の子供まで巻き込むとは何事だ」と、さらに大人数の周辺住民や保護者や先生たちからの怒りを買って撃退された。そうこうしている間に、芸能人の不倫とか大物政治家の汚職事件とかが立て続けに起こって、いつしか桐畑家の話題は下火になっていった。

それに、主要な週刊誌を出している出版社からは、父さんと母さんが本を出していたからか、雑誌のパパラッチ的な記者はほとんど来なかったし、ネット上の中傷もあったみたいだけど、あんなものは自分から気にして見ようとしなければ気にならない——。そんなこんなで、多くの大事件の当事者の家族が悩まされるというメディアの取材攻勢は、意外にあっさり収まった。もちろん俺の知らないところで、電話や書面での取材におばあちゃんが対応してくれたことも多々あったらしいけど、俺と舞花へのメディアスクラムは、まさに周りの大人たちがスクラムを組んで対抗して、最小限に抑えてくれたのだ。それに関しては、本当に感謝するばかりだ。

同時に、たぶんそこまで計算していたわけではなかったんだろうけど、母さんが何年にもわたって地域にばらまき続けた、過剰な善意と巨額の金が、父さんと母さんが逮捕された後で、結果的に俺たちの盾になってくれたのだということも、改めて実感することになった。

——ただ、そうはいっても、やっぱり俺たちの前途は多難だ。

中学に入ると、先輩の一部に俺をからかう奴が出てきた。それは舞花の方も同じで、二年生に上がってから何度か、学校で嫌なことを言われてるらしい。そんな奴らに負けるつもりはないけど、これから先、もしかすると転校するようなこともあるかもしれない。いや、下手したら転校先でもいじめに遭って、海外に留学でもしないとやっていけないような状況になるかもしれない。あまり考えたくはないけど、可能性としては、ない話ではない。

そういうことも考えると、俺たちだって稼げる分のお金は稼がないといけない。思っていたより味方が多いとはいえ、これからもチビっ子の舞花と一緒に、逆境の中を生きていかなければいけないことに変わりはないんだから。

世間的には、こんなことがあっても桐畑家は大金持ちだと思われてるだろうけど、実はそうでもなさそうだというのが、預金通帳を見たおばあちゃんの感想だった。どうやら、母さんが一時期ハマっていた寄付で、我が家の貯金は相当減っているらしい。『指名手配作家』の中に出てくる寄付先の他にも、母さんは国内外のあらゆる団体に対して、手広く巨額の寄付をしていたようだ。

もちろん、父さんと母さんが捕まっていなければ、この先もまた貯金が増えていったんだろうけど、もうそういう状況ではなくなってしまった。二人の過去の作品は軒並み売れているけど、世間体を考えて著者印税分は全額寄付することにせざるをえなかったので、うちの家計には一円も入ってこない。だからうちの貯金は、今後の多難な生活を考えると、少し不安になるぐらいの額しか残っていないのだ。

そんな中、母さんがもうじき帰ってくる。捕まった当初は、父さんに暴力を受けた上に洗脳されて十年以上従ってた、なんて供述をしてたけど、当然そんな嘘は通用せず、犯人蔵匿などの罪に問われた。ただ、傷害致死よりはずっと軽い罪だから、父さんよりずっと早く出てこられる。そんな母さんと暮らしていくためにも、やっぱり稼げるお金は稼いでおいた方がいい。

そういう事情もあって、『指名手配作家』の出版という運びになったわけだ。

最後のページに書いてある通り、『指名手配作家』は、両親の日記をもとに書かれている。その日記というのは、俺の勉強机の中に入っていた。どうやら父さんが逮捕される寸前に入れていたらしく、俺はそれを、児童相談所から家に帰った日に発見した。『指名手配作家』の177ページには、日記を書き始めた時、出版する気はなかったみたいに書かれてるけど、本当は父さんはバリバリ出版する気だったようだ。俺の机の中には、日記と一緒に、「これを編集者に見せてくれ」というメッセージと出版社の電話番号が書かれたメモが入っていたのだ。父さんは最初から、もしも捕まったら出版してもう一稼ぎするために、日記をつけていたのだろう。

ところが、すぐに問題が見つかった。父さんはどうやら、母さんの日記をちゃんとチェックしていなかったようだ。母さんの日記は、元々育児日記としてつけていたからか、俺や舞花が赤ちゃんだった頃のこととか、舞花が聡輔に片思いしてる様子とかは結構具体的に書いてあったけど、母さん自身のことはあんまり書いてなかったし、ほぼ毎日書いてた父さんに比べると日付も飛び飛びだった。そして何より、父さんに比べて圧倒的に文章が下手だった。

出版社に電話して、わざわざ編集者さんに来てもらって相談もしたけど、「直美さんの文章はさすがに手を加えないと読みづらい」と言われてしまった。でもその時は父さんも母さんも、取り調べやら裁判やらで忙しくて原稿なんて書ける状況じゃなかったし、マスコミの報道が出た分だけ、本で明かせる新情報は減っちゃうから、時間が経つほど売り時を逃していくことは俺にも分かった。母さんの方の文章さえ仕上がれば、すぐにでも出版できる状態だったのだ。

そこで、俺の出番だった。

十二歳なんて、中学受験でもしなければ時間はあり余っている。それに自分で言うのもなんだけど、俺は成績優秀で、国語のテストなんてケアレスミスがなければまず百点だし、小さい頃から読書好きで、四年生あたりからは大人向けの小説もバリバリ読んでた。だから、母さんよりはよっぽどいい文章が書けるし、正直、父さんと比べてもいい勝負だと思う。

というわけで、直美の視点で書かれたシーンは、実はほとんど俺が書いたのだ。

もちろん母さんの日記も少しは参考にしたけど、大部分は母さんとの面会の時に改めて聞き直したり、父さんの日記や俺の記憶を頼りにところどころ創作も加えて、俺が母さんになりきって書いた。それに賢の視点のシーンも、父さんの日記をベースにしつつ、俺がちょこちょこ創作を加えている。そうやって出来上がった作品を、一応父さんと母さんにも目を通してもらった上で、編集者さんと秘密裏に協議を重ねて、どうにか桐畑夫妻の話題の熱が冷めないうちに出版することができたのだ。

すると、もくろみ通り『指名手配作家』はミリオンヒット。この本も世間体を考えて、巻末に「売り上げの一部を寄付します」とは書いてあるんだけど、実は、売り上げの十パーセントが相場の著者印税よりちょっと少ない八パーセントの金額が、俺たちに支払われる契約にしてもらったのだ。ばれたら世間から非難されるだろうけど、これぐらいのちゃっかりは許してほしい。今の俺は一家の主として、幼い妹と年老いたおばあちゃんを養っていかなければならないのだ。まあ、昨日もまた五万部増刷すると連絡があったし、これで当面の生活費の心配はないだろう。

しかし、お金の心配はなくても、将来の心配はある。

俺は将来、どうすればいいんだろう。何を目指して生きていけばいいんだろう——。

というのも、俺が小さい頃から密かに抱いていた夢は、わずか十二歳にして、もう叶ってしまったのだ。

「ぼくも、しょうらいは、おとうさんみたいな、うれっこのさっかになりたいです」

——小学校一年生の時、作文に書いたあの夢を、俺はずっと抱き続けていた。

ところが、母さんのふりをして文章を書き、その本が大ヒットするという、まさに父さんがやっていたのと同じことを、俺は十二歳にして成し遂げてしまったのだ。「おとうさんみたいな、うれっこのさっか」に、もう俺はなってしまったのだ。

まさか、将来の夢が十二歳で叶ってしまうとは思わなかった。これから先、もし俺がちゃんと小説を書いて、正式に作家デビューすることができたとしても、たぶんこれ以上売れることはないだろう。そう考えると、正直ちょっと燃え尽きてしまった感がある。

でもまあ、この先の人生はまだまだ長い。たぶんあと七、八十年はあるんだ。

次の目標は、ゆっくり考えるとするか。

・本書は二〇一九年四月に小社より単行本として刊行されたものです。

双葉文庫

ふ-31-02

指名手配作家《しめいてはいさつか》

2022年3月13日　第1刷発行

【著者】
藤崎翔《ふじさきしよう》

【発行者】
箕浦克史
【発行所】
株式会社双葉社
〒162-8540 東京都新宿区東五軒町3番28号
［電話］03-5261-4818(営業部)　03-5261-4831(編集部)
www.futabasha.co.jp（双葉社の書籍・コミックが買えます）
【印刷所】
大日本印刷株式会社
【製本所】
大日本印刷株式会社
【カバー印刷】
株式会社久栄社
【DTP】
株式会社ビーワークス

【フォーマット・デザイン】
日下潤一

ISBN978-4-575-52549-6 C0193
Printed in Japan